《在旷野里》
评论集

李建军　主编

中国青年出版社

图书在版编目（CIP）数据

《在旷野里》评论集 / 李建军主编 . -- 北京 : 中国青年出版社 , 2024. 7. -- ISBN 978-7-5153-7372-0

Ⅰ . I207.425

中国国家版本馆 CIP 数据核字第 2024H98Q05 号

责任编辑：叶施水　马福悦　夏　青
书籍设计：瞿中华

出版发行：中国青年出版社
社　　址：北京市东城区东四十二条 21 号
网　　址：www.cyp.com.cn
电子邮箱：jdzz@cypg.cn
编辑中心：010-57350406
营销中心：010-57350370
经　　销：新华书店
印　　刷：北京科信印刷有限公司
规　　格：850mm×1168mm　1/32
印　　张：11.25
插　　页：3
字　　数：210 千字
版　　次：2024 年 7 月北京第 1 版
印　　次：2024 年 7 月北京第 1 次印刷
定　　价：50.00 元

如有印装质量问题，请凭购书发票与质检部联系调换
联系电话：010-57350337

目 录

001_
柳青长篇小说佚作《在旷野里》考述 | 邢小利

016_
提问模式的小说写作及其他
——论柳青的长篇小说佚作《在旷野里》 | 李建军

048_
大师之作
——从创作学角度谈柳青《在旷野里》的文学价值 | 阎晶明

073_
柳青：文明进程与文学担当 | 施战军

078_
从再语境化视角看一部佚作的问世 | 安德明

084 _
柳青长篇小说佚作《在旷野里》
——一个具有多重意义的小说文本 | 白 烨

096 _
柳青佚作《在旷野里》可谓是《创业史》的前史 | 贺绍俊

105 _
时代关怀中的自我坚持
——论柳青《在旷野里》的思想和启迪意义 | 贺仲明

124 _
柳青《在旷野里》的文学史意义 | 王鹏程

147 _
错位：问题小说的问题域
——对柳青长篇小说佚作《在旷野里》的征候阅读 | 赵 勇

178 _
从海外学界研究看《在旷野里》的不可或缺性 | 谭 佳

183_
柳青的精神状态与《在旷野里》写作｜萨支山

204_ 革命史、现代化与新时代
——多重视野中的《在旷野里》｜李云雷

227_
柳青《在旷野里》：一半清气，一半锐气｜阮　洁

241_
自觉的现实主义精神与成功的叙事审美探索
——评柳青长篇小说《在旷野里》｜刘永春

262_
对"初心"的最早警示
——读《在旷野里》｜阎浩岗

270_
在旷野里，在渡口边，在列车上
——论柳青《在旷野里》的隐含结构｜叶　端

295 _
《在旷野里》：一部佚作的启示｜阎晶明

299 _
一个新时代开始的欣喜与警觉
——读柳青长篇小说佚作《在旷野里》｜阮　洁　邢小利

326 _
"旷野"里外：社会主义建设初期女性干部命运的歧途
——读柳青长篇佚作《在旷野里》｜高雪娜

341 _
心灵世界的探寻与现实问题的观照
——读柳青的《在旷野里》｜钱奕琳

354 _
编后记｜李建军

柳青长篇小说佚作《在旷野里》考述

邢小利

一、关于柳青长篇小说佚作手稿的来源

众所周知,柳青创作出版的长篇小说有三部:《种谷记》《铜墙铁壁》《创业史》。其实,柳青还有一部长篇小说未面世,未出版。我看过柳青这部未发表的长篇小说(以下简称长篇小说佚作)的手稿,为研究用,同时扫描影印和复印了这部手稿。

柳青大女儿刘可风把柳青这部长篇小说佚作手稿交给我,大约是2018年上半年。刘可风著有《柳青传》,人民文学出版社2016年出版(我和女儿邢之美合编的《柳青年谱》同年由同一出版社出版),她的这部传记未出版前,送我看过。我和刘可风结识,与柳青研究有关。2007年9月,陕西省柳青文学研究会成立,我是该会的发起人之

一，成立后被选为副会长；2016年第二届柳青文学研究会成立，我被选举为会长。由于研究柳青以及筹拍《柳青》纪录片、电影等原因，我与刘可风多有来往，她信任我，把这部手稿原稿交给我，让我研究，同时也想听听我的读后意见。

原稿因为字小，时间久远，看起来很费力，纸也有些脆了，在我这里放了半年多，我认真读了一遍。读后，我给刘可风说，这部作品虽未写完，但仍是一部很有价值的作品，它既有创作那个年代的历史价值，也有很强的现实意义，更有研究的价值。

为了仔细研究，我把柳青长篇小说佚作手稿扫描了一份（扫描是手稿原大），复印了一份（放大复印）自己留存，原稿送还刘可风。

刘可风很希望这部凝结着她父亲心血的作品能够问世。2019年7月11日，她给我发来一信，表明出版这部长篇佚作是她父亲柳青的心愿和遗嘱。其中说："这本书稿他曾嘱托我在他离世后找机会出版。这也是他心血的结晶，不忍废弃的文字。这里包含着他的思想、情操，以及创作经历和对社会的交代。他殷切的寄托和历历在目的眼神，更有那些滚烫的话语，至今显现在我的脑海中。"刘可风说她父亲柳青，"如果这本书稿他觉得写得不能出版，他会有表示，而正好相反，他十分肯定它对说明自己创作经历有意义"。刘可风还谈道,"这篇小说如果出版,对柳青的文学世界的研究价值很有意义,也是文学界的期望,因为不是正式出版物,研究者的引用和论述是不被允许和承认的"。

2019年7月27日,刘可风以微信形式给我发来她写的《未发表小说〈县委书记〉刊印后记》,此"后记"较为详细地说明了这部长篇小说佚作的一些情况。柳青原手稿没有书名,为了出版需要,刘可风给此书起了一个《县委书记》的书名。兹将原文照录如下:

> 1978年的三月,父亲肺部感染了绿脓杆菌,精神状态让我们十分担忧。一天早晨,他对我说:"你回家,把我留有的文字全部拿来。"我取来时已过正午,窗外阳光灿烂,可高大的梧桐树遮蔽了全窗,屋里阴暗寒冷,也如我心境。
>
> 除了《创业史》的手稿我不用拿,其他的存留文字连一书包也装不满,他一份一份地看过,嘱咐几句,记得有两张纸上写了几行字,他撕了:"这个没用。"最后拿起的就是这部书稿,他一只手用力擎起,当另一只手来回抚摸时,眼光有着像对亲子的留恋和不舍缓缓说:"以后,以后……没用就毁了吧。"

与这部书稿相识以后,隔一段我就要翻看一阵,因为在阅读中能回忆和父亲在一起时的点点滴滴,也可以在心中倾泻时势的酸甜苦辣。后来,在写父亲生平的过程中,我了解到他曾在写《创业史》之前写过四十万字的东西,除了这七八万字保存完好,其他的已无踪影。我在1980年前后,几次访问曾在省委宣传部工作,后调陕西戏剧家协会的金葳,谈到1953年奉领导之命和柳青谈作品发表一事,他说柳青表示,因不满意自己的创作水平,已将成文焚烧。我推测成为灰烬的就是这本七八万字之外的那些文字。可见,他觉得这部书稿还有保留价值。

父亲一生关注现实生活,书写现实生活,他力求从现实生活中揭示一些问题。给人们启发、影响、引导和教育,从而更深刻地认识生活。

这部未发表的小说是写新中国成立最初两三年关中地区的一个故事。1952年,父亲从北京初回陕西,就对当时的整党工作做了社会调查,而书中所写的治虫工作,他闲谈时提到过,我估计这里有他的亲身经历。特别是书中说县委朱书记在一项工作的初期要往先进的地方跑,及时总结经验和规律,然后就多往后进的地方跑,以便帮助后进,指导和改进全局工作。他说这是他的工作经验。

他随便翻开一页说:"我喜欢鲁迅书稿中娟秀的豆豆字。"我一看,他的稿中也是页页工整,一字一格的豆豆字。以后,这部书稿我从没有销毁的念头,舍不得。甚至翻动的时候也怕损坏它,我仿佛看见他坐在桌边认真地在写,也像在听他给我讲他动情的经历。我是想,如果我离世前它一直这样寂静地躺着,那我走时就带它走了,没想到,经历了几十年时政的变化,它虽然在艺术手法和反映及概括社会生活上并不突出,但能出版面世,给研究者提供片断的资料,实在是幸莫大也!我真不知道怎样表达我对出版者和编辑的感激之情。我想,此稿面世,离去的父亲也一定会含笑九泉的。

2019年我把这部手稿推荐给某出版社负责人后,他给我和刘可风谈过他的出版构想:这部小说出版时分为两个部分,为保持历史原貌,一部分是把手稿全部影印,一部分是把手稿释读后以印刷体文字排印。后来因为种种缘故,这部小说未能出版。

大约在2019年的夏秋之际,刘可风说要感谢我,同时也想与我聊聊,执意请我在离她住处不远的含光门里一家饭店吃饭,我们聊了三个多小时,从中午一直聊到半下午。席间谈到她手头一些关于她父亲柳青的资料以及她写《柳青传》的采访材料的保存问题。她说她身体不好，对其未来出路很是忧虑。谈到柳青长篇小说佚作，她希望最终能够出版面世，嘱我留意。谈到她的采访笔记，她说许多材料并未写进《柳青传》，我说这个需要设法保存，那些被采访者的回忆都是珍贵的历史记录，而纸质的东西容易损坏或老化，建议打成电子版保存。她说她的采访笔记有四十多本，手写，有的字很潦草，难打。我说可以让我夫人帮忙打，她做事认真，认字能力特别强，打字快。刘可风后来把她的采访笔记全部给了我，一共四十九本。我夫人用了半年多的时间，打成电子版，我发给了刘可风，原件亦送还刘可风。

二、关于这部长篇小说佚作手稿的传说

　　流行的传说，是被烧了。柳青在世时，可能就有这个说法，准确说是传说。

　　刘可风《柳青传》第九章第一节"书稿余烬"专门写这部书的情况。

　　书中写道："来长安后柳青酝酿了一个新主题，写一部反映农民出身的老干部在新形势下面临的新问题、新

心理和新表现。"①"用半年多的心血完成了这部作品"，"经过整理和抄写的最后一稿已经用棉线装订起来"。②这里所说的"完成"和"最后一稿"，表明这是一部写完了也就是"完成"了的长篇小说。柳青"最终搁笔前后，他写了一部长篇小说的消息传了出去，省委宣传部派来干部，想了解情况，并劝他尽快将小说发表。他没有犹豫，坚决地摇了摇头"。为什么不发表呢？"作为一个专业作家，两三年没有发表作品，何以心安？他感到苦闷。但拿不满意的作品去应付？他不！这一点很坚定，他决不愿意在已有的水平上徘徊，在老路上走来走去。"③

那么，这部长篇小说到底烧了没有？细读刘可风的《柳青传》，她是这么讲述的，柳青"不满意这部新作，划着一根火柴，伴着落英，点燃了它的一角"。继而一想，"这也是自己劳动的成果呀，他又不舍地掐灭了刚刚燃起的火苗"④，显然是欲烧未烧。

真实情况是，没有烧。另外很重要的一点，现在看到的这个长篇小说佚作是一部未完成稿。

---

① 刘可风：《柳青传》，人民文学出版社2016年版，第155页。
② 刘可风：《柳青传》，人民文学出版社2016年版，第156页。
③ 刘可风：《柳青传》，人民文学出版社2016年版，第157页。
④ 刘可风：《柳青传》，人民文学出版社2016年版，第157页。

三、关于这部长篇小说佚作手稿的概况及核校与注释说明

我拿到并看过的这部长篇小说佚作是用棉线装订为一册，共 189 页。其中第 1 页引用毛泽东语录一小段，占一页。小说正文共 188 页。柳青只在最后一页标了页码："188"。这个"188"为正文页码。

手稿纸已经发黄，竖版格式，每页从右至左，共 14 行，每行 37 个空字格，每页计 518 个空字格。按稿纸算字数，若按 188 页正文算，共 97384 字，若加第一页毛泽东语录按 189 页算，则为 97902 字，全部手稿大概字数是十万字。故也有"十万字"之称。

小说录成电子版后（核校后）用电脑统计，字数是 75976 字。

小说正文分为二十小节。每小节前标注"一""二""三"等数字。

手稿最后在括号里标注："未完"。最后标注的时间为"1953 年 10 月 7 日"。

手稿是用钢笔写的。稿纸空格不大，柳青写的字也比较小。刘可风把手稿交给我时，曾对我说，她爸的字有点像鲁迅的字，"都是小豆豆那样的"。从手稿上看，柳青的

字大约像豌豆那么大，也有点像鲁迅的字，但与鲁迅还是不同，是柳青的风格。字为行书，字迹看起来相当工整。字全是未简化前的繁体字。手稿上时有删除和补写。删除的内容则被涂抹，完全看不到原文字，涂抹的地方非常规整。补写的内容加在行外，用补入符号标示，字迹整齐清楚。

手稿上没写书名，也未署作者名字。刘可风曾经给这部小说起名《县委书记》，见《柳青传》初稿，她和我通话和微信交谈时为了方便，也用过这个名字。2023年7月，在编辑筹划《柳青全集》时，李建军看了这部小说手稿的电子版，和我通话，谈了他的阅读感受，并建议用《在旷野里》作为书名，我赞同此名，认为这个名字应该更准确、更理想。"在旷野里"是小说中多次出现的一个词汇，也是一个意象，如小说写县委书记朱明山和县委副书记骑着两辆自行车，"在旷野上月牙照耀下的公路上飞奔"，"在渭河平原上的旷野里是这样令人迷恋"。"在旷野里"，有象征性，蕴意丰富，意味深长，有小说所写年代的生活气息和时代特点，也有相当的现代性。柳青在小说前边特意并且单独引用了毛泽东的一段话："过去的工作只不过是像万里长征走完了第一步。残余的敌人尚待我们扫灭。严重的经济建设任务摆在我们面前。我们熟习的东西有些快要闲起来了，我们不熟习的东西正在强迫我们去做。"① 这段引文显然是柳青精心选择的，表明小说创作的时代背景，新中国刚刚成立，"在旷野里"，方向，道路，包括工作的方式与方法，生活的取向与选择，都需要探索、思考和总结。

手稿的书写情况和录为电子版时的校改说明：

（一）此手稿是完成于1953年10月的手写稿，中国大陆从1956年开始第一次推行简体字，所以，柳青的手稿用的都是未推行简化字前的繁体字。如文中的"布置"，原稿写为"佈置"，已全改。也就是说，录为电子版的小说文字用的是今天通行的简体字。

（二）手稿中的一些词汇可能是当时通用或习惯的写法，如小说中写为"涌跃"一词，今为"踊跃"，核校时以今天的规范做了改动，凡改动处皆有注释。原稿中使用"的、地、得"三个结构助词有不符合今天规范的，改为今天规范的用字，未加注释。原稿中使用指示代词"那"和疑问代词"哪"有不准确的，根据文意做了改动，未加注释。

（三）对手稿中较为明显的字词误置，根据文意做了调整，同时在调整后的文字后加注。

（四）对手稿中明显的错别字，作了改正，未加注释。如小说第七节，县委副书记赵振国对书记朱明山说：

---

① 这里引自毛泽东《论人民民主专政》一文，小说未注出处。

"事情办垆了,上边问党委书记的责任。"这句话中的"垆"字应为"坏"字的误写,改为"坏"。

(五)对手稿中明显缺字的句子,根据上下文意补字(此类情况极少)。如小说第十七节写县区领导开工作会,县委组织部长冯光祥说:"那就怪我在干部没威信,说话不起作用。""在干部"后似少一"中"字,核校时根据句意补一"中"字,加注说明。

(六)对小说中一些较为生僻或较难理解的方言词语加了注释。

(七)刘可风于2018年据手稿录为电子版,后发给我。我于2023年7月据手稿核校并加注释。

四、关于这部长篇小说佚作的写作时间和地点

柳青这部长篇小说佚作是什么时候写的,在哪里写的?

1956年3月20日,柳青于皇甫村写了一篇《干部自传》[1],其中说,他"到西安后[2],在党校住过一个半月,了

---

[1] 这是给中共陕西省委组织部的上报材料,现存陕西省档案馆《柳青档案》中。蒙万夫等四人编的《柳青写作生涯》由百花文艺出版社1985年出版,其中将《干部自传》改为《自传》,实际上此文非真正意义上的《自传》。

[2] 1952年5月,柳青到达西安。

解整党学习情况，想写老干部的思想。九月到长安县，直到现在。在长安县担任县委副书记，后搬到常宁宫①住了二年，写了四十来万字。其中二十万字的关于老干部的思想的小说，撂下不写了。二十来万字的关于合作化的小说的初稿，算事。1955年春天搬到皇甫村，害了半年多病。从九月起写第二遍稿，现在还在继续写着。这几年，参加了农村的整党，查田定产，统购统销，合作化的运动。从1954年秋后，参加了西安作家协会的活动。我想在1956年内，把合作化的小说的二遍稿写出"。由此段文字并结合柳青履历和其他档案材料，可以看出，柳青长篇小说佚作的写作意念，萌生于1952年7月至8月间他在中共中央西北局党校参加整党活动期间，写作于长安县常宁宫②，写作时间为1953年3月初至10月7日，前后用了约七个月时间。

　　由上述材料也可以看出，柳青到长安县后，先写的是《在旷野里》，后写的是"关于合作化的小说"即《创业史》。

---

① 1953年3月6日，柳青入住常宁宫。
② 当年是陕西省高干疗养院。

五、关于这部长篇小说佚作的两个疑问

这部长篇小说佚作到底是多少字？写完了还是没有写完？

前引柳青《干部自传》："后搬到常宁宫住了二年，写了四十来万字。其中二十万字的关于老干部的思想的小说"，柳青说得很明确，"关于老干部的思想的小说"是"二十万字"。柳青那个时候，没有电脑统计纯字数，是根据稿纸的格子来计算并统计字数的，他说的"二十万字"，应该是根据稿纸的格子计算出来的，换句话说，是一个大概字数。

可是如前所述，目前我所见的和刘可风所见的，这部佚作即使按稿纸每页的空字格来算，也就是约"十万字"。另外"十万字"哪里去了？假如柳青《干部自传》所言"二十万字"不虚，则有一种可能，那就是这个长篇小说佚作是两个"用棉线装订起来"的稿本，每个稿本各"十万字"。刘可风拿到的，只是其中一本。另一本没有拿到。但问题是，这个稿本是柳青生前亲自交给刘可风的，如果还有一个稿本，柳青会同时交给刘可风，如若丢失，他也会告诉刘可风。现在从刘可风那里，并没有另一个稿本的消息。此疑问一。

疑问二是这部佚作是一部完成稿还是未完成稿？也就是说，柳青当时是否把自己的全部艺术构思都已经写出来了，写完了？

从柳青标注时间为"1953年10月7日"的这一本手稿来看，从其最后标注的"未完"二字看，柳青显然没有把他要写的小说写完，亦即没有"完成"。至少这一册稿本是一个"未完成稿"。

如果如柳青所言，他的这部佚作是"二十万字"，则很有可能是一部"完成稿"。但从现在的字数看，只有约"十万字"。少了一半。

如果从柳青《自传》中所言的"关于老干部的思想的小说，撂下不写了"这句话看，"撂下不写了"分明又是在说没有写完。

因此，我判断，柳青的长篇小说佚作很可能就只有这"十万字"，而且也是一个未完成稿。

但是，话说开来，从目前的佚作内容看，小说的主要人物包括次要人物基本上都已经出场，有名有姓、身份明确的出场人物有二十多人，这些人物包括县委书记、县上各班子和机构的主要人物以及区乡领导，还有村上的农民，人物之间的关系都已明确，人物之间的矛盾冲突已经明朗甚至展开，一些人物之间的感情纠葛也已萌芽甚至明晰。问题提出来了，主题也渐次呈现。总的来看，《在旷野里》虽然是一部未完成稿,但它已经具备了一部长篇小说相对完整的内容,虽有残缺,却也构成了一个开放式的有意味的结构,给人留下了广阔的想象空间包括再创造空间。《在旷野里》真是一部"在旷野里"的小说!

当然,关于《在旷野里》的评论和评价,将是另外的话题。

(本文引用的《在旷野里》内容均来自柳青手稿)

提问模式的小说写作及其他
——论柳青的长篇小说佚作《在旷野里》

李建军

古语里说:"秀才人情纸半张。"作家的人情,也见于纸上,规模虽不止半张,但甘言好辞而实不至者,往往而有之。然而,柳青却把人情从窄小的纸面上,移到了辽阔的大地上,又将一己之个人情感,升华为利他的社会情感。在写给女儿的诗中,他这样自喻心志:"襟怀纳百川,志越万仞山。目极千年事,心地一平原。"柳青的确是一个态度真诚、胸次博大、人格高尚的伟大作家。

柳青热爱土地,也熟悉土地。打开《建议改变陕北的土地经营方针》这篇文章,你会感受到柳青的肫挚情感,会看见他的求真务实的科学精神,会发现他对自己脚下的土地热爱到什么程度,熟悉到什么程度。他像理解人一样,理解了自己的故土,理解了人应该如何与土地打交道。陕北今天的土地经营方式,与柳青当初所建议的"方针",同条共贯,如出一辙。

然而,柳青更爱的,还是生活在这土地上普通的劳动者。他看见过他们在饥饿和寒冷中的挣扎,同情他们的苦难和不幸。他怀着巨大的热情,走到他们中间,参与到他们改变自己命运的进程中。要为那些试图改变自己命运的底层农民,写一部真实而壮美的创业史。为此,他举家离开京华,长年定居乡间。如此决然的选择,如此慨然的放弃,洵非龊龊常人所能做到。

在人们的印象里,柳青属于典型的"赞同型人格"。这种人格的人,心情乐观,态度积极,乐于肯定和接受一切,但亦恂恂如也,缺乏足够成熟的批判精神和足够自觉的问题意识。就思想方式来看,柳青习惯于接受固有的思想,而不是探索和发现新的思想;就写作模式来看,他也倾向于选择"论证模式的写作",而不是"提问模式的写作"。对照柳青已经出版的三部长篇小说的实际情形,可知这样的印象和判断,大体不诬。

然而,长篇小说佚作《在旷野里》的发表和出版,将极大地改变人们对柳青的印象和看法。人们会发现,柳青也是一个善于发现问题的作家,是一个勇于表达自己的观察和发现的作家;人们会发现,柳青固然更经常地选择"论证模式"来写作,但也曾用"提问模式"写过长篇小说；人们会发现，柳青在20世纪50年代初期创作的《在旷野里》，就是一部向生活提出尖锐问题的严肃的现实主义作品。

洎乎晚年，柳青自己的思想之火，开始烈烈燃烧。"经事还谙事，阅人如阅川。"坎坷的经历和广泛的阅读，点燃了他的思想，刺激他表达了很多令人刮目和激赏的文学观点和文化言论。关于历史人物、社会主义民主和第二次世界大战，关于读书、写作、作家的道义水平以及作家的时代局限等问题，他皆能要言不烦，一针见血，一语中的。他的这些议论风生的谈话，极大地改变了人们对他的思想状况的印象。细读柳青的晚年谈话录，你会发现一个精神面貌焕然一新的思考者柳青，会发现一个道义水平很高的"反思型"的作家柳青。可惜天不假年，使他未得遂志。

现在，让我们用老老实实的细读方法，通过对长篇小说佚作《在旷野里》的解读，来分析柳青的"提问模式的写作"，来考察他的这部现实主义作品的内在意义和文学价值。

一、长篇小说的两种写作模式

长篇小说是以逸出常度的人物和生活为内容的大体量叙事。它描写人的情感和欲望，也表现人的思想和价值观。它本质上是深刻的思想化叙事。思想赋予长篇小说所描写的混沌生活以秩序和意义。没有深刻的思想，就不可能有深刻的长篇小说。

从思想资源和写作方法的角度看，长篇小说写作有两个基本模式：一个是论证模式的写作，一个是提问模式的写作。所谓论证模式的写作，即作家接受他者的思想观念，试图通过自己的小说作品，来证明某种思想的正确性和某种道德的合理性的写作；所谓提问模式的写作，即作家根据自己的经验和思考展开的写作，是一种充满现实焦虑、反思精神和问题意识的写作。如果说，论证模式的写作属于依赖性的写作，本质上是基于同一性和认同性的写作，那么，提问模式的写作则属于独创性的写作，本质上是基于差异性和反思性的写作。米兰·昆德拉说："陀思妥耶夫斯基抓住了理性的疯狂，理性的固执要一直走到它的逻辑的尽头。托尔斯泰所勘探的领域却在相反一边；他揭开了非逻辑、非理性的干预。"[①] 陀思妥耶夫斯基的"理性"，就属于"论证模式的写作"所依赖的那种理性；托尔斯泰的所勘探的"领域"，即"提问模式的写作"所在的那个领域。昆德拉关

---

① [捷克]米兰·昆德拉：《小说的艺术》，孟湄译，生活·读书·新知三联书店1992年版，第57页。

于两位俄罗斯小说家的观点,有助于我们理解两种写作模式的本质区别。

丹尼尔·笛福、约翰·班扬、亨利·菲尔丁、雨果和陀思妥耶夫斯基的长篇小说写作,属于论证模式的写作,即证明固有的关于希望与信心、爱与救赎、罪恶与惩罚等思想和信念的写作;果戈理、赫尔岑、屠格涅夫、司汤达和巴尔扎克的长篇小说写作,则属于提问模式的写作,更多表达的是自己对社会、时代和人生的批判性思考;狄更斯和托尔斯泰的长篇小说写作则介乎两者之间,只是,狄更斯的小说写作更接近论证模式的写作,而托尔斯泰的小说写作则更接近提问模式的写作。在中国古典小说里,《三国演义》和《西游记》属于论证模式的写作,《红楼梦》和《儒林外史》则属于提问模式的写作,而《水浒传》和《金瓶梅》则介乎两者之间,只是,《水浒传》更接近前一种模式,而《金瓶梅》更接近后一种模式。

有趣的是,柳青也曾谈到过两种作家和两种写作方法。他从作家处理创作与生活和时代之关系的角度,将作家分为"有独创性的作家"和"表现别人已经得出的结论的作家"。前一种作家,"自己直接观察生活得出结论后进行创作,这就是一般所说的有独创性的作家,也就是说真正够得上作家的那种人,这样的人在任何时代都是少数几个，有时候一个也没有，因为那个时代不允许有独创性"；后一种作家，则"并不直接观察生活，或者虽然直接观察生活，并不能得出自己的结论。他们到生活中去，并不是为了观察，而是为了寻找形象，以便表现别人已经得出的结论。这种结论是否正确，他们并无把握，因为他们不知道这种结论是怎么得出来的"①。

  表面上看，柳青所说的两种作家的写作方法，与我所说的两种写作模式，似乎就是一回事。事实上，两者的立足点和思想内涵并不一样。柳青强调的是作家与生活和时代的关系，而我强调的是写作与思想的关系。尽管如此，柳青所说的某些作家"到生活中去，并不是为了观察，而是为了寻找形象，以便表现别人已经得出的结论"的观点，与我的"论证模式的写作"，亦颇有契合之处。只不过，在我的理解中，按照"论证模式"创作的作家，大都知道自己所接受的思想是否伟大，自己所要论证的"观点"是否正确，而柳青所说的表现别人"已经得出的结论"的作家，则没有能力判断自己所欲"论证"的思想和观念是否正确，是否包含着伟大的真理性内容。

  柳青已经出版的三部长篇小说，他已经发表的中短篇

---

① 刘可风：《柳青传》，人民文学出版社2016年版，第469—470页。

小说，几乎全都属于论证模式的写作。他要用自己的小说来证明自己时代的主宰性观念的正确性，来揭示自己时代的生活变化的必然性。他要通过说服性和修辞性的小说叙事，告诉自己时代的读者：在过去的岁月里，我们因为什么样的原因获得了胜利，在当下的现实里，我们需要成为什么样的人，需要按照什么样的态度生活，需要按照什么样的原则来处理个人生活与公共生活的关系。柳青的几乎全部写作，皆以证明时代的主宰性观念或者表现时代的主体性精神为旨归；他根据这些观念和精神来建构自己的叙事世界，来塑造自己时代的英雄人物。

然而，长篇小说《在旷野里》的出现，极大地改变了柳青小说风格的整体结构，也改变了人们对柳青小说创作的单一印象。虽然表面上看，柳青的这部小说，似乎仍然属于"论证模式的写作"，但是，细细读来，你会发现，它更像是一部包含着个人经验和问题意识的小说。说它包含着个人经验，是因为，我们从这部小说里，分明看见了作者自己的影子，看见了他自己的生活和思想；说它有问题意识，是因为，从这部小说里，我们看到了他对权力等重要问题的深刻思考，看到了他对"权力异感"的观察和描写。就此而言，《在旷野里》大可以被归入"提问模式的写作"。它是一部怀着深深的不安和忧患，严肃而真诚地向生活提问的小说。从作品的语调和事象里，人们可以强烈地感受到作者深切的现实焦虑和庄严的生活态度。

二、两条线索与"权力异感"

从规模来看，《在旷野里》的形制，并不算大，篇幅不足10万字。这是一部屠格涅夫式的长篇小说。它像法国的玛德莱娜小点心一样薄厚，又像屠格涅夫的《罗亭》《烟》和《处女地》一样简括。然而，它所包含的内容和意义，却并不苍白和单薄。

这部小说准确地描写了20世纪50年代初期的时代氛围，描写了人们进入和平时期和社会转换过程中的热情和焦虑，描写了社会地位的变化造成的人际关系和社会心理的微妙变化。在这个人们心灵单纯而虔诚的时代，一本书，一篇文章，甚至一句话，就可以改变人们的意识，甚至可以改变人们的情感生活和人生方向。恋爱中的李瑛，读了加里宁《论共产主义教育》关于青年恋爱问题的充满关怀的文章，于是，"这位胡须中间和眼镜后边总是带着微笑的老爷爷使她这个中国孙女更有意识地和张志谦疏远起来了。现在，这个疏远的关系也断了"。居今日之世，观昔日之事，这种孩童式的单纯和可爱，无法不让人感慨系之，咨嗟不已。

《在旷野里》这部小说循着两条线索展开：一条是外在的线索，讲述消灭棉花害虫的故事；一条是内在的线索，关涉干部的情感生活和"权力异感"问题。循着后一条线索，作者提出了两个问题：一个是次要问题——在新的时代，人们应该如何爱和生活？一个是主要问题——干部应该如何克制权力带来的傲慢和任性，应该如何克服自己对权力和享乐的贪欲？前一个问题使读者看见作品中人物在个人生活上的苦恼，后一个问题则使读者看见作者自己对社会问题的忧患。

时代的转换，意味着社会风气的转变，也意味着生活方式和人际关系的转变。随着新时代的到来，人们的家庭生活和情感生活发生了微妙的变化，而某些获得权力的干部，则在意识上和行为上发生了巨大的变化。这部长篇小说的主人公朱明山敏锐地注意到了这些变化。他的妻子高生兰进城以后，变得不思进取，日趋自私狭隘。这让朱明山极感不满和失望。他们的夫妻关系遂渐趋紧张。

面对社会生活的知识化趋势，工农干部表现出极大的自卑和焦虑，白生玉甚至表现出令朱明山惋惜的"思想上的阴暗忧郁"。干部离婚成了风气，而他们再婚的时候，亦以知识女性为心仪的佳偶。但是，要想找一个理想的女性——所谓"好知识分子"——再婚却没那么容易。就像赵振国向朱明山感慨的那样："要马马虎虎找个对象，我看老区和新区都容易。要找个好知识分子，哪里都难缠着哩。有些老区干部离婚的时候，兴头可大；可是真正找到好对象结了婚的，有几个？"小说中的人物渴望更美好的爱情和更美满的婚姻，但是，最终，似乎谁也找不到理想的爱人。

然而，小说所欲揭示的最大问题，还不是人物的情感生活，而是干部的"权力异感"。所谓"权力异感"，是指一种消极的权力感受；追求这种感受的人，总是表现出对人和生活的傲慢态度，总是追求物质享乐、虚荣心和权力欲的满足感。柳青在这部小说中提出的最深刻的问题，就是如何面对并克服干部身上的"权力异感"。

区委书记张志谦的"权力异感"，表现在喜欢开会上。开会的时候，他高高在上，滔滔不绝，感受到了极大的快感。他是一个可怕的"开会迷"，曾因为动辄在会上讲几个小时，受到了县委书记朱明山的尖锐批评："好像你去那里以前人家就没有做过工作，你是到那里开辟工作的。同志，我们现在已经讲得太多了。再讲下去，群众就不理我们了。"正常的权力感受，显示着一个人的教养和礼貌，显示着他的谦虚和克制。"桃李不言，下自成蹊"，少说空话，多做实事，这才是一个权力人物应该有的修养。

三、一个典型及其同类项

柳青的《在旷野里》的一个亮点和贡献，就是塑造了县长梁斌这个内心充满"权力异感"的典型。柳青在小说中写道："……有些人被摆在领导地位上以后，人们从他们身上却只感觉到把权力误解成特权的表现——工作上的专横和生活上的优越感，以至于说话的声调和走路的步态都好像有意识地同一般人区别开来了。梁斌从副县长变成县长不久，大家就在私下议论他变成另一个人了。"他变成了什么人呢？他变成了"权力人"。他热爱权力。他最大的愿望，就是当官。他想把县委书记的职务也揽过来。

梁斌的几乎每一个细胞里，都渗透着权力的傲慢和任性。在下级面前，他喜怒无常，情绪多变，给人一种"上意难测"的感觉。他的人格，简直就是扭曲了的病态的"权力人格"：

……梁斌一接任正职，马上就变了另一副神气。他在党委会上开始不断地和常书记发生争执，固执地坚持意见；他在县政府里好像成了"真理的化身"，凡是他的话一概不容争辩。他新刷了房子，换了一套新沙发，加强了他的权威的气氛。他站在正厅的屋檐底下对着宽敞的大院子，大声地喊叫着秘书或科长们"来一下"。而科员和文书们给他送个什么公事或文件，要在他房外侦察好他不在的时候，进去摆在他办公桌的玻璃板上拔腿就走，好像那是埋藏着什么爆炸物的危险地区。日子长了，他发现了这个秘密，咯咯地笑着，从这些下级的可笑的胆怯里感到愉快。

内心充满"权力异感"的人，不会懂得"尊重"二字的含义，也不知道平等为何物。他的自我感受是歪曲的，也是易变的；随着职务的变化和地位的提高，他对别人的态度也会随之往消极的一面变化。权力强化了他的自大和悍厉。他需要看见别人的屈服和恐惧。他从别人的恐惧里，感受到了巨大的荣耀和满足。柳青深刻而准确地揭示了梁斌的"权力异感"。

作为一个被"权力异感"控制了的人，县长梁斌注定是一个贪婪的人，注定是一个追求享乐的人。梁斌想把省里当过厅长的国民党官僚的漂亮别墅"王家花园"据为己有。县委副书记赵振国告诉朱明山：梁斌"派了两个干部，雇了几个工，伐了果树办农场，要走在各县的前头。专署农林处叫交上去统一管理，县农场的地在今年秋后查田定产中调配，老梁不给，说是像样的，上面都想要"。他下基层，从来不到最底层，而是躲到"王家花园"的

"湖心亭"享清闲——"他抬起头就看见用挖'湖'的土垫起来的'山';山在房子的后面,披满了人都进不去的树木和灌木,各种鸟雀就在那里聚集和吵闹……"然而,"权力异感"不仅会刺激人的贪欲,还会使人变得任性,甚至肆意妄为。梁斌就是任性的。他竟然从心所欲,暴殄天物,强令把果园里快成熟的果树全都砍掉,改种庄稼:

一个年老的管果树的雇工凑上前来,求情似的说:

"梁县长,成物不可毁坏。今年没结好,是去年的作务不到。你等明年看。明年再结不好,你办我的罪。"

"嘿嘿嘿,"梁斌忍不住笑了,调过头来问,"你说人民现在主要吃啥过日子?你说:粮食还是苹果?"

老雇工张口结舌没有说话,羞愧地笑笑,后退了一步,装着他的烟袋锅。

"我看你还要换换脑筋啊,"梁斌带着可以使人感觉到的讥讽笑着,进一步对那已经很难堪的老汉说,"我们人民政府和国民党官僚完全不同,这块地皮到我们手里,它就既不是花园,也不是果园,我们要在这块地上办农场,让它为人民服务!"他没有注意到他的语气把老汉和人民政府分开使老汉脸上浮起一层冤枉的表情，只是重新指示场长："一定要伐。误了繁殖碧蚂一号麦种，你要负责！"

场长还没有作声，梁斌就领头穿过苹果林子，走向棉田——那是头年冬天伐了果树的五十亩地的一部分。

像县长梁斌一样，公安局长郝凤岐的"权力异感"，也发展到了骇人的程度。在渡船上，朱明山目睹了他的威势。他很气愤地对县委组织部长冯光祥说："一个县的公安局长哪来那么大的派头，不管什么任务下乡，怎么能威风凛凛、大张旗鼓带着一串人？现在又没战争。"他们身穿黄色制服，屁股后面吊着盒子枪，威风凛凛，不可一世。不仅如此，郝凤岐还"私自给他外县的家里两条枪，说是自卫"。他身上缺乏最起码的善意和平等意识，竟然蛮横地强令船夫拒载接近岸边的乘船人。他们已经忘了自己的职责是保卫人们的安全，而不是制造紧张气氛。

即便像高生兰这样的来自社会底层的女性，一旦获得权力，也会马上变成另外一个人。她不仅开始贪图安逸、追求享乐，还显示出高高在上、颐指气使的自大和傲慢。在她的内心，不仅产生了社会等级意识，甚至滋生了"统治的欲望"：

她的苦难（这是十分令人同情的）一结束，新的世界使她头脑里滋生了安逸、享受和统治的欲望。高生兰在朱明山工作的部里管图书，经常不按时上下班，有时在办公时间坐在办公桌后面打毛衣、缝补小孩的衣服，甚至按照某种新鲜图案绣花。她甚至不用手，而用下巴支使她的两个干部——一个女青年团员和一个戴着老花眼镜的留用人员。日子久了，人家对她提出了意见；她竟然给人家扣起"不服从党的领导"的帽子。后来，她要被调到收发室去，朱明山耐心地说服她接受这个新的工作，可是她一直为这个"低下的位置"闹情绪，不考虑怎样把这个工作做好。

从高生兰这个形象身上，从柳青描写她的具体细节中，人们可以看见人的天性中的一种自然倾向，那就是，一旦获得了某种地位和机会，人的内心就有可能发生消极的变化，就会产生自大的傲慢倾向和摆布别人的欲望。权力人物一旦被自己身上的自然倾向所控制，就有可能无所不为，就会将自私自利的享乐主义当作一件理所当然的事情。

从这些关于"权力异感"的充满典型意味的描写里，你可以看见果戈理式的喜剧场面，可以看见契诃夫式的讽刺描写，也可以看见柳青的正义感、反讽精神和文学才能。柳青的描写，生动而又辛辣，显示出充分的真实感和丰富的人性内容，最终带给人一种既熟悉又陌生的惊异感。在写长篇小说《在旷野里》的时候，柳青已然是一个严肃而勇敢的现实主义作家。

四、作家的态度与必要的对照

一切积极意义上的文学写作，都不会是没有态度和不动感情的。无情化的"零度写作"，既是一种虚假的文学观念，也是一种做作的文学行为，因而本质上是一种消极的写作态度。伟大的写作必然包含着伟大的情感。任何一个文学意识自觉的作家，都会用真诚而美好的态度来写作。

柳青在《美学笔记》中，说过一句很有哲理意味的话："谁是杰出的作家和诗人，最终地决定于他对现实生活的态度。"[1]柳青所说的态度，是一种积极的态度，是热情地肯定生活的态度。当然，柳青的表达并不周延。我们应该赋予"态度"以更丰富和更具体的内涵，应该更加明确地强调那些特别重要的东西——应该强调"人"和"生命"的意义，应该强调"善"和"爱"的价值。就前者

---

[1] 柳青：《柳青文集》下卷，陕西人民出版社1991年版，第799页。

说，文学的价值等级，最终决定于作家对包括人在内的一切生命的态度；就后者说，只有充满善和爱的态度，才是真正具有人性力量和美学力量的态度。

是的，任何一个伟大的作家，都不会是冷心肠的虚无主义者。他不会将绝对的否定当作小说写作的绝对原则。在写恶的时候，他会让你看见善；在写黑暗的时候，他会让你看见光明；在写仇恨的时候，他会让你看见爱。他会用肯定力量之手，为否定的冲动划出边界。最终，他将通过美与丑、善与恶的对照，让你看见那些意味着方向和高度的价值和力量。

柳青曾经强调过写作的"总意图"的重要性。在他看来，这个"总意图"不仅影响着技巧的效果，还决定着整个作品的价值："作品布局上的缺陷归根到底表现的是作者对题材缺乏深刻理解，对主题思想把握不定。这从根本上降低了作品的质量，任何素描能手和修辞专家，都不可能用个别细节描写的雕虫小技，来补救总意图的肤浅。"[①]一个作家有了深刻而自觉的"总意图"，他就会用积极的态度来写作，就会通过与美、善和光明的比较，来写丑、恶和黑暗。

所以，柳青不会孤立地描写干部身上的缺点和内心世

---

① 柳青：《柳青文集》下卷，陕西人民出版社1991年版，第793页。

界的阴暗面。就像雨果要在《悲惨世界》中塑造冉·阿让,就像托尔斯泰要在《安娜·卡列尼娜》中塑造列文,柳青也要在自己的这部提问模式的长篇小说里,塑造一个精神发光的人物。他要通过塑造县委书记朱明山这样的正面人物,来对照性地讽刺县长梁斌等人的"权力异感"。正是由于他把摆脱了"权力异感"的理想主义者朱明山放在了更为突出的位置上,甚至放在了主要人物的位置上,所以,这部小说就不同于那些纯粹的批判性作品,而是显示出明与暗、美与丑的平衡,最终显示出积极的态度和立场。

朱明山参加过很多大战役,经历过"多少次牺牲的危险"。他原本是一个高级别的干部,却宁愿到基层去工作。他有理想,肯上进,是一个品行高尚的人。他的文化程度原本很低,属于"三冬'冬学'的老底",但却在女青年高生兰的帮助下,将自己的文化水平提高到了能阅读《被开垦的处女地》和《日日夜夜》等苏联小说的程度,"引起当时多少干部的惊奇"。到县里去工作的时候,他也不忘随身携带一箱子书。

朱明山身上具有明显的知识分子特征。他热爱读书,希望自己的生活更有意义。他懂得克制和自律,渴望成为人格高尚的人。他认识到了理想与现实之间的冲突,认识到了"大的方面"与"小算盘"的冲突:"一个人的思想在大的方面空虚了，失掉了理想，模糊了生活的目标，那么这个人的思想在小的方面，心眼是非常稠的，稠到打自己生活的小算盘的时候，根本没有什么制度和原则的观念了。"朱明山强烈地感受到了某些干部身上的"权力异感"。他也意识到了这种情形可能造成的严重后果。他试图寻找解决问题的办法。他发现"教育"是一个好办法，而"教育干部"像"教育农民"一样，是一件迫切而重要的工作。朱明山说："我们一定要教育干部，怎么把这种宝贵的热情引导到正确的方向上去。"朱明山的想法，就是柳青的想法：必须通过教育来克服干部身上的"权力异感"，从而最终将他们"引导到正确的方向上去"。

当然，朱明山也有性格上的缺点和认知上的局限。他热情绰绰有余，理性尚未成熟。他还没有学会用中正而和谐的态度来理解人性和对待生活。无论在他的性格中，还是在他的认知里，都有一种体现着时代情绪的绝对化的东西。他过于绝对地将"学习"和"那股劲儿"与家常生活和家庭情感对立起来，所以，劝妻子"不要老念叨你的母亲和娃娃们，他们不是你活着的唯一目的"。他缺乏设身处地地体察别人内心情感的意识和能力。他不知道，生活中的很多看似对立的东西之间，其实并不是排斥的关系，而是兼容的关系。这也不奇怪。因为，在道德浪漫主义时代的理想主义者身上，这种极端而峻烈的"拉赫美托夫性格"，并不鲜见。

显然，柳青并没有将朱明山塑造成一个"单向度的人"，一个透明而虚假的人。他正直、上进、高尚，但是，他也并不完美。有时，他甚至会表现出明显的激进主义倾向。他有自己的痛苦和烦恼。他为自己的不和谐的婚姻而烦恼。他暗自喜欢上了在火车上邂逅的女青年李瑛。在他心灵平静的湖面上，偶尔也会荡漾起爱情的涟漪。他为此深觉惭愧和不安。情感和性格的复杂，赋予朱明山以较强的真实感和典型性。

五、描写方法与语言风格

描写是小说艺术的重要技巧。小说的画面感和视觉冲击力，留给读者的深刻而持久的印象，皆来自直接的正面描写。杜甫的《石壕吏》《兵车行》《义鹘行》《北征》和《羌村三首》等伟大诗篇之所以千古不磨，之所以令人感动和难忘，一个很重要的原因，就在于杜甫掌握了完美的正面描写技巧。

然而，很长时间以来，我们却轻忽了描写，而倾向于把小说写作等同于小说叙事。我们似乎忽略了这样一个严重的问题，那就是，如果我们只满足于随意而油滑的叙事,那么,我们就会丧失对内容的客观性和细节的真实性的尊重,就很难看到准确的描写和生动的画面。最终,小说家就有可能形成一种错误的认知——写小说就是随随便便地东拉西扯,就有可能养成一种很讨厌的坏习惯——在小说里任性地、无节制地耍贫嘴。

当然,并不是所有的描写,都是真正意义上的描写。因为,还存在着"反描写的描写"。一切积极性质的描写,都意味着苦心孤诣的经营,都意味着反复的比较和耐心的选择。然而,"反描写的描写"却将精心而细致的描写降低为随便而粗糙的"原生态"涂抹。那些以"还原生活"自命的作家,似乎也在描写,实际上,他们的细节描写,不过是芜杂事象的随意堆砌。这种消极描写带给读者的阅读感受,不过是极度的无趣味和极端的无意义。

然而,柳青懂得描写的真谛和价值。他从不描写自己不了解的人和生活,从不描写那些似是而非的细节。用笼统的叙述和含混的描写敷衍了事,这不符合柳青的写作道德和写作习惯。真实、具体和精确是现实主义文学的重要品质,也是柳青所有成熟的小说作品的突出优点。

长篇小说《在旷野里》就彰明较著地显示着柳青极准确的叙述和极精确的描写。他的涉及具体数字和具体物象的叙述,简直就像药剂配置一样严格和精细:

从渭阳区三乡传来的消息是令人兴奋的——蔡家庄那个植棉能手蔡治良的创造性发现不仅实验成功了,而且新发现肥皂和蒸馍用的石碱也可以杀虫。人的智慧的确是经过劳动逐渐提高的:他们居然根据工业产品"硫磺石灰合剂"这个概念,创造了许多新的"合剂"——烟叶半斤、辣子半斤,加水四十斤熬好滤过;煤油六两、肥皂六两,加水八十斤溶化调匀;煤油四两、石碱四两,加水八十斤溶化调匀……李瑛的女性的挺秀笔迹写来的报告说:这些"合剂"比单独一样东西杀虫的威力大得多。

可以肯定,假如没有一丝不苟的求真态度,假如不曾用心地了解过这个"创造性发现",柳青断然不会如此准确地把灭虫"合剂"的配方写出来。向读者提供可靠的信息和确凿的事实,是柳青小说技巧经验中最值得珍惜的东西。

对小说写作来讲,最具挑战性的技巧,就是直接的正面描写。所谓直接的正面描写,就是聚焦于人物和环境的细致而精确的描写,就是那种形神毕肖的工笔画式的细节描写。它不允许作家偷懒和打马虎眼。它要求作家通过对"形"的直接描写,来写出作家的"心"和"神"——写人物的眼睛,就要写出他内心的火焰;写人物的面庞,就

要写出他内心的波澜;写人物的手指,就要写出他心弦的抖颤:

朱明山叫白生玉喝茶,白生玉只把茶杯挪动了一下。给纸烟,他不吸,皱着个眉头,用右手的拇指搓着左手掌,闷着头不说话。

"你说吧!"朱明山用一种痛快的口气鼓励他,也不能完全掩盖住自己有紧急事的神情。

白生玉抬眼望了望书记,好像要判断他给书记谈了有没有用。朱明山重新解开了衬衣上端的两三道纽扣,等待着白生玉说话。可是白生玉重新低下头去,两肘支在膝上搓他的并不很脏的肥厚手掌。

在这几段文字里,柳青几乎没有用一个判断性的话语来说明白生玉的心情,而是通过人物外在的动作,来显现他内在的心情。他赋予人物的不可见的心情以可见的形象。他写到了人物的手、眉头、眼睛等肢体和器官的活动,从而将人物的复杂纠结的心情,淋漓尽致地表现了出来。这种直接的正面描写,比简单的叙述性说明效果更好,难度也更大。

县长梁斌夹枪带棒,语侵县委书记朱明山。县委组织部长冯光祥见此,痛心疾首,觉得难为情。柳青一边用

简洁的叙述语言说明冯光祥的痛苦心情,一边用生动而传神的正面动作描写,来具象性地呈现他心理活动的过程和画面:

靠着桌子附近的一棵白杨树坐着的冯光祥,开头纵起他的古铜色的两颊,眯着眼,张着嘴,惊奇地听着。不多时,他的圆盘脸上浮起了痛苦的表情,低下了头。……他捡起一根被山洪冲到高岸上来的枯树枝,在草地上划着道儿,没有办法掩饰他的沉重心情。……他的古铜色圆脸吸引了很多视线,他感到脸上有点发烧,怪不自在,就用后脑壳靠着树身,仰起头透过树的枝叶的缝隙看蓝天去了。

"靠着""坐着""纵起""眯着""张着""听着""捡起""划着"……全都是外部动作,也全都是内在心情。其中,用树枝划地的细节,实在太有画面感和表现力了,以至于在《创业史》中,在描写中农郭世富斤斤计较的心理活动的时候,柳青又用了一次。

柳青的描写能力,不仅体现在人物描写上,也体现在对风物的描写上。在描写风景的时候,柳青的文字,就像巧匠手中特殊的画笔和颜料,点染出一幅幅令人陶醉的风景画:

没有耀眼的电灯,月牙和繁星从蓝天上透过树丛,把它们淡淡的光芒投射到模糊的瓦房上和有两片竹林子的院落里。四外幽雅得很,街巷里听不见成双结伙的夜游人的喧闹,水渠在大门外的街旁无声地流过去,各种爱叫的昆虫快活地聒噪,混合着什么高处宣传员用传话筒向在打麦场上乘凉的居民报告最近的新闻……

…………

月牙落了,繁星显得更稠,天空也似乎由浅蓝变成深蓝了。平原上安静多了,从村庄里只传来单调的犬吠声。地上有一股湿气上升,路旁的南瓜叶上有露水珠闪烁了。

柳青的景物描写,并不只用客观的绘画描写法。他还有另外一副笔墨,那就是主观性很强的抒情化描写。他接受俄罗斯文学影响,吸收了托尔斯泰和肖洛霍夫的伟大经验,选择用诗意化甚至抒情化的方式来体情状物:

有月亮的夏天晚上,在渭河平原上的旷野里是这样令人迷恋,以至于可以使你霎时忘记内心的负担和失掉疲倦的感觉,而像一个娇儿一样接受祖国土地上自然母亲的爱抚。

在你眼前,辽阔的平原迷迷蒙蒙地展开去。远处的村庄和树丛,就好像是汪洋大海里的波浪;近处,村庄淹没在做晚饭飘起的白色炊烟里面,只在炊烟上边露出房顶和树梢,很像陕北山顶上夏天黄昏时所见的海市蜃楼。

风把炊烟味和牛粪味带到路上来。农村气息时刻跟随着你,使你感觉到处处是在许多村庄的中间。要不然,路两旁的树丛挡住你的视线,笔直的白杨树顶着布满繁星的蓝天,野兔就在你面前从路这边的草丛跑到路那边的草丛里,你也许会错觉:这是什么人烟稀少的边远去处?

在这里,柳青从第三人称的角度描写,用第二人称的方式抒情,从而将内在情感与外在的物象打成一片,凝结成一个情景交融的抒情意象。这样,你在打开他的画卷的时候,就获得了双重的审美享受:既感受到了物象的形式之美,又感受到了心象的情感之美。

柳青的白描性质的正面描写技巧,极大地影响了陈忠实,所以,在《白鹿原》里,那种冷静而耐心的描写,所在多有;他的抒情化叙事和描写方法,极大地影响了路遥,所以,在《人生》和《平凡的世界》等作品里,那种抒情化的描写和叙事,就像悠扬的旋律,余音袅袅,不绝如缕。

柳青的《在旷野里》的语言,也显示出成熟而清新的风格。如果说，在前两部长篇小说里，即《种谷记》和《铜墙铁壁》里，柳青的语言还略显滞涩和僵硬，那么，到了《在旷野里》，他的语言，就像春天的泥土一样柔软和质朴了。这种成熟风格的本质，就是自然、朴素和清晰。它是冷静的描写语言，又是热烈的抒情语言；既有很强的画面感，又有很强的感染力；最终，它会让你对作者所讲述的一切，都产生充分的亲切感和信任感。在柳青的这部长篇佚作里，你几乎看不到一行矫揉造作和含混不清的文字。是的，单纯、简洁和质朴，这些就是柳青语言风格的重要品质和稳定特点。

柳青还成功地处理了语言上的雅俗关系问题。他将方言融入规范的雅言，从而赋予自己的语言以浓浓的乡土气息和家常的亲切感。虽然《在旷野里》的方言使用，偶尔也有太过"俚俗"和偏僻的问题，但是，总体效果是积极和完美的。柳青在文学语言实践上的成功经验，极大地影响了后来的陕西作家。可以说，没有柳青的影响，路遥和陈忠实小说作品的语言风格，可能就是另外一种样子。

六、两个问题：没有完成吗？为何不发表？

最后，来谈谈《在旷野里》的写作和发表情况，也就是，试着来回答这样两个问题：它写完了吗？如果写完了，为何没有公之于世？

柳青于1952年秋天回到陕西，随即便到长安皇甫村深入生活。根据作者在书稿上所标注的信息，《在旷野里》完稿于1953年10月7日。这说明，这部小说所提出的问题，早就萦回在他的脑际和心头。柳青之所以写这部小说，并不是一时的心血来潮，而是长期思考的结果。

那么，《在旷野里》是一部未完成的小说吗？根据作者1953年10月7日在文稿末尾注明的"未完"二字，它似乎并非完璧。然而，谛观审视，你会发现，这部小说之情节推进和人物塑造，似乎已然没多少有伸展的空间。它基本上在该结束的时候结束了。它停在了人物关系交织和小说情节发展的"拉奥孔时刻"。到此际，小说情节和人物关系发展的最终结果，已经大体清晰了。这部小说已是一个足月的孩子了。既然生活"了犹未了"，小说何妨以"不了了之"。事实上，根据柳青研究专家蒙万夫等人提供的信息，柳青这部长篇小说确实已经完成了："还在一九五三年年底，柳青就已经把那部反映老干部思想问题的长篇写好了。但是，粮食统购统销以后，翻天覆地的农业合作化运动极大地吸引着他……他坚决地放弃了已经写好的那个长篇，重新调整自己的创作计划，以全部精力来写农业合作化……"[①]但是，他们

[①] 蒙万夫等:《柳青传略》，陕西人民教育出版社1988年版，第77页。

没有告诉人们,柳青到底为何"放弃"这部小说。

另外,据柳青女儿刘可风说,这部小说"大约 97000 字"[1];现存书稿的电脑统计字数是 76428 字;鉴于两种统计方式有粗细之别,准确的数字,就应该是电脑统计出来的 76428 字,而不是粗略估算出来的 97000 字。也就是说,现存的书稿,就是已经完成的完整书稿。而作者之所以标注"未完"二字,很有可能是故弄狡狯:他要用这两个字来阻止人们,阻止他们将这部原本应该焚毁的小说拿出来发表。

那么,既然已经完成,柳青为什么不刊布自己的这部堪称重要的长篇小说呢?是什么原因使它尘封书箧整整 70 年?

《在旷野里》搁笔前后,消息就传了出去,于是,有关部门的领导就找到柳青家里来了:"市委宣传部派来干部,想了解情况,并劝他尽快将小说出版。他没有犹豫,坚决地摇了摇头。"[2]为什么呢?是因为艺术上不够完美吗?显然不是。刘可风对《在旷野里》评价很高:"这部小说和他的第一部小说《种谷记》比较,从结构上看比较完整,主题集中,脉络清晰,布局匀称,叙述事件发展

---

[1] 刘可风:《柳青传》,人民文学出版社 2016 年版,第 156 页。
[2] 刘可风:《柳青传》,人民文学出版社 2016 年版,第 157 页。

过程从容不迫。……和《铜墙铁壁》比较，也许是由于他经历过县委和农村的实际工作，熟悉他的描写对象，离开人物感觉的文字就少了许多，生活场景显然丰富细腻一些。"①刘可风的比较批评，是很有见地的，完全符合三部作品的实际情况。也就是说，《在旷野里》比柳青此前正式出版的两部长篇小说还要好，是一部艺术性相当高的作品。

如此说来，柳青之所以"坚决地摇了摇头"，之所以拒绝发表和出版，究其原因，或许在此而不在彼——在它所处理的内容和所提出的"问题"，而不在它的技巧和艺术性。

如前所述，《在旷野里》写到了两个方面的主题内容：一个是男女之间的情感，包括夫妻之情和微妙的爱情；一个是"权力异感"，即权力的傲慢和恣肆，或者用当下的习惯用语来讲，就是"权力腐败"。就前者来看，萧也牧的《我们夫妇之间》②，已经引起了轩然大波，某些批评文章，尖利猛锐，声色俱厉，简直到了必欲彻底摧锄之而后快的程度。《在旷野里》简直就是别样形态的《我们夫妇之间》。它虽然没有集中而尖锐地叙写夫妻之间在

---

① 刘可风：《柳青传》，人民文学出版社2016年版，第156页。
② 萧也牧：《我们夫妇之间》，《人民文学》1950年1月。

新时代的紧张冲突，但是，也多处写到了夫妻之间的龃龉，甚至写到了正面人物朱明山对妻子高生兰的不满和失望，也写了他对未婚的李瑛的朦胧的情愫。这样的叙事，很有可能给自己惹来麻烦，不如束之高阁为妙。

更让柳青不安的，可能还不是关于干部进城以后的两性情感的叙述，而是关于"权力异感"的描写。在特殊的认知环境里，批评个体就是冒犯整体，而对于"权力异感"的任何描写，都有可能被严重地误读，甚至会引致严重的后果。如此说来，他的这部长篇小说书稿，便只合与衣鱼君为伴，只合安安静静地做自己的梦，想象着七十年后自己得见天光的那一天。

事实上，柳青自己此后的文学梦，也是静寂而漫长的。直到1958年3月，他才在《延河》上发表了自己的第一部，也是唯一的一部中篇小说《咬透铁锹》[①]。从这部中篇小说开始，他遂将自己的小说写作，从"提问模式的写作"，切换到了"论证模式的写作"。

《在旷野里》接近收煞的地方，有这样一句叙述性的话语："出了北张村，重新到旷野的路上。两个人沉默了好大工夫，老白提出他自己的问题。"

事实上，在象征的意义上，每一个时代的人，都要走

---

① 后又屡加改写，易名为《狠透铁》。

出自己的"村子"，都要重新走到"旷野的路上"，都要"提出他自己的问题"。

那么，在这旷野的四顾茫茫的道路上，人们到底应该如何前行呢？该如何"提出自己的问题"呢？作家又该如何进入"提问模式的写作"呢？

这些，仍然是需要 21 世纪的中国作家庄严地思考和回答的问题。

2023 年 7 月 14 日，北新桥

（本文引用的《在旷野里》内容均来自柳青手稿）

大师之作
——从创作学角度谈柳青《在旷野里》的文学价值

阎晶明

能够在70年后再次发现、确认一位经典作家的长篇小说作品，并且将之校订后发表，这显然是当代文学史上的一件幸事。柳青，一位在最近十年来被高频率提及、热议、讨论的作家，一位从做人到创作，从人品到作品都被推及典范的作家，他的任何一点佚文发现都可称珍贵，而一部长达10万字的叙事作品，将会为柳青研究带来多少新话题，是很让人期待的。从这个意义上说，《人民文学》杂志和为了这部作品面世付出多方面心血与劳动的有关人士，做了一件功在当代的好事。

我有幸第一时间读到《人民文学》刊发的这部作品，可谓感慨良多。掩卷沉思，可说的话题很多，而我最想跟读者交流的是，这是一部文学性极强的作品，从创作学的意义上讲，70年后的今天，她依然拥有很多让人感佩、令人深思、给人启示的元素和品质。可以说，这是一部出自文学大师之手的大作品，除去所反映的时代生活的真实面貌，从小说创作的角度看，作品有很多值得今天的作家学习的地方。气象正大而艺术性极强。我不妨就自己初步的阅读感受记录如下，以期和读过她的朋友们再行交流。

在我进入讨论之前，必须要做一点必要的说明。我以下的分析都是初步的而来不及深思熟虑，都是孤立于这一部作品而无法结合柳青其他的小说，虽然那样肯定会得出更加具有说服力的结论，但对我而言，时间的匆促还在其次，阅读领悟力也难以达到。可以想象，很快就会有这样的更理想的研究与评论出现。

一、向保存者、校订者致敬

我在北京和陕西等柳青创作纪念与研讨活动上见过刘可风女士，虽然没有过任何交流，但对她数十年来为柳青研究所做的贡献深表钦佩。这部长篇小说的从发现到发表，她的保存与无私奉献功不可没。有关这一系列故事，邢小利先生发表在同期的考述文章已有详细讲述，十分珍贵。他和李建军两位学者为这一作品的面世做了大量事无巨细而又专业的工作，价值非同一般。我特别认同他们为小说重新拟定的名字：《在旷野里》。原稿是没有书名的，刘可风女士为之暂定《县委书记》，是借用小说主人公朱明山的身份。《在旷野里》则很好地诠释了小说的总体风貌，既指向小说情境，也指向小说意旨，而且的确，小说多次出现"旷野"一词，加之频率同样很高的"田野"，对于理解小说主题具有特殊的价值，应当很符合柳青创作的初衷。邢李二位还就作品的诸多文字进行了校订，对一些笔误进行了纠正，对其中的某些表述做了必要的注释，都是让人感到温暖的行动。

二、就其中的一些校订内容商榷

当然，作为读者，我对好友邢小利在考述文章就个别校订特别是纠正的地方，也还存有一点商榷的想法。在这里也不揣冒昧地提出来，以求得进一步的讨论。比如我印象最深的一处修改和说明是，小说第十七节，在下乡至乡村的现场，一向自负的县长梁斌，为了向新来的县委书记朱明山示好，"带着一种权威的神气命令"[1]

---

[1] 柳青：《在旷野里》，《人民文学》2024年第1期。

他的秘书王子明说:"你去看朱书记在哪个屋睡,叫把蚊香给点着。熏完以后把门给关严,不要叫人乱开。"①此处的"不要叫人乱开",原稿是"不要叫乱人开"。考述认为,"乱人开"应该是"人乱开"之误,故改之。而我以为,原稿中的"乱人开"是一种更具生活化和具有特别意指的表述。其实更生动也更符合语境。"乱人"这个看上去并不规范的词汇,可以认为是一个俗语。在陕北和晋北地区使用比较普遍。我为此专门去查阅了《汉语方言大词典》,可以看到有"乱人杂手"一语,认为是流行于晋北忻州地区的俗语。解释为"形容人多手杂"。且有例句:"这么大的事筵,乱人杂手的得好好儿检点住东西哩。"②即使到"百度百科"里,对于"乱人"也有解释:"违背正道或制造混乱的人。"也非常接近小说中的对话者县长梁斌的强调重点。为了向新来的县委书记证明自己的关心和负责任态度,事实上是一种过度表态,进而把一件小事夸大到原则问题,把旁人都视作"乱人"。在这部小说里,县委的几位主要领导以陕北人居多,梁斌倒是属于少数的本地人。我想,"乱人"一语,即使不属于关中俗语,那也是柳青在不自觉中将陕北话带

---

① 柳青:《在旷野里》,《人民文学》2024年第1期。
② 许宝华等编:《汉语方言大词典》第二卷,中华书局2020年版,第2699页。

到了这位关中人物身上。属于不自觉而又自然贴切的语言行为。

我之所以在此想提出这么一点意见,是因为虽是一个词的更换,或虽是两个字的顺序置换,但其实也涉及对小说语言的某种认知。还是有一点全局性意义的。

三、充满修饰与限定的叙事

我说《在旷野里》是大师之作,是这部创作于70年前的小说,在今天读来,仍然充满艺术上的新意,而且一些艺术特质与当下长篇小说创作趋势很有暗合之处,我忍不住想用拍案叫绝来形容这种阅读上的愉悦感受。

小说的基本故事其实并不复杂,新来的县委书记朱明山一到县里,就遇到本县百年不遇的棉蚜虫灾害。县里从领导到普通干部已显束手无策,乡村里的群众也表现出灭虫无力,疲于应付,听之任之的状态。朱明山面对如此棘手的难题,带领一众干部,深入基层,群策群力,努力寻找灭虫方法。这部未完成的小说,在灭虫前景上其实已然清晰明朗。

如此具有年代感的故事,如何能写出不那么概念化而是生动的感觉,如何能让今天的读者仍然读出一种既熟悉又陌生的艺术性,这正是小说具有经典品质的一个明证。

在人物出场、故事叙述的过程中，我们可以随时看到柳青艺术笔法的精妙。这种精妙的一个显性的、集中的特点，就是在叙事过程中，不断加入限定语，让简单的故事变得复杂，让并不剧烈的动作蕴含着多重含义，让每个人物的出现都带着明确的个性色彩。

比如，小说一开始描写朱明山坐着拥挤的火车去往新的工作地，本身就是场景生动的描写，决不让每一个看似不重要的情节简单地过渡过去。而且，所有的描写在后面几乎都得到呼应，让人读出一种精心与精妙。"车厢里立刻变得轻松愉快起来。凉风从纱窗里灌进来，甚至钻进人们的单衣里面，叫人浑身上下每一个毛孔都觉得舒服。"① 凡在盛夏坐过开着车窗、飞奔向前的绿皮火车的人，都会对这样的描写产生感同身受的感觉。而那些"用扇子、报纸、画报以及手巾扇着凉的旅客们"②，以及朱明山塞到座位底下的"一口手提皮箱"③，在紧接着的叙事上都得到了呼应。

《在旷野里》的语言是文学的，所有的叙事和细节描写，都穿缀着各种限定，使得描写对象总是显示着特别、个性及精细之处。如第五节写到朱明山和白生玉在办公

---

① 柳青:《在旷野里》,《人民文学》2024 年第 1 期。
② 柳青:《在旷野里》,《人民文学》2024 年第 1 期。
③ 柳青:《在旷野里》,《人民文学》2024 年第 1 期。

室里相见,"他和白生玉在两个早已没一点弹力的破沙发上坐下来了"①。到第六节,当县长梁斌进来时,朱明山又"立刻请县长在白生玉刚刚空出的沙发里坐下"②。不忘记这是同一现场。第四节描写梁斌"有时激怒地把洋火盒使劲掼在刻着棋盘的洋灰桌上"③。每一个器物都被并不多余而很有画面感地修饰过。

在这个叙述干部群众齐心协力灭除棉蚜虫灾害的故事里,时常让人读出一种文学语言独具的生动和精妙。小说里的白生玉是个没有文化的干部,朱明山总是在观察中鼓励他向上努力。小说的第八节就有这样一段对话:"白生玉继续沉思着,'咱没文化,没理论;可是像那些知识分子说的话,咱可有感觉。''什么感觉呢?'朱明山不由得笑他说'感觉'两个字的生涩劲儿。"④惟妙惟肖,妙趣横生,一个人的口吻和用词,另一个人的内心观察与反应,尽显其中。

《在旷野里》全篇处处都是这样的语言,都是这样的表述,画面感,内心活动,看似平常的场景中随时都有通过对话或肢体语言传递出来的波澜与冲突,生趣盎然,令人感佩。

---

① 柳青:《在旷野里》,《人民文学》2024 年第 1 期。
② 柳青:《在旷野里》,《人民文学》2024 年第 1 期。
③ 柳青:《在旷野里》,《人民文学》2024 年第 1 期。
④ 柳青:《在旷野里》,《人民文学》2024 年第 1 期。

四、陕北方言与关中俚语的交融

《在旷野里》是这样一部小说：故事发生在关中平原，渭河两岸，但主要人物却多来自陕北。小说分明具有两个地域的意识并时常会在叙事中表露出来。这应该是只有陕西作家才可以做到的"分界"。对秦地之外的读者们而言，无论陕北、关中还是陕南，都是差不多一样的。只有陕西人知道，那其中无论从语言、习俗还是风情，区分其实是很大的。小说开头的第一节，描写朱明山在闷热的火车上的举动及其心理活动。"朱明山早已揩了他的满头大汗，解开了上衣的每一颗纽扣，在自己的座位上坐了下来，带着一种令人难以捉摸的笑容，不知道他心里有什么喜事。难道这个三十岁上下的陕北干部——大关中解放以来，这样的干部到处有，即便有穿上呢子制服的，也盖不住他们举动上的那点农民底子，人们一眼就可以看出——是请准了假，要回老家去同爱人、大人和娃们见面吗？"[1]十分亲切的描写，而且突出了来自陕北的干部形象。小说第五节，当朱明山第一次见到同样是陕北出身的白生玉时，"朱明山握住白生玉巨大、生硬、有力的手，

---

[1] 柳青：《在旷野里》，《人民文学》2024年第1期。

望着在陕北农村里经常遇到的泛着红紫色的长方脸"[①]。这一描写里,"在陕北农村里经常遇到"[②]也成了一种形容和联想。第八节里,朱明山在暗夜的旷野看到远处有一道耀眼的光亮,另一位来自陕北的干部赵振国告诉他,那是某个村子开着汽灯在召开群众大会,朱明山的第一反应是:"'唔呀,'朱明山高兴地说,'到底和陕北不同啊。'"[③]这里其实是在感慨关中的条件要优于陕北,但作家却使用了"不同"一词而不用强调高下的说法。

柳青本人就是陕北人而又长期在西安以及关中地区工作、生活、创作。他与朱明山式的干部可谓感同身受,如出一辙。小说里的人物对话,也是陕北方言与关中俚语泾渭分明,煞是有趣。我在前面一节里已经向邢小利先生请教过关于"乱人"改为"人乱"的问题,如若这个词语不属于关中方言,那也是柳青不自觉地运用到了他的身上。小说里,举凡朱明山跟白生玉、赵振国这些陕北干部讲话时,双方操持的是明显带有陕北味道的词汇、语气甚至表达方式。而梁斌以及本地干部和老百姓出来说话,又夹带着十足的关中味道。这两种对话在小说叙事中应当是被自觉运用、化用、活用且加以区分的。

---

① 柳青:《在旷野里》,《人民文学》2024 年第 1 期。
② 柳青:《在旷野里》,《人民文学》2024 年第 1 期。
③ 柳青:《在旷野里》,《人民文学》2024 年第 1 期。

小说第三节开头就写道,朱明山刚到县里,就"立刻同许多带着陕北口音和带着关中口音的干部见了面"①。而县委副书记赵振国就是同样陕北出身、曾经在"陕北一个县上当区委书记"②、之前就与朱明山相熟的干部。当朱明山问他是不是一来这里就在县委工作,赵振国回答道:"不啊,乍解放那阵在区上。"③朱明山又问他,既然做过组织部长,那一定对这里的干部很熟悉了,赵振国说:"熟顶甚?"④谈到工作头绪问题,赵振国也一样表示"一摊子不知从哪达抓起哇"⑤。这里的"乍解放""熟顶甚""哪达",就应该是比较鲜明的陕北口音。而另一位陕北干部白生玉,则是从里到外透着陕北味儿。除去那张陕北常见的紫红色长方脸,生硬态度里的陕北性格,他的语言同样具有浓浓的陕北味道。比如初见朱明山就表达无法安心在这里工作,白生玉说道:"第二步我回陕北走去呀。这达有人来了,文化高;咱是累赘。要看人家的脸色,还哼儿喊哩……"⑥

县长梁斌作为本地出身的干部,讲话时又带着关中味

---

① 柳青:《在旷野里》,《人民文学》2024年第1期。
② 柳青:《在旷野里》,《人民文学》2024年第1期。
③ 柳青:《在旷野里》,《人民文学》2024年第1期。
④ 柳青:《在旷野里》,《人民文学》2024年第1期。
⑤ 柳青:《在旷野里》,《人民文学》2024年第1期。
⑥ 柳青:《在旷野里》,《人民文学》2024年第1期。

道。比如表达对群众观念落后的不满，这位县长就说道："落后成啥哩嘛！"①关中方言更多地出现在老百姓的口头语当中。当他们对干部组织灭虫工作失去信心时，他们的说法是："日头爷高了，盯一盯回去吧，你们能有啥办法哩嘛……"②"斗争！斗争！叫这伙屄娃们斗争虫王爷吧！看这回怎么整油汗！"③从用词到语气，浓浓的关中味儿。

在小说里，一方面，柳青有意识区分开陕北干部和关中当地人的口音，另一方面，在叙述故事的过程中，也时有将两地比较或加以融合的意味。第三节朱明山见到赵振国的六七岁的孩子，唯一的评价是"啊哟，一口关中口音"④。当白生玉给群众发灭虫用的喷雾器时，一再叮咛"操心把橡皮管管上的那个铜嘴嘴丢了"⑤。而他的这番带着叠词的话，"惹得很多本地同志学着他的陕北口音"⑥。小说里的白生玉是从里到外不可改变的陕北人，朱明山一听就能判断出他的"清涧口音"。白生玉的这种地方标识之重，连工作上的进退想法，都会引用这样的话表达："大概检察署老何说对了：我们和陕北穿下来的粗蓝布衣

---

① 柳青：《在旷野里》，《人民文学》2024年第1期。
② 柳青：《在旷野里》，《人民文学》2024年第1期。
③ 柳青：《在旷野里》，《人民文学》2024年第1期。
④ 柳青：《在旷野里》，《人民文学》2024年第1期。
⑤ 柳青：《在旷野里》，《人民文学》2024年第1期。
⑥ 柳青：《在旷野里》，《人民文学》2024年第1期。

裳一样，完成历史任务了。建设社会主义，看新起来的人了……"[1]朱明山不解地问谁是老何，"哪里来的干部？"白生玉回答说："何检察长，也是咱陕北人。"[2]这里所涉就不简单是方言问题了，实际上涉及文化观念谁先进谁落后的问题。朱明山作为陕北出身、文化程度较高的领导干部，对话语言倒并不带有明显的陕北口音，但有的描写也分明指向他的出身。比如在第十七节里，朱明山在会场上观察大家的表情，"朱明山在煤油灯光中也可以看出：大家脸上的线条也不再是那么死板板的了"[3]。这里的"死板板"也是一种陕北话常见的叠音词。

写到这里，我特别想提出的一点是，我已经在好几个场合，多篇文章里强调，最近两三年以来，中国当代小说创作呈现出全方位突显地方性的趋向。故事发生地的真实方位以及相关文化习俗的介入，人物对话的浓郁方言，甚至连作家的叙事语言也大量引入方言俚语。这种地方性的追求，既是作家们寻求小说辨识度、突出风格特点的自觉所致，也是努力将地方性与现代性相结合的追求，形成不一样的小说景观。从《繁花》到《家山》，从《宝水》到《北流》，既有北方也有南方，既有乡村也有都市，既描写

---

[1] 柳青：《在旷野里》，《人民文学》2024年第1期。
[2] 柳青：《在旷野里》，《人民文学》2024年第1期。
[3] 柳青：《在旷野里》，《人民文学》2024年第1期。

现实也回忆历史，呈现出别样的小说景观。在此小说景观背景下再读柳青70年前的这部小说，恍然有穿越历史、汇入当今小说潮流的融合感。是的，如果我们说这是当今一位小说家在地方性潮流中写下的同类小说，我的阅读感受则是，不但毫无违和感，而且写作水准堪称一流。

五、简单故事里的多重矛盾

《在旷野里》的故事并不复杂，一个新来的县委书记，面对一场虫害之灾，他需要团结干部，带领群众，将这一灾害除灭。这是社会主义建设初期并不稀见的题材，这样的小说要写出味道，写出个性，写出多样性，写出70年后的读者仍然愿意读并读出趣味的小说性，则实为不易。我必须要说的是，小说除了具有认识论的价值，认识一个特定时代人们的观念、意识，人们的奋斗、追求，一个社会所处的历史时段和生产劳动面对的特定情形之外，在并不具有戏剧性的故事空间里，却创造出非凡的小说世界，塑造出一个个鲜活的人物，人物与人物之间构成各种错综复杂又合情合理的矛盾线索。在纷繁线索中，又分明可以看到一条主题主线。

围绕除灭棉蚜虫害，小说展示了多种观念、做法之间的不同，尤其是这些差异导致的心理较量与行为冲突。朱明山作为县委书记，首先面对的是县长梁斌在这一工作上的固执己见。县长的坚持里，固然也有做好工作的意愿，但他要求砍伐当年结出果实不多的苹果林而改为粮田的命令，在灭虫工作上提出大搞参观等形式主义做法，在各种会议上长篇大论，包括他微胖的身材骑着"飞利浦"进口自行车奔走的形象，其实是具有一点轻微的漫画味道的。加上他与前任县委书记之间有矛盾，逼走对方而大耍威风的盛气凌人，都让人看到一个面目可憎的干部形象。但小说并没有把梁斌推到讽刺对象的程度，朱明山以其政治上的智慧保持着跟县长之间的良好沟通，也因此让小说人物之间达成地位上的平等，这实属不易。我甚至可以认为，柳青是把他在政治上的成熟运用到小说技巧当中。每当有干部对梁斌的做法表达不满时，朱明山总是告诉大家县长说法和做法的积极的、合理的因素。这既是面对复杂工作与灾害挑战必要的审慎，也体现出以团结的态度处理关系的睿智与技巧。

来自陕北的老乡、监委会主任白生玉和梁斌的冲突是直接的，梁斌身边的秘书是个趋炎附势的小青年，其他的干部也都在面对县长时表现出各自出于场面或内心的选择。面对消灭虫害这一具体工作，形式主义、官僚主义的风气已经引起朱明山的警觉。典型如高台区工作组组长张志谦，小说倒是活画了个年轻气盛而又大耍派头的形象。

开会讲话长达3小时之后，夜里继续召集群众会议训话。当朱明山在电话里郑重地告诫他要停止这些无用做法后，他又能在态度上表现出服从。

朱明山需要统筹各种关系，既要制止不良工作作风和工作方法，又要保持各方工作的积极性，既要群众改变观念，又要真正能够带领群众投入这场战争式的战斗。同时，弥散在这些错综复杂的工作关系当中的，还有包括朱明山在内的关于家庭、爱情的描写。有些描写甚至可以说微妙至极，令人称绝。即以朱明山为例，他与妻子高生兰之间其实已经产生隔阂，感情上也日渐疏远。他在去往县里的火车上结识青年团县工委副书记李瑛，一个从气质到上进心，从长相到言辞都很让他欣赏的女子，而李瑛对这位新来的书记，也同样充满了好感。期待是共同的，但克制更加必要。特别生动的是，小说的第十二节，朱明山同年轻干部崔浩田谈起了关于恋爱的话题。朱明山不但从崔浩田口里确认了他同李瑛之间的某种既有似无的关系，而且还以真诚的口吻鼓励他继续追求自己的爱情。微妙的心理和急切的言辞中，又有一个长者和领导的克制与大度。混杂其间的多重意味让人读之慨然。我甚至感受到一种超出预想的小说性。在看似寻常的场景与平淡的语言中，感受到不一样的心理活动。

在朱明山眼里，白生玉是一个文化程度低、性情简单、内心粗糙的干部和老乡，但另一方面，白生玉始终有回到陕北的意愿，有和妻儿团聚的诉求，又在无形中成为朱明山警醒自己的一面镜子。小说没有一语往这个意思上关联，但朱明山的反应，又分明映照着这种含义。柳青在节制与表达之间寻找到的平衡，可谓是大师手笔。

总之，这是一部看上去故事简单的小说，内里却充满了可见或可感的复杂微妙。这里顺带还想探讨一下这部小说的完成度。小说手稿的结尾有"未完"字样，已经说得很明白。但我们仍然可以认定它已然是一部相对完整的长篇小说的原因在于，小说中的人物出场，人物之间的关系，故事以及由此产生的矛盾线索，人物的性格特征，都已相对清晰。我们甚至可以这样想象，目前的戛然而止，也有其恰到好处的一面。比如朱明山个人感情的处理，其实就是一个难题。他与妻子高生兰是否会分手，以及他要如何处理和李瑛的关系，这些事实上的难题，在目前正好处于悬而未决、暧昧不清的状态中，这种悬置状态以及客观上形成的未能终了的局面，正是小说意味的某种最佳状态。这就有点让人联想到《红楼梦》的前八十回和后四十回这个传统话题了。但我相信读过《在旷野里》的读者，一定会认可这样的结论，这是一部在故事层面上尚未完成的长篇小说，但其想象的、情感的旷野已经充分展开。

六、心理对话与跳跃性叙事

可以说，作为当代文学初期的一部未完成作品，《在旷野里》的艺术手法十分多样，即使在今天读来仍然充满新意，带给人新奇的感受。小说里有一个始终没有出场却深刻影响着故事走向和人物心理与情感的人物，这就是朱明山的妻子高生兰。这个还在西安上着党校的女性，虽然形未至，神却无时无刻不在朱明山的周围环绕着。当朱明山面对李瑛时，他会更强烈地感受到高生兰的存在，而且还在和他对视、对话，使他现实中的行为受到严重制约。可以说，围绕朱明山的两位女性，一个形不在但神在，一个形在眼前但心神还不能确定。当朱明山在火车上第一次见到邻座的李瑛时，观察中产生的好感，立刻转移到对妻子高生兰的回忆以及比较中来。从此也揭开了朱明山对高生兰放弃理想追求从而变得庸俗琐碎的失望情绪。在小说里，白生玉、赵振国这两位陕北同乡也都遇到家庭生活与工作难以平衡的苦恼。白生玉是两地分居，赵振国是不堪重负。他们互相之间也都在言语中和心里比较着。赵振国就认为，高生兰好歹还在党校学习，而自己的老婆却斗大的字不识一个。朱明山只要想到李瑛，想到"她漂亮，她聪明，她进步"，只要他和李瑛面对面，脑子里总出现高生兰的形象，而且参与到他们的对话中来，语气坚定，参与度极高，这幻影让朱明山无法真正面对眼前的现实，更不可能有什么实质性的发展。小说中多处这样描写，让一个并未出场的人物却成为不可抹去的形象。当朱明山手持高生兰的来信欲拆未拆之际，也总有高生兰本人在和他进行对话，向他质问，让他难耐甚至自我难堪。

这些精湛的笔法，让小说顿时跃动、灵动起来，充满了未知而欲知的悬念，欲罢而不能的感情，人物内心的纠结，通过这种时空跳跃式的叙事，都被活写出来了。

七、关于"脸"的描写

《在旷野里》有许多生动的描写。人物的步态，步态里所反映出来的人物性格和心态，简直具有符号学式的准确和尖锐，具有罗兰·巴特式的深邃眼光。看看小说第六节开头是怎么描写县长梁斌出现在朱明山面前的。这是透过朱明山的眼睛也应该是小说叙述者的评价而观察到的情景：

> 一个姿态尊严的人踏着自认合乎身份的匀称的大步走进了朱明山屋里。
>
> "梁斌。"他一边自我介绍一边和朱明山握手，

随即带着有节制的笑容，或者是某种程度的自负，用一种缓慢的语调解释说……①

传神！

给我留下集中而深刻印象的，是柳青对各色人物的"脸"的描写。这些描写，有的是关于人物的长相，有的是针对人物脸上的表情。"相由心生"这句话用到这部小说里，简直准确极了。我甚至不想去归纳这些描写的特点。只想根据我的阅读发现，列出以下关于"脸"的描写之种种，一起集中欣赏一下柳青出色的艺术笔法，感受一张张脸是如何生动而又特别地出现在读者面前。

第一节：一抹不愉快的表情浮上了朱明山依然残存着病态的长形脸，代替了原来的笑容。

第一节："念念咱听听！"一个显然是不识字的老眉皱脸的铁路工人伸长脖子请求着。

第二节：（李瑛第一次出现）在灰制服的肩膀上垂着两条辫，她用一本莫斯科外国文书籍出版局印行的装订很好的书，朝她因为出汗而显得特别红润的二十岁上下的脸庞扇着凉。（同时也可感受一下柳青无处

---

① 柳青：《在旷野里》，《人民文学》2024年第1期。

不在的修饰性描写。）

第三节：脸上刻着记录自己所经过的困苦的一条条皱纹、像多数山地农民一样驼着背的赵振国，给书记的到来乐得不知如何是好。

第三节：饭场里一片微笑的脸。朱明山走回他的原位，就觉得和大家开始熟了。

第四节：（描写梁斌动作）他就掏出手帕，一边擦着胖胖的圆脸上的汗水，一边姿态尊严地抬着脚步。

第五节：（描写白生玉）朱明山握住白生玉巨大、生硬、有力的手，望着在陕北农村里经常遇到的泛着紫红色的长方脸。

第五节：白生玉脸上浮起了难以忍耐的痛苦的表情，又停住了。

第五节：梁斌用他的厚嘴唇啜着热茶，翻眼瞟着朱明山划着洋火，点着他薄嘴唇噙着的纸烟，他的嘴唇和眼睛竭力显示着很欢迎的笑容。

第六节：从那丰满的面部的表情变化上，也可以看出朱明山这番话，在梁斌头脑里得到了什么反应。

第七节：梁斌面色略微有点不自在，但却非常容易地给他尊严的风度掩饰住了。

第九节：白生玉的长脸比挨了耳光还难看，鼻头上布满了汗珠,眼不知往哪里看对。

第十节:(描写李瑛)读了加里宁《论共产主义教育》关于青年恋爱问题的充满关怀的文章以后,这位胡须中间和眼镜后边总是带着微笑的老爷爷使她这个中国孙女更有意识地和张志谦疏远起来了。

第十节:(描写李瑛)可是她没想到这一句话把蔡志良脸上浮起的那点喜色一扫而光,恢复了他原来的满面愁容。

第十一节:(描写李瑛)她的脸庞和身材对于所有的人显示出吸引力。

第十一节:"治良同志,"朱明山喜欢的眼光盯着他消瘦但是坚决的长脸。

第十二节:崔浩田听到一句生活的真理,稚嫩的脸庞严肃起来,期待地望着对方。

第十二节:崔浩田的两面丰满的脸蛋唰地红了。

第十三节:他的视线总是避开张志谦经常带着健康红的脸,这脸上的五官好像卫生院的挂图一样端正,两腮的肌肉显示出刚毅,两眼也闪灼着聪明。这个在赵振国心目中一直是相当可亲的脸庞,现在引起他的不满。

第十三节:张志谦脸上浮出满意的笑容,对准用白布包的受话筒说着,好像县委书记隔着二十里地能看见他的表情。

第十三节：张志谦的标本的端正脸上消失了笑容，一层淡淡的灰暗盖住了健康红。

第十六节：公安局长红着脸，歪咧着嘴角，没什么话说。

第十七节：朱明山放开手又特别注意地重新看了那王秘书一看：仍是瘦长脸，脸上是深眼窝和尖嘴巴，一颗大金牙反射着灯光。不知怎么回事，从杨宝生所说他接电话的情形，就在县委书记印象里留下不愉快的感觉；现在，朱明山甚至觉得本人比他想象的还要给人感觉不愉快一些。

第十七节：朱明山在煤油灯光中也可以看出：大家脸上的线条也不再是那么死板板的了。

第十八节：白生玉胡子巴茬的脸也晒得顶黑，粗糙而且消瘦，一个大嘴巴的嘴唇上裂裂巴巴尽是干皮。

第十八节：（描写白生玉接朱明山电话）因为嗿烟锅，口水流到他的短胡子茬里。

第二十节：（朱明山）"你听见了吧？"他盯着冯光祥古铜色的圆脸，语气低沉地说……

第二十节：朱明山调头来看冯光祥，组织部长因为自己错误的想法，古铜色的圆脸通红了。

以上罗列肯定是不周全的，有的直接描写五官的语句并未列入，还有我难免疏漏的。但我们已经完全可以认定，柳青特别能抓住人物脸部的表情，像一个看相者一样，说出人物的内心活动，甚至其出身来历，人物在人群中的表情所反映的心理活动以及藏在内心的隐秘情感。一方面，那一时期的文学描写中，专注于人物的脸可能也是比较普遍，就像大众的审美大都倾向于以"苹果脸蛋"为最美一样。另一方面，很显然，柳青的察言观色能力超强，这种能力，既来自一个小说家的敏感，也体现出一个政治家的洞察力，老到而又精准。

八、多重的艺术描写

《在旷野里》的艺术手法是多样的。可圈可点处很多。总体上，小说叙事处在一种光明、鲜亮、欢快的语调当中，营造出的也是相应的欢乐氛围。这是当代中国刚刚进入社会主义时期必然具有的色调，同那个时代人们普遍的心理预期和情感色调相呼应。同时，小说又在多方面体现出丰富的艺术手法。除了上面简述的几点，至少还有以下两个方面值得关注。一是小说时有深情抒发对时代、对国家、对土地、对人民的真挚感情。它们常常出现在故事场景转换、人物情感需要调整的时候。二是小说中的棉蚜虫灭除，并不简单是一个推出其他故事和主题的背景，它本身的的确确就是小说故事的中心。其中具有关于防治虫害的许多科学知识，这些知识甚至融入故事当中，成为不可剥离的一部分。

关于诗意抒情的部分，我忍不住想引用一段与读者分享，可以见出作家的表现力。第八节的开头，作家这样写道：

有月亮的夏天晚上，在渭河平原上的旷野里是这样令人迷恋，以至于可以使你霎时忘记内心的负担和失掉疲倦的感觉，而像一个娇儿一样接受祖国土地上自然母亲的爱抚。

在你眼前，辽阔的平原迷迷蒙蒙地展开去。远处的村庄和树丛，就好像是汪洋大海里的波浪；近处，村庄淹没在做晚饭飘起的白色炊烟里面，只在炊烟上边露出房顶和树梢，很像陕北山顶上夏天黄昏时所见的海市蜃楼。

风把炊烟味和牛粪味带到路上来。农村气息时刻跟随着你，使你感觉到处处是在许多村庄的中间。要不然，路两旁的树丛挡住你的视线，笔直的白杨树顶着布满繁星的蓝天，野兔就在你面前从路这边的草丛跑到路那边的草丛里，你也许会错觉：这是什么人烟稀少的边远去处？①

这样的诗意今天读来仍然让人怦然心动,不是吗？

总之,这是一部值得珍视的佳作,一部出自文学大师之手,可以反复阅读,值得深入分析的经典之作。

---

① 柳青:《在旷野里》,《人民文学》2024年第1期。

柳青：文明进程与文学担当

施战军

一、柳青是怎样的作家

柳青是民之子、地之子——这是公认的事实评价，不用多说。他深得传统典籍营养又掌握多门外语，一边向先进思想成果学习一边向生活学习，因而他更是秉持劳动者诗学的文明之子。

柳青的笔下，有新文明形态，不同于以家族礼俗为抓手的反封建主题的惯性创作。

对于农村题材小说而言，茅盾和柳青是两个具有划时代意义的文学史人物。

在茅盾之前，居于城市的知识分子作家因对故乡的失望而批判礼教、启蒙国民，使情感上不无情绪化、审视中不乏观念化的"乡土小说"名盛一时。茅盾先生通过"农村三部曲"《春蚕》《秋收》《残冬》的创作实践和《〈中国新文学大系·小说一集〉导言》的理论倡导，发现并激活了"农事"这一乡村要件，还原乡村以民生的面貌和以生计为故事主线的现实感，并与风俗合一为农民的整体生活情状，从此才有了跟启蒙意图和"国民性"概念先行的"乡土小说"相区别的以劳动者形象和实景世情为核质的"乡村小说"。那段生民艰难的"农村破产"的历史实际让茅盾与叶绍钧、丁玲、叶紫等作家不约而同地一起为现代文学史贡献了"丰收成灾"主题，记录下了那个历史时期物质与精神的双重文明灾难。"乡土小说"首在"立人"，"乡村小说"重视人的存活——在人与社会关系中体现农耕文明的困局和路向。

柳青是最早对新国家新社会具备了新文明感应的作家，历史背景的转换，农事、生计、农人心理又加上农村社会新的经济组织结构的建立，让柳青的文明书写有了新质。作为一名热爱并书写新文明样态的作家，新民主主义革命时期，对于陕甘宁边区根据地后方战斗生活，柳青的《种谷记》和《铜墙铁壁》不惜以众多人物而不是突出典型人物的方式来展现，写得宽展厚诚。中华人民共和国成立之初，历史背景转换了，农事、农民的心理和生活，包括新的农村组织架构，这些都被柳青敏锐地一一捕捉。柳青聚焦乡村形态变化与乡村建设任务，关注其中人与时代在演进中的新质素，从《在旷野里》到《狠透铁》再到《创业史》第一部、第二部，柳青的创作，在文学意义上达成了生活、人民、江山的高度统一，从文明的意义上达成了人与社会生产、人与历史发展、人与自然环境的整体观照。

二、《在旷野里》是一部怎样的作品

《在旷野里》在柳青的创作史上是一部承前启后的重要作品。对从革命战争年代向建设发展时期转变的社会、生态与人的文明的观察记述，具有独特的认识价值与审美价值。

《在旷野里》开启了柳青关注新中国农村社会破旧立新变革的文学之门，其基本的文明立场、人民情怀、生活态度和成功的艺术经验，不久之后的更具系统性的《创业史》的写作与之一脉相承。

《在旷野里》虽然标注"未完"，但开放性结局和审美完整性已然存在，恰恰构成了一部杰作留给读者想象空间的必备特征。而且已经足可证明柳青是最早对社会主义新文明形态予以敏感捕捉并通过艺术提炼加以真切呈现的大作家。

三、大作家好作品对新时代文学具有怎样的参照意义

看他在哪里。

柳青有一句名言:"要想写作,就先生活。"他在乡间,在生活里,柳青所言的生活是实实在在地活在农村的生活。不是路过不是来访不是旁观,他就是原上苗、山间树、水中鱼,有体感也有体恤、有凝视也有审视;他在旷野,不是小作坊不是小家业,情系民食之天、身处父老之地、心怀大道之行,有格局也有格调、有远望也有远虑。

再看他有多大。

从当时年龄上看,他不算大。写《在旷野里》的柳青属于现在标准的青年作家,路遥写《平凡的世界》时岁数要大一点,但写这些作品时他们都不到40岁。

从历史担当上看,他格局很大。对从革命战争向生产建设转型的中国,从1951年初夏开往渭河平原的火车起笔;《平凡的世界》着眼从阶级斗争向改革开放转折的中国,从20世纪70年代中期的惊蛰开写。史诗的开篇征象,如此神似,成为我们对路遥是柳青传人这一想象的真实依据。这种"大",就是那种胸怀"国之大者"的大境界。

从对人和文明的认知上看,他对笔下的人物大度、对

历史运行的把握有大方向。每一个人物都活灵活现，每一个事件场景都栩栩如生，在矛盾、难题面前，正偏选择都有其由来，小心思、臭毛病都得到容留，而作品的整体气韵强劲，总是识大体、通大势，对全面发展的人类文明理想，怀着热切的大愿。

柳青质朴诚恳实在的生活小说，细节好看极了。"大节"也并不含糊，回应着时代之变、中国之进、人民之呼，内含着信仰之力、民生之念、赤子之心，由衷生成了大抒情的旋律与节奏——是关于在文化传承、人民向往中持续建造现代文明的宏大史诗。

大作家好作品——比如70年前柳青用优雅的"豆豆体"手写的这部《在旷野里》——既可助力写作进阶，也可丰富提高真善美的文明修养。

从民主革命时期的茅盾到社会主义革命和建设时期的柳青、周立波，再到改革开放时期的路遥，乡村小说大作家好作品的脉络谱系是清晰的。"新时代山乡巨变创作计划"就是对这一文脉赓续新创者的呼唤和召集。更多更好的乡村小说已在路上。

从再语境化视角看一部佚作的问世

安德明

《在旷野里》的出版,无疑是当代文坛的一件年度大事。这部多年沉寂的著作之所以能够问世,是多元力量共同作用的结果。它让我们看到了一个多年沉寂的特定文本再语境化后的特殊价值,尤其是围绕文本展现出的跨时空对话与多元生产的美学效果。

《在旷野里》是柳青先生的佚作。一部作品之所以成为佚作,有多种原因。对于许多历时久远的作家作品而言,甚至还存在辨伪等文献学方面的问题。但《在旷野里》,由于是当代作家的作品,我们不仅可以借助诸多现实有力的证据判断作品的原真属性,而且也能够对导致它没有正式出版的原因做出一些初步的推断,比如,除了尚未完成之外,大致还同当时特定社会环境的影响,以及作者自己对作品的态度、思想上的顾虑等有关。

从接受美学和交流民族志的角度来看，完整的文学活动，必然包括创作和接受两个维度。一部文学作品的完整意义，必然要通过读者或听众的阅读和欣赏才能得到彻底的实现。后者也可以称作是作为文本的作品被语境化的过程，是文本付诸交流实践的过程。文本意义的完整性，只有经过语境化的处理才能得以呈现。对于佚作而言，无论它成为佚作的原因如何，由于没有得到传播，缺少读者接受和欣赏的过程，缺少语境化的过程，它的意义也就不能获得完全的实现，就像一把宝剑锻造出来之后，缺少了淬火的环节。

一般而言，一部文学作品的创作，往往是基于作者对时人时事的观察、认知和理解，其指向的接受目标，通常也都是生活在同时代的人。特别是对那些具有较强时代属性的作品，只有与之同时代、有着相同经历的人，才可能有感同身受的领会。就此而言，不妨把作品创作时期人们所处的社会文化环境称作该作品的"原初语境"，这是作品得以语境化的基础。而那些经久流传的作品，其对于后世的读者来说，要理解它，必然会存在一个需要再语境化的过程——包括制度、社会、文化等层面知识的再语境化，也包括阅读情境的再语境化。

没有经历原初的语境化的佚作，能够被后世发现和认识，尤其体现着这样的突出特征。它是在一个与原初语境既有连续性又有很大差别的新语境下，被加以呈现、阅读和理解，也就是经历了再语境化的过程，并由此体现出卓然不同的价值。

作为符号学和话语分析领域的重要概念，再语境化指的是把一段话语从其原来的语境中提取出来，放入一个新的语境中，而这个新的语境可能会改变话语的含义和相应理解方式。这个概念，让我们看到一种观念、资源或实践，在某种力量作用下，可以脱离其原来生存或流传的语境并在一种不同以往的全新语境中得到应用和呈现，并由此产生新的意义。

借助这一概念，我们可以深入理解《在旷野里》的发现、编校和出版等过程中呈现出的多元力量跨时空对话的美学特征，看到这把"名剑"既姗姗来迟又充分有效的"淬火"带给我们的全新图景，其中，至少包含这样一些值得深入思考的方向：当代读者和作者之间的对话；我们和作品文本之间的对话；当代社会实践主题与作者理想的遥相呼应；今天的人们在新语境下对于那个火热时代的重新认识和理解；以及对于文学史的重新思考，等等。

这里，我主要围绕两个方面来谈谈自己的认识。

一是和作者之间的对话。梁晓声先生刚才提到，朱明山这个角色有点像调研员，作为民间文学和民俗学领域的研究者，我也对此深有同感。朱明山的经历，很像民间文学、民俗学的田野工作者。调研者要开展田野作业，必须要深入生活，必须要和当地人在情感上、思想上、生活上力求达成一致。在这个前提下，我们还时时会面临这样一个问题：我们到底应该只做社会生活的观察者，保持"学者"身份，不过多参与所调查地区的实际社会关系，还是也要做生活的实践者、干预者，直接帮助被调查者解决具体问题？就此而言，民间文学的田野调查者，常常会遭遇很多需要协调、妥协、舍弃的选择或矛盾。但是，对于朱明山而言，他既是一个深刻的观察者，又是一个深入的思考者，同时又是杰出的实践者。这些特点在这个人物身上得到了完美的统一，也得到了充分的张扬。在这里，我们也可以进一步体会到柳青先生作为一位伟大的人民作家所投射的光辉品质。

二是和时代的对话。这部小说，创作于20世纪50年代初期，原本属于"十七年文学"时期的成果。如果它在被创作的年代如期发表，也许会改变我们对"十七年文学"的理解和印象，也许还会改变我们对于当代中国作家的认识。但事实是，它没有完稿，也没有得到及时的发表。我们可以假设，如果这部充满反思和批判精神的作品在那个火热的年代发表出来，会产生怎样的影响？会不会如同《组织部新来的青年人》那样引发文学界的论争，引起有关社会风气问题的大讨论？跳出当时的语境来做这样的假设，可能没有什么意义，但假如设身处地地去思考，也许又能够体会作者书写时的某种心绪。在半个多世纪以后的今天，作为文化生产者的我们早已超越了当年特定的时代背景。当我们在中国特色社会主义文化建设的新语境下，以一种相对超然又客观的眼光去理解和审读这一作品时，必然会看到或赋予它诸多以前没有关注或无法看到的意义，并让这把"名剑"得到姗姗来迟又充分有效的"淬火"。

这部作品被研究者发现之初，并没有合适的书名。《在旷野里》，是李建军结合细读文本的体验为这部小说提出的建议命名。从小说的具体内容来看，这一命名的确有点睛之妙，它准确而诗意地传递了作品所要表达的在波澜壮阔、万象更新的时代洪流中既昂扬奋进又时有迷惘矛盾的主题。单从这一细节，我们就可以进一步看到，作为"佚作"发现者的当代评论家、出版人，实际上也同时承担了这部著作的意义建构者、续写者的角色，他们通过融入自己的阅读体验和深度思考，共同创造了这部作品崭新的生命。

总之，《在旷野里》的正式问世，是多种因素共同生产、协同努力的结果，其中既包括作家本身的光晕、作品自身的价值，又包括新时代文化政策的宽容、引导和鼓励，以及当代文学文化工作者和出版界的远见和执着，等等。这些力量相互交织，相辅相成，共同促成了一部佚作的再语境化，并为它创造了转化为新的时代力作的可能。

（此文系作者在2024年5月8日由共青团中央、中国作家协会主办的"深入学习贯彻习近平文化思想 书写大历史讴歌新时代——柳青《在旷野里》出版座谈会"上的发言）

柳青长篇小说佚作《在旷野里》
——一个具有多重意义的小说文本

白　烨

在《柳青传》一书里，作者刘可风（柳青的女儿）在第九章"书稿余烬"中讲到，柳青在1953年写作了一部"反映农民出身的老干部在新形势下面临的新问题、新心理和新表现"的长篇小说。有关部门领导知道了消息之后，"劝他尽快将小说发表"。柳青"没有犹豫，坚决地摇了摇头"。"他不满意这部新作"，在某天人去屋静的时候，"划了一根火柴，点燃了它的一角。这也是自己的劳动成果呀，他又不舍地掐灭了燃起的火苗"。《柳青传》中的这段文字描述给人们提供了有关柳青小说创作鲜为人知的重要资讯，而且有两个要点：一、柳青写了一部有关老干部题材的长篇小说；二、他并不满意自己的这部长篇新作，本想一烧了之，结果又没舍得烧掉。

约在2018年，柳青女儿刘可风找到了这部长篇小说留存下来的手稿，经她悉心整理，并经邢小利、李建军的校改，取名《在旷野里》，在《人民文学》2024年第1期发表。这个存放了整整70年的长篇小说佚作的首次刊发，既了却了柳青本人及柳青家人埋藏许久的心愿，也使文学爱好者得到了再度走近柳青的机会，还给文学研究和文学批评提供了重要的研究文本。意外之喜与诸种因素，都使这部看似平常的小说颇有些不同寻常。

认真阅读了《在旷野里》，觉得无论是从写作的背景与动机上看，还是从作品的故事营构和艺术表现上来看，这部作品在多个方面都带有柳青小说写作显见的个性痕迹与文风特点，可以确定是出自柳青之手的佚作。今天阅读这部佚作，并对其当时的写作初衷、作品的意蕴营造和写法特点等试做初步解读，对于我们了解柳青小说创作的历时性发展，作者走向《创业史》的蓄势与经过，以及作家在现实题材创作上的不断进取与锐意创新等，无疑都颇具一定的裨益。

一

柳青离开北京回到陕西西安，又由西安到长安挂职，再由长安到皇甫村落户，虽然时间不长，却呈现出不断下沉、逐步落实的过程，也就是说是有计划、有步骤地在进行的。

1952年5月，柳青由北京返回陕西西安。是年9月，到长安县任县委副书记。1953年3月，辞去县委副书记，正式落户于王曲镇皇甫村。这一年多的时间里，县委副书记的职责身份，整党、建社的繁重工作任务，使柳青的时间与精力都不得不用于参加各种各级会议。据曾任长安县委办公室主任的安于密回忆："当时，柳青虽然没有分管具体工作，但参与县委的实际领导工作，县委常委会、区委书记会，他都参加。"安于密还特别谈到柳青认识王家斌以及选择落户皇甫村的经过："这年冬季，县上除训练互助组组长以外，就是搞整党和查田定产。我当时任王曲区工作团团长，向县委汇报王曲工作时，讲到王曲乡的王家斌如何认真能干，主持公道的事迹。柳青听后很感兴趣，向我打听王家斌的情况，问他的籍贯、年龄、家庭情况等，问得很详细。他认为这人还不错，像一个无产阶级先锋战士的样子，能领导农民搞社会主义，加上王家斌领导的互助组也是当年比较好的一个长年互助组。于是，他就把自己的点选到了皇甫村。"①

关于柳青在这一时期的活动轨迹与写作情形，《柳青生平述略——长安十四年》中有这样一段记述："还在1953年年底，柳青就把自己那个关于老干部思想问题的

---

① 政协西安市长安区委员会编：《柳青在长安》，第3页。

长篇写到20万字。这时，新的生活极大地吸引了作家，他决定放弃这个长篇，重新调整自己的创作计划，以全副精力来描写中国农村合作化运动。"①如果要更为准确地表述，应该是柳青在初到长安县担任副书记时期，诸多生活中的深切感受与工作中的现实思考，使他想写一部"关于老干部思想问题的长篇"。但在辞去县委副书记下沉到皇甫村，尤其是结识了王家斌等各色人物，参与到农业合作化建设的工作之后，又有了新的感受与新的思考，遂又转入了"描写中国农村合作化运动"的《创业史》的写作。

  由以上回忆和记述来看，柳青从西安到长安县担任县委副书记期间，虽然时间并不很长，但工作中的所经所见，生活中的所思所感，使他感受深切，萦绕于怀，由此萌发了写作《在旷野里》这样一部小说的强烈意愿，柳青的初衷是"反映农民出身的老干部在新形势下面临的新问题、新心理和新表现"。这样一个主题选择与故事设定，对于当时身任县委副书记的柳青，既是合情合理的，也是势所必然的。由此也可以认定，柳青的长篇佚作《在旷野里》是柳青"关于老干部思想问题的长篇"的一部分，也是他在担任县委副书记前后写就的长篇小说作品。

---

① 人文杂志编辑部、陕西省社科院文学研究所合编：《柳青纪念文集》，第322页。

二

在《在旷野里》中，作者以多重矛盾冲突来塑造人物、揭示主题，主要人物是县委书记朱明山，作品以其上岗赴任的视角来展开小说故事。

在城里的地委开完会并与地委书记冯德麟交谈之后，肩负重任的朱明山便急匆匆地乘坐火车赶往了位于城市南郊的县城。火车车厢里，乘客们兴致勃勃又七嘴八舌，"谈论着土地改革以后的新气象；谈论着镇压反革命给人们的痛快；谈论着爱国公约像春天的风一样传遍了每一个城市和乡村；谈论着抗美援朝武器捐献的踊跃；谈论着缴纳公粮的迅速和整齐……"①聆听着、感受着这一切的朱明山，"已经预感到他将要开始一种多么有意义的生活"②，甚至觉得"好像世事照这样安排是最好了，好像平原、河流和山脉都归他所有了，好像扩音机在为他播送歌曲……"③

但当朱明山傍晚时分到达了岗位之后，烦事、难事便接踵而来，使得这个刚刚上任的县委书记不得不使出

---

① 柳青：《在旷野里》，中国青年出版社2024年版，第9页。
② 柳青：《在旷野里》，中国青年出版社2024年版，第10页。
③ 柳青：《在旷野里》，中国青年出版社2024年版，第4页。

浑身解数来应对。才刚见面的县委副书记赵振国，言谈中便表露出想要调离去学习的意愿。县监委副主任白生玉也因工作不顺、关系不睦，向赵副书记提出调动申请。而更为严重的，是一场棉花蚜虫泛起的灾难不期而至，需要尽快扑灭蚜虫以挽救巨大损失，且刻不容缓。为此，县委书记朱明山与县长梁斌紧急商议之后，便分别带领区县干部赶往灾情严重的渭河南北两岸的产棉区，发动群众开展扑灭蚜虫的抗灾斗争。当时的农村，基层组织主要是互助组的初级形式，广大农民也还处于由单干向集体的过渡之中。怎样发动群众和组织群众，如何做到群策群力，实现科学防治，收到切实成效，对于干部和群众都是一个新的课题、大的难题。朱明山心里清楚："这是个新的工作，大家都是摸索。"[1]他由说服干部、动员群众入手，"摸索群众最容易接受的方法"[2]，通过一段一段的整治工作，以事实教育群众，逐步取得了显著的成效。

通过灭治蚜虫的抗灾斗争，朱明山显现出了擅于处置突发事件的领导才能，他也经由这样一个严峻斗争，在实际工作中引导和教育了那些存有各种思想问题的基

---

[1] 柳青：《在旷野里》，中国青年出版社2024年版，第57页。
[2] 柳青：《在旷野里》，中国青年出版社2024年版，第58页。

层干部。不安心现职工作的副书记赵振国、监委副主任白生玉，在朱明山身上看到了一个党的干部满怀信心的坚毅的革命精神，更学到了他善于联系群众、团结同志的优良作风，进而全身心投入灭治蚜虫的中心工作。有心调往工业战线的区委书记崔浩田，在朱明山循循善诱的劝导下，对现在的工作更安心也更上心了。一直存在轻视农民群众意识的组织部长冯光祥，在与朱明山的倾心交谈中，不仅认识到了自己的问题所在，而且明白了"现在要改造农民出身的老干部的思想"[1]，因为"现在要建新社会，没有工人阶级思想就不行了……"[2]。对那些来自老区的干部来说，"解决他们的思想问题，不比改造知识分子新干部的思想更迫切吗？他们散到全国，大大小小都是领导者哩"[3]。

三

《在旷野里》通过朱明山上任之后遇到的问题和工作的经历，真实地反映了新中国成立初期百业待举的社会发展形势与干部思想状态相对落伍的不相适应情形，生动表

---

[1] 柳青：《在旷野里》，中国青年出版社2024年版，第186页。
[2] 柳青：《在旷野里》，中国青年出版社2024年版，第186页。
[3] 柳青：《在旷野里》，中国青年出版社2024年版，第186页。

现了各级干部在时代的转型阶段和社会过渡时期克服个人和家庭的种种困难，在实际工作中不断调整观念和改变作风的切实努力。尤其是朱明山自己，虽然妻子高生兰无形中扯后腿，县委领导班子的搭档不够给力，但仍然满怀信心地负重前行，勉力奋进。他以自己的言行告诉给人们一个重要法宝，那就是"学习"。

作品在一开始的部分，就写到朱明山曾向上级部门申请"要求学习"，但得到的回答是"在工作中学习"。于是，他就愉快地听从组织上的安排，高高兴兴地"在工作中学习"，并带上自己"两年来陆续积累起来的他心爱的书"。随后，作品还写到朱明山看到与他一同乘车的女青年李瑛专心致志地阅读加里宁的《论共产主义教育》。朱明山回想起妻子高生兰时，特别想到他们一起读苏联小说《被开垦的处女地》《日日夜夜》和《恐惧和无畏》的情形。作品里还有几处提到朱明山对于毛泽东的《论人民民主专政》、胡乔木的《中国共产党的三十年》的学习与研读，及其给予自己的种种教益。在头绪繁多的故事和情状紧急的叙事里，提到如此多的小说作品、理论读物和经典著述，是令人惊异的。这种爱好读书、重视学习的情景，既是新中国成立初期广大干部"在工作中学习"的真实反映，也是作者自己给新老干部提高理论水平、解决思想问题开出的一剂良方。

柳青在创作之外较少发表谈论文学问题的文章,但在为数不多的文章里,都会提到"学习"的问题。在他那里,"学习"是重要的,也是广义的。他在《三愿》的文章里告诉人们,他的"三愿"的其中"一愿"是"有计划有重点地认真阅读马克思、恩格斯、列宁、斯大林、毛泽东的著作"。他在《生活是创作的基础》里告诉人们:"深入生活,改造思想,向社会学习",是"文学工作的基本建设"。显而易见,柳青把自己在学习方面的实际经验和深切感受,凝结于朱明山这个人物形象,倾注于《在旷野里》这部作品。朱明山时时阅读毛泽东的《论人民民主专政》,学习毛泽东思想。他随身携带刚刚出版问世的《中国共产党的三十年》,向党的历史经验学习。永不满足的学习精神,使他在理论思想上有确定的方向,在实际工作中有坚定的信念。这种精神滋养使他充满了战胜一切困难的无穷力量。通过朱明山这个县委书记形象的特殊风采,作品实际上格外凸显了"学习"对于工作的作用,对于干部的意义,使得"学习"成为这部作品另一个潜在的重要题旨,这也用现实又生动的事例诠释了毛泽东在《在延安在职干部教育动员大会上的讲话》里所作出的"我们要建设大党,我们的干部非学习不可"的指示的重要精神与深远意义。

四

　　作为柳青在新中国成立后首次写作的长篇小说，他毅然选择了以新中国建设为背景，以新的社会生活为场景的现实题材，并秉持"写自己最熟悉的"创作原则，以担任县委副书记时的所感所思，以自己的亲身体验为生活素材，写作了这样一部以反映"干部思想问题"为主要内容的长篇小说。作品在着力塑造县委书记朱明山的光辉形象的同时，还精心描绘了副书记赵振国、县长梁斌、区委书记张志谦、团县工委女干部李瑛等基层干部形象，初步展现了朱明山与妻子高生兰的家庭矛盾，与县长梁斌在工作作风上的矛盾，李瑛与张志谦的恋爱纠葛，以及赵振国、白生玉等人的思想问题。由这样一些已经显露端倪的矛盾悬而未决的情形来看，这部作品另外半部分的内容，大致是在展开和解决这些矛盾与问题的过程中进行的，深入揭示了思想与作风问题对于干部成长与工作开展的重要性与必要性。

　　虽然《在旷野里》并未完成和尚未定稿，因而在故事、叙事与语言上都存有明显可见的粗粝与不足，但柳青式的直面现实和饱含激情，却使得这部作品显示出劲健的内骨、遒劲的文笔，读来引人，读后启人。阅读《在旷野里》，字里行间充溢着的国家蓬勃发展的世情世相和人们意气风发的精神风貌，都如和煦而强劲的春风，扑面而来。作者偏重于各色人物心理描写的细腻文笔，也让他们的形象更显得立体而鲜明，包括朱明山在内的各级领导干部，从解放区的不同战线聚拢而来，每个人都带有不同的家庭负累，具有不同的思想情绪，但都服从组织安排、听从革命需要，在工作中不断调适、努力学习、自我提高。这一切都以典型环境里的典型人物，展现了现实主义手法直面现实的内在张力和表现生活的艺术魅力。

对于这部作品，柳青自己"不满意"，不仅不同意"尽快发表"，而且还曾想点火烧掉。现在想来，也是有缘由的。首先是这部作品从写作到完成，时间比较匆促，准备还不是特别充分，故事的营构与叙述的展开，在细致与从容等方面都有所欠缺，带有一定的"急就章"性。其次，柳青随后很快就进驻皇甫村，介入王家斌互助组的建设中，从工作到生活都转入了另一个新的阶段，修改和打磨这部作品，他没有了应有的时间和精力，也缺失了应有的兴趣与动力。因此，这部作品就被"放弃"或搁置起来。但即便是转入了《创业史》的写作，进入新的创作境界，柳青也没有舍得把它烧掉，而是有意无意地留存了下来，这又表露出他对花费了自己心血的创作成果的怜惜与在意。因此，保留下来的这部小说佚作，作为柳青在新中国成立初期的一个小说创作成果，既寄寓了他的思虑与情绪，也内含了他的反思与犹疑，反而具有了更为特别的意义。

《在旷野里》这部作品告诉我们，柳青于1952年下沉到长安县，再落户于皇甫村，不断向着最底层的农村生活靠近，尽量融入最广大的农民群众之中。他在这样一个"深入生活，扎根人民"的过程中，一方面充分接触人民群众，深入了解现实生活与人们心理的种种变化；另一方面也基于自己的生活感受与艺术思考，进行着写作上的积累与蓄势、演练与探索。佚作《在旷野里》，中篇《狠透铁》，是柳青在新中国时期小说写作上的重要收获，也是他在小说创作上走向经典作品《创业史》的重要过渡。有了《在旷野里》这部长篇，柳青在新中国成立之后的创作路径更为清晰，探索过程更为完整，一个干部如何切近着现实生活奋力前行的人生追求，一个作家如何顺应着时代脉搏不断调姿定位的艺术攀登，也由此显示得更为淋漓尽致，更加令人为之纫佩。

柳青佚作《在旷野里》可谓是《创业史》的前史

贺绍俊

《人民文学》2024年第1期隆重推出柳青的佚作《在旷野里》。这部作品写于1953年,因为柳青还未完稿时便全身心投入《创业史》的写作之中,因此在他生前一直没有拿出来发表。柳青女儿刘可风郑重地将这部作品的手稿交出来,经过她和专家们的整理,终于与广大读者见面了。细读这部深藏了70年的作品,就像是喝了窖藏百年的佳酿,让人心醉神迷,充分领略了柳青经典现实主义的无穷魅力。

一、文学创作与作家的社会实践密切相关

小说的主人公是一位刚刚被任命为陕西省某县县委书记的年轻干部朱明山。故事发生在1951年的初夏,小说一开始就将我们带到新中国成立后热气腾腾的农村广袤田野间。朱明山主动要求离开领导机关,到县里参加农村的社会主义建设。到任的第一天,他就看到农村大片棉花遭到棉蚜虫的伤害。在与县里大多数干部还没有接触、熟悉的情景下,他刻不容缓地投入组建并领导治虫指挥部的突击行动之中。面对突如其来的虫害,农民一筹莫展,在民间盛行的迷信说法更是阻碍了虫害的救治。朱明山将指挥部安置在虫害最严重的产棉区,坚定地要求干部们改变工作方法,不要停留在用嘴说,而是要动手做。通过认真地调查和实践,大家找到了一批治虫的有效办法。干部们将治虫效果做给农民看,众多农民在眼见为实的情景下被充分发动起来了,积极投入治虫的工作中,大片的棉田又恢复了生机。朱明山以扎实的工作作风,带领大家打了一场治虫的胜仗,也帮助不少干部纠正了工作方式。

尽管柳青在结尾写了"未完"两字,但作者的意图基本完成,故事主干相当完整。当然从具体环节上说,小说还留下一些没有收尾的线索,如白科长是否将妻子和孩子从乡下接到县城,李瑛的爱情是否已有确定的人选,朱明山是否给妻子写信,县长梁斌从省城回来后是否对朱明山的作为心悦诚服……然而这一切并不妨碍主题的完整性,反而像是小说有意留下的空白,读者能够依据小说强有力的主题对这些空白展开想象。

　　柳青的文学创作总是与他的社会实践密切相关,《在旷野里》就是这样一部作品。1952年,他有一段时间在党校学习,学习结束后到长安县担任县委副书记。他在党校学习时就萌生了写《在旷野里》的想法,正式写作是在担任县委副书记期间。通过在党校的学习,柳青对新中国成立后党的路线和工作重点有了深入的认识,在县委副书记的工作中获得了新的经验,这一切都成为《在旷野里》的主要素材,也形成《在旷野里》的基本主题:领导干部如何迎接新的时代变化。他后来写反映土地改革的小说即《创业史》,更能看出他对生活的重视。为了获取更直接的现实经验,他干脆辞去县委副书记等职务,把家搬到了皇甫村,和农民一起劳动一起生活。保持与现实生活的密切联系,这是柳青现实主义创作的重要特点。今天当我们谈到深入生活的重要性时,往往也以柳青为例。但如果仅仅把柳青的现实主义理解为深入生活,那真的只能说是触及一点皮毛。对于柳青来说,现实主义不仅要有现实,更要有作家对现实的认识和思考。《在旷野里》正是柳青对现实有了新的认识和思考后而萌生的写作,在柳青文学创作生涯中的重要性恐怕不容低估。

二、追求思想的深刻性

1949年新中国成立带来翻天覆地的变化，作家们也来到一个重要的转折点。能否在这个时期把握现实，跟上时代的步伐，写出深刻反映现实的文学作品，首先取决于作家对现实的认识和思考。柳青一直参与解放新中国的革命斗争，在革命实践中亲身感受到身边的人和事都在发生着根本性变化，而如何认识这种变化则是柳青始终思考的问题。

在党校的学习一定让柳青从理论上得到更加系统和明晰的提升，才有了要写一部小说的冲动。他明确将这部小说定位在"关于老干部的思想的小说"，并确立以一位成功转换思想的年轻干部朱明山作为小说的主人公。新中国成立前夕，毛泽东在《论人民民主专政》中写道："过去的工作只不过是像万里长征走完了第一步。残余的敌人尚待我们扫灭。严重的经济建设任务摆在我们面前。我们熟习的东西有些快要闲起来了，我们不熟习的东西正在强迫我们去做。"[①]朱明山牢记这一号召，信心百倍地要以新的

---

① 毛泽东:《论人民民主专政》，载《毛泽东选集》第四卷，人民出版社1991年版，第1480页。

思想方法，领导一个县的社会主义建设工作。柳青特意引用了毛泽东的这段话，将其置于小说的顶端。因为这正是小说主题的重心。朱明山在去县里的火车上，看到那些洋溢着喜悦之情的乘客时，就想着"我们一定要教育干部，怎么把这种宝贵的热情引导到正确的方向上去"①。他一到县上，所遇到的人，无论是熟悉的老战友，还是新认识的干部，都向他吐苦水，抱怨现在工作难做，还有的则干脆在他面前公开与县长的矛盾。面对眼前这个看似一团糟的烂摊子，朱明山没有焦虑，看穿了这一切其实都源于他们还没有正确树立建设新中国的思想观念。他胸有成竹，知道应该如何去做他们的工作。

恰巧一场突击杀灭棉蚜虫的工作迫在眉睫。就是在这场实际工作中，朱明山亲身演绎了如何以新的方式和新的观念进行社会主义建设，那些心有抱怨的干部们也接受了一场活生生的教育。比如县长要把治棉蚜虫当成一场战争来打。朱明山就提醒大家："千万不要把不久以前对付地主阶级和反革命分子的那套办法，拿来对待不愿治虫的农民。"②张志谦是一个知识分子出身的年轻干部，自以为理论水平高，反对去棉田参与治虫的决定，强调要召集群众

---

① 柳青：《在旷野里》，中国青年出版社2024年版，第30页。
② 柳青：《在旷野里》，中国青年出版社2024年版，第57页。

会进行动员。朱明山既肯定了他敢于提意见的精神，同时也指出：我们现在面对的是复杂的生产问题，不能和社会改革的群众运动一样如法炮制。有些知识分子出身的新干部看不上老干部，朱明山则一针见血地批评说："要把国家建设成社会主义社会，每一个同志都要学习。"[1]朱明山的一言一行都在启示人们，社会发生了根本性变化，必须从革命思维转向建设思维，从战争的方式转向和平的方式。

柳青俨然就是一位先知先觉者，他凭着思想上的敏锐，把握住社会转折期的走向。当人们面对社会的巨大变化而不知所措时，他塑造了一个以新思想开展工作的文学形象——朱明山。其实，朱明山就是柳青本人的真实写照，他以建设思维与和平方式观察现实，认识到干部队伍中各种问题的实质，因而也就能够写出像《在旷野里》这样一部真实反映生活、深刻揭示问题的经典现实主义作品。

三、着力塑造典型人物形象

经典现实主义始终把人物塑造置于小说叙述的首要位置。柳青塑造人物形象完全服从于主题的表达。小说的开

---

[1] 柳青：《在旷野里》，中国青年出版社2024年版，第159页。

头是朱明山坐火车去县城赴职,火车上的情景专门写了两节,从这里就可以看出柳青在构思上的精巧。小小的车厢里坐着不同身份的乘客,"这块那块都是关于爱国主义的谈论"①,朱明山情不自禁地加入大家的谈论,为他们念报纸上的新闻。通过车厢情景的描述,柳青便将故事的时代背景交代得非常明晰,也就是说,车厢成为充满朝气和热望的新中国的缩影。

在这一热烈的背景下,朱明山高兴地想到他"要在工作中学习了",于是他在奔驰的列车上认真读起了当时刚出版的《中国共产党的三十年》。柳青所要表现的是在这一大的时代背景下干部们的思想状态,因此重点塑造了几位基层领导干部形象。朱明山是柳青心目中的理想干部形象,他虽然出身工农,却热爱学习,勤于思考,他看到了时代之变,心中的自信都挂在脸上,这使他在工作中果断明快,也能针对不同的干部采取不同的方式,对症下药。

他做老战友赵振国的思想工作时,采取敞开肺腑坦诚聊天的方式;他要纠正县长梁斌在大会上不准确的讲话时,则以一种补台式的发言防止大家产生不正确的理解;面对工农出身的老干部白生玉对新的现实充满抱怨时,他一方面积极主动提出要解决好白生玉家庭生活的困难,另

---

① 柳青:《在旷野里》,中国青年出版社2024年版,第9页。

一方面又非常明确坚定地指出其思想的症结在哪里。柳青通过这样的书写凸显了朱明山的鲜明性格，同时也让读者能够感觉到，这些不仅与性格有关，也与朱明山的思想认识有关。

梁斌是一个典型的知识分子出身的领导干部，踌躇满志，办事利索，但他的知识分子优越感在担任县长之后越发不加掩饰，不把工农干部放在眼里，也助长了他一言堂的作风。白生玉则是典型的工农老干部形象，有吃苦耐劳、真诚奉献的精神，有丰富的实践经验，却又性格倔强，不服知识分子干部的颐指气使。李瑛、小崔是两位洋溢着青春朝气的青年知识分子，前者带有工作磨炼出的稳重感，后者则还时不时流露出文人的浪漫气，但他们都对学习充满了热情。正是这一组干部群像，非常形象地反映了当时干部队伍的思想生态，凸显了在干部队伍中进行思想教育、认识新的时代的迫切性。

四、对"现实之新"作出准确的价值判断

《在旷野里》在柳青的文学创作历程中具有标志性的意义，意味着柳青的文学关注点转向社会主义建设年代，因此他能够敏锐地发现新中国成立之后出现的新现象和新人物，并对这些"现实之新"作出准确的价值判断。

这是柳青经典现实主义的中心，即现实主义不仅关乎"现实"，也关乎"主义"。

一个作家如果缺乏了对现实的清晰认识和思考，他的现实主义创作有可能陷入迷茫、混沌甚至价值错乱的状态之中。在新中国成立这一巨大的历史转折期，作家们都会面临一个思想转变的问题，柳青对自己的思想转变具有主动性和自觉性，也是最早完成思想转变的作家之一。因此他很快就写出与时代脉搏合拍的现实主义文学作品，《在旷野里》是他深信对现实有了十分明确的认识之后所进行的一次写作。

但他并不满足于这次写作。毕竟，农村在社会主义建设大潮中正发生迅急变化，柳青大概感觉到《在旷野里》的构思多少约束了自己对现实更广博的表现，因此他在没有完稿的情景下，迫不及待地转向了《创业史》的写作。从一定意义上说，《在旷野里》就是《创业史》的前史。

时代关怀中的自我坚持
—— 论柳青《在旷野里》的思想和启迪意义

贺仲明

毫无疑问,柳青是一个具有很强时代关怀的作家。他的作品基本上都切近现实生活,对现实政治做出快捷的呼应。较强的时代关怀有时候确乎会与文学性发生一些冲突,但绝对不应该因此而对这些作家作品进行简单的否定。换言之,就像刘纳说"怎么写"比"写什么"更重要,关注个人或者关注时代是作家的不同选择,两种情况都可能写出或好或坏的作品。[①] 柳青挚切关注时代,但其作品并不随时代流逝而失色,而是能够具有超越性意义,在文学史和读者中传诵。究其原因,在于他的时代关怀不

---

① 刘纳:《写得怎样:关于作品的文学评价——重读〈创业史〉并以其为例》,《文学评论》2005 年第 4 期。

是对时代的被动服务，而是努力保持自我主体，坚持在创作中的主体性地位。这一点，贯穿于柳青的整个创作历史中，其散佚多年、刚刚公开发表的未定稿长篇小说《在旷野里》中也有清晰的体现。

一

自我主体性最基本也是最重要的内容是独立思考的精神。客观说，在任何时候，一个人的思想都会受到一定限制——外在或内在的，自觉或不自觉的——完全独立的思想是几乎不可能的。特别是在《在旷野里》创作的"十七年"时期，时代对文学有更高和更强的限制。柳青的思想当然不可能脱离时代共性，但他不是简单地追随和迎合时代，而是坚持在深入生活的基础上，去努力发现现实中的问题，并进行思考和寻求解决。

作为一个作家，柳青清醒地认识到所从事的文学事业的独特性，明确文学不能成为现实的工具，而是一定要有自己的独立性："我是写小说的，又不是写历史，一部作品要有生命力，要经得起历史的考验，就应当严格地遵循既源于生活，高于生活，又要如实地反映生活的原则，不能跟着政治气候转，不能因为政治运动的影响而歪曲生活的本来面目。"①所以，他的代表作《创业史》虽然是积极倡导时代潮流的作品，但绝非简单的应时之作，而是凝聚着他对乡村历史和现实发展的认真思考。他曾谈到自己写作《创业史》的初衷，是为了思考和总结中国乡村发展的历史。在今天看，他的思考也许具有一定局限性②，但对于一个作家来说，思想的正确与否也许并不是最重要的，真诚、深刻和独立性同样非常重要。正由于思考的独立，在经历过更多政治"洗礼"之后，晚年柳青对《创业史》相关问题有了比创作前两部时更深入的认识。虽然受身体健康制约，他无法完成《创业史》第四部的创作，但他的构思与之前相比有了很大改变："主要内容是批判合作化运动怎样走上了错误的路。我说出来的话就是真话，不能说，不让说的真话，我就在小说里表现。"③可以说，无论是《创业史》第一部对农业合作化运动的肯定还是后来的批判性反思，柳青都不是人云亦云，而是以认真而独立的思考为前提。对于一个作家来说，这种独立性弥足珍贵。

作家独立思考的具体表现，是其思想不是停留在对现实政策的阐释和赞美上，而是能够发现现实中的问题，

---

① 刘可风:《柳青传》，人民文学出版社2016年版，第401页。
② 这一问题非常复杂，远非这里可以讨论清楚，暂时搁置。
③ 刘可风:《柳青传》，人民文学出版社2016年版，第397页。

并且做出大胆的揭示和反映。需要特别指出,这里所言的问题是现实中的"真问题",而不是"伪问题"——我们经常可以看到一些现实题材作品中也有所谓的"问题",但它们都是人为虚构的,是为了呼应预设的结论而制造出来的。我以为,判断作品揭示问题"真""伪"有两个最直观的方式:一看问题是否轻而易举地得到解决。真正的问题往往是复杂的、艰难的,甚至一时间很难真正彻底解决。如果问题不复杂、不艰巨,而是能够轻描淡写得到解决,肯定不会是真问题;二看问题的主导因素是谁?一般情况下,真问题的根源在于现实中具有较强力量者。这些现实中的强大力量,与现实政策和某些变化构成了利益冲突,就形成了复杂困难的问题。生活中的弱者是很难构成复杂问题的。典型如著名"问题小说"作家赵树理的作品,无论是《小二黑结婚》还是《李有才板话》,其问题的根源都在于村里有权有势的人物,而非普通百姓。

正因为真问题有难度,所以,要提出真问题很不容易。首先它需要了解生活、熟悉生活。只有真正深入生活之中,深知生活中的复杂和曲折,才能提出真问题。其次需要勇气和现实关怀精神。对于现实来说,提出问题往往意味着揭示矛盾,展示难度。这并不容易招人喜欢,特别是对问题的相关者来说更是如此。所以,没有一定的勇气是提不出问题的，没有对生活的关怀和热爱也同样如此。对于作家来说，敢于发现、提出问题，就要求作家具有独立而坚定的自我主体精神。①

《在旷野里》具有强烈的问题意识，也可以看到柳青的强烈主体精神。作品的中心故事是20世纪50年代初西部地区一个县各级干部治理棉蚜虫灾害。作品揭示了现实农村生活中的农业科技问题，是对乡村农业发展一次具有前瞻性的书写。但作品更为侧重的重心还不在此，而是针对各级基层干部的作风和理想等问题。

早在中华人民共和国成立前，毛泽东就曾借郭沫若的《甲申三百年祭》一文，表示了对新中国成立后干部作风问题的警惕和关注。确实，明末的李自成是前车之鉴，当共产党从在野党转化为执政党后，如何防止干部的思想惰性和腐化确实是非常重要而严峻的问题。事实上，尽管毛泽东严格要求共产党的自我纯洁和自我约束，但新中国成立初期这方面存在的问题依然不小。作为革命干部一员的柳青对此感触显然很深，《在旷野里》就充分表达了对此问题的关注。作品的"题记"中非常醒目地引用了毛泽东《论人民民主专政》中的话："过去的工作只不过是像万里

---

① 在这方面，我与李建军的观点高度一致。参见李建军《提问模式的小说写作及其他——论柳青的长篇小说佚作〈在旷野里〉》，《人民文学》2024年第1期。

长征走完了第一步。残余的敌人尚待我们扫灭。严重的经济建设任务摆在我们面前。我们熟习的东西有些快要闲起来了,我们不熟习的东西正在强迫我们去做。"这段话也基本可以概括为作品的主题。

具体说,《在旷野里》主要揭示了两方面的干部作风问题。其一,是干部的工作积极性或者说工作惰性问题。革命胜利后,从战争时期的高速紧张转入日常生活的缓慢琐碎之后,很多人会产生不适应感,出现理想涣散、缺乏激情的现象。《在旷野里》书写了多个人物的这种心理。如白生玉,因为家属问题无法解决,也由于文化水平低受到领导批评,就萌生了回家的想法。不能说他没有一点道理,但缺乏坚定理想信念显然是值得注意的根本问题。更具代表性的是主人公朱明山的爱人高生兰:"她的苦难(这是十分令人同情的)一结束,新的世界使她头脑里滋生了安逸、享受和统治的欲望。"在生活艰苦的战争时期,她具有忍受苦难的坚持精神,但当生活环境改变后,她就完全变了,只考虑个人利益,一味追求生活的享受和安逸。虽然作品故事还未充分展开,但按照故事逻辑,高生兰的思想惰性与朱明山的理想主义之间的冲突肯定会成为作品的重要情节之一。这也显示出柳青对这一问题的重视。事实上,柳青在后来的《创业史》中又塑造了郭振山形象,可以看作是对这一问题继续深入的思考。在差不多前后时间，王蒙《组织部新来的青年人》、邓友梅《在悬崖上》等作品也都涉及同样的主题——可见很多优秀作家都具有对时代问题的强烈敏感性。与工作作风问题密切相关，《在旷野里》还揭示了在当时社会中影响很大的干部离婚潮问题，借人物之口，表达了对这一现象的不认可态度："有些老区干部离婚的时候，兴头可大；可是真正找到好对象结了婚的，有几个？"

其二，也是更突出的，是干部的官僚主义、形式主义问题。《在旷野里》多方面揭示和批判了这些问题。如作品非常明确地展示了领导干部的民主作风和干群关系问题："但是有些人被摆在领导地位上以后，人们从他们身上却只感觉到把权力误解成特权的表现——工作上的专横和生活上的优越感，以至于说话的声调和走路的步态都好像有意识地同一般人区别开来了。"作品塑造的县长梁斌形象是最典型的表现。作品这样描述梁斌的出场："他就掏出手帕，一边擦着胖胖的圆脸上的汗水，一边姿态尊严地抬着脚步，好像要把路踩得更结实一些似的。"同时，作品还多处描述了梁斌在下属面前趾高气扬、动辄训斥，以及对上级领导拼命迎合与讨好的神态。除梁斌外，作品还塑造了年轻的基层干部张志谦的形象，描述了包括公安局长在内公安干警的行为，前者夸夸其谈，却没有任何实际工作精神和工作能力的表现，后者对待老百姓的高高在上和粗暴简单，都可以看作是对梁斌形象的另一面补充，也更全面地凸显出现实生活中干部作风问题的严重性和普遍性。

二

柳青坚持自我主体性的另一层面表现，是努力在创作中保持自己的创作特点，或者说是始终坚持对文学个性的追求。

柳青非常热爱文学，并且有自己独立的文学观，对文学创作的要求也很高。他是一名革命干部，但同时，他更把自己当作一位作家。他的革命与文学事业是高度合一的。在延安时期，他主动要求下乡工作，其最主要目的是深入生活，给文学创作打基础。所以，在工作中，"他的脑子里想的全是创作"，"他觉得自己已经和工农群众结合过一段时间，当务之急不是再去结合，而是进行创作。但因为是组织决定，文艺界的大势所趋，再不合心意，也必须去，何况这并不影响他文艺创作的人生大目标"。[①] 对生活的理解也主要建立在有利于文学创作的基础上："对于生活，如果总是划皮而过，文学事业的进取和希望何在？

---

① 刘可风：《柳青传》，人民文学出版社2016年版，第52、53页。

文学事业要求作家深入生活是无止境的！"①《创业史》的写作是最为大家熟悉，也最具典型性的例子。为了给《创业史》写作做生活积累，也为了专心创作、躲避行政工作的烦扰，柳青举家迁往农村，户口都落到农村。尽管生活多有不便，致使夫妻关系都产生严重隔阂和矛盾，他都始终没有放弃。②"文革"后，柳青身患重病，在生命的最后时刻都还在坚持《创业史》的修改和创作。柳青女儿刘可风的概括是非常中肯的："这些年，为了写作，读过的书，走过的路，吐过的血，已经很难用量来计算。钻研文学不可谓不刻苦，这一切，动力来自何处？是一种无法用语言形容的对文学如痴如醉的热爱。"③

柳青拥有自己相对成熟而稳定的文学观。这建立在他深厚的文学素养上。他曾大量阅读过西方经典文学作品，还翻译过英文小说。④在优秀传统文学的熏陶下，柳青非常重视作品的文学品质，认为"衡量一个作家的立场观

---

① 刘可风：《柳青传》，人民文学出版社2016年版，第59页。
② 刘可风：《柳青传》，人民文学出版社2016年版，第162—180页。
③ 刘可风：《柳青传》，人民文学出版社2016年版，第104页。
④ 参见刘可风：《柳青传》，人民文学出版社2016年版，第179页。而耐人寻味的是，"文革"后的柳青很少再阅读西方文学经典作品，甚至很少阅读文学作品。这也许可以部分解释他在这期间对《创业史》令人失望的修改。参见邢小利、邢之美：《柳青年谱》，人民文学出版社2016年版，第168—199页。

点、思想感情的是他的作品"①。在晚年，柳青曾撰写《艺术论》，明确指出作家要"保持自己的独特性"，并且将作品的艺术生命力放到作家生命价值的高度："《艺术论》要告诉人们的基本旨意，是作家的生命价值在于其作品具有久远的艺术生命力。"②这也使柳青对自己的创作有着非常严格的要求。《创业史》出版后，获得很大反响，但他精益求精，不断修改。③《在旷野里》的创作中途搁浅也与这种自我要求有直接关系。

柳青文学思想较多受到19世纪西方现实主义文学的影响，包含强烈的人性关怀精神和爱与美的色彩。具体说，就是对普通大众生活的关怀，对人性中美好情感的认可和追求。其代表作《创业史》将这种关怀充分体现在主题思想上，作品对乡村命运的深入思考蕴含着柳青对乡村的真切关怀。此外，它还体现在对乡村青年前途命运的特别关怀上，作品的著名"题记"："人生的道路虽然漫长，但紧要之处常常只有几步，特别是当人年轻的时候。"就深远

---

① 柳青：《毛泽东思想教导着我》，载《柳青专集》，福建人民出版社1982年版，第20页。
② 畅广元：《作品具有久远艺术生命力是作家的毕生追求——读柳青遗稿〈艺术论〉（草稿）》，载仵埂等编：《柳青研究文集》，西安出版社2016年版，第53、60页。
③ 虽然有些修改是形势所迫，但很多修改，特别是最初的修改，完全是为了让作品更完美。

地影响了一代乃至数代年轻人，也构成了对路遥等作家深刻的影响。在人性关怀方面，《创业史》对改霞形象的塑造最为突出。这一形象所呈现出的爱和美的气质具有19世纪西方现实主义文学经典女性形象的许多特质，她充满诗意的美，对独立主体精神和真正爱情的追求，在中国乡村书写中都体现出一定的超前意识，也是现代精神在中国乡村大地的较早绽放。

由于是未完稿，《在旷野里》的主题展示不是那么充分，但在目前的内容里，我们已经可以感受到很强的人性关怀色彩。比如朱明山对白生玉两地分居家庭生活的积极关切，既关系到干部作风问题，更体现出人性关怀精神。当然，作品更细致的展示还是在其对爱和美主题的表达上。作品对女主人公外表美的细致描摹，对其心理世界赋予灵动和抒情的美感，与《创业史》对改霞的塑造如出一辙："李瑛的那双水晶亮光的大眼睛，双眼皮总是扑扇扑扇地闪着"[1]，"好比一朵含苞待放的蓓蕾，她要努力使自己在百花齐放的时候不会辜负雨、露、太阳和栽培自己的园丁"[2]。更为突出的是，作品以浓重的笔墨重点刻画了男女主人公的情感故事。作为县委书记的朱明山和县委干部

---

[1] 柳青：《在旷野里》，中国青年出版社2024年版，第81页。
[2] 柳青：《在旷野里》，中国青年出版社2024年版，第79页。

的李瑛，两人交往虽然不多，但已经碰擦出了感情的火花。对于朱明山来说："而不断地突出在他脑里的影子是李瑛，只要是他和她的眼光相遇，他和她说话或他看着她工作的时候，他的意识就像住在他脑里的一个精灵一样告诉他：她漂亮，她聪明，她进步。……虽然他竭力警告自己不要常想到她。高生兰的影子来到他脑里了，怒目盯着他。"[①]李瑛更是如此："连李瑛自己也不能一下子找到一个明确的答案——为什么她对朱明山的生活发生了一种隐秘的兴趣？难道和这个新来的县委书记不过几回的接触，她已经爱上他了吗？……但是李瑛又不能欺骗她自己，新来的县委书记的确撩动了她少女的心了。"[②]可以设想，如果按照故事的逻辑发展下去，他们之间的爱情肯定会有进一步的深入，包括内心的挣扎和冲突这一点，在作品中早就有过暗示："这大约是人之常情。每个人都愿意自己的爱人从外貌到内心都是像自己理想的那么美……但是当一个男人感到自己的爱人没有一种美或失掉了一种美，而从另外的女人身上发现了的时候，他会不由得多看她两眼，虽然他并没有更多的打算。"[③]在这一点上，《在旷野里》所包含的人性因素比《创业史》还要浓郁和大胆。因为朱

---

① 柳青：《在旷野里》，中国青年出版社2024年版，第98页。
② 柳青：《在旷野里》，中国青年出版社2024年版，第156、157页。
③ 柳青：《在旷野里》，中国青年出版社2024年版，第13页。

明山的身份是县委书记，而且还是在婚姻之内。在当时的背景下，这种情感关系无疑是有较大忌讳的。

在时代背景下，柳青的这些思想与时代要求存在一定裂隙。或者准确地说，对于柳青的现实关怀精神，时代在总体上说应该是会给予认可的——当然，就如同同样关注干部理想性问题的《组织部新来的青年人》和《在悬崖上》在时代的政治洪流中遭遇打击，这种现实关怀也存在着一定的风险，关键在于分寸上的把握。但是，在人性爱和美的方面，二者一定会存在较多冲突。最简单说，《创业史》中改霞的美学特征就与时代乡村女性的质朴、阳光美存在裂隙，她的个性化气质也与主人公梁生宝之间存在某些冲突。所以，《创业史》对改霞形象的塑造不得不中途"夭折"，在第二部中更是被更具有时代美学气质的刘淑良所取代——仅仅从人物的姓名上，我们就可以看出二人的区别以及与时代是否合拍。"改霞"的"改"无疑是具有叛逆因素的，而"淑良"则是完全的传统内涵。《在旷野里》由于是未完之作，我们无法预测后续的发展，但疑问和遗憾是无法避免的。每一个读者都会很自然地猜测故事的未来：朱明山与李瑛的关系究竟如何发展？在传统观念和个人爱情之间，他（她）们会如何选择？但也许，柳青也无法给人物做出恰当的选择。就像在《创业史》中，他无法以恰当的方式处理改霞与梁生宝的关系，最后只能选择让改霞离开乡村——如此，既可以避免让这一形象受损（无论是在形象气质还是在人物命运上），又得以回避她与时代潮流之间的不合时宜。① 由于《在旷野里》的问题更为敏感，所以，柳青处理的难度比《创业史》会更大，他无法把握主人公的选择和故事的结局。在这个角度上说，柳青之所以中断《在旷野里》的写作，让它胎死腹中，也许并不完全是艺术原因，而是源于无法解决作品的内在困境，根本上则是源于柳青文学个性与时代环境之间无法弥合的矛盾。

三

《在旷野里》是一部写于20世纪50年代的作品，距离今天已经有70多年。虽然作为一部未完成稿，留下很多遗憾，但在当今发表依然不失其价值，我们既可以感受其艺术魅力，更对现实文学具有启迪意义。

其一，深入而独立的现实关怀。

在中国当代文学史一段时间内，曾经对作家"写现实"提出强制性的要求。这导致后来一些作家对写现实的

---

① 参见贺仲明：《一个未完成的梦——论〈创业史〉中的改霞形象》，《文学评论》2017年第3期。

反感，自觉"向内转"。包括在今天，也有一些作家对写现实抱有偏见，认为写个人才是文学的根本。

这其实是一种严重的误解。现实永远是文学的源泉，也应该是文学关注的对象。优秀的作家大都具有强烈的现实关怀，经典杰作中更有无数现实题材作品。事实上，远离现实，特别是缺乏现实关怀，是很难创作出真正有生命力的文学作品的。今天的文学，在本质上不是距离现实太近，而是太远。作家关注现实，却不能成为现实的奴仆，屈服于现实，不能没有对现实的超越性思考。这是当代文学很多现实题材作品存在较多局限的根本原因。立足现实，关怀现实，却不被现实所囿限，呈现出自己独立的视野和思想，这才是书写现实最应该具有的方法。这样，即使作家的思想存在某些局限，甚至错误偏见，也不失其价值。典型如作家巴尔扎克，其作品不做时代鼓手，而是深入时代现实，坚持真实表达，因此达到了19世纪批判现实主义文学的高峰。著名批评家卢卡契的分析是非常有道理的："巴尔扎克的世界观是错误的，而且在很多方面是反动的，但是比起他那位思想要明确和进步得多的同时代人，他却更完整、更深刻地反映1798年到1848年的这个时代。"[①]

[①] 转引自《马克思主义文艺理论研究》编辑部《马克思主义与文学问题》，漓江出版社1988年版，第288页。

如前所述,柳青是一个密切关怀现实的作家。强烈的时代精神和积极投入的态度是他创作活力的重要源泉。他的作品既能敏锐地发现和针砭时代中的重要社会问题,又能展示时代的生活和审美面貌。就《在旷野里》而言,正如有的西方学者所说:"为一切时代而写作的最可靠的方法,就是通过最好的形式,以最大的真诚和绝对的真实描写现在。"[1]如果说随着时过境迁,作品所展示的一些时代面貌和社会问题会成为历史,那么,作品另一方面对人性问题的关注则更具有超越时代的意义。两性关系是人类永恒的主题,其中的相互理解问题、平等问题以及爱情的新鲜度问题,在任何时代都存在。《在旷野里》对两性情感复杂性和微妙处的书写,既具有时代背景特性,又具有超越时代的永恒性。而作品开头对列车车厢中场景的描绘,以及对乡村大地自然富有诗意的展示,能够让后来的读者充分感受极具时代色彩的美学特点,感受其理想和激情风格。

其二,作家精神主体素养的重要性。

柳青的创作主体性与他深厚的思想和精神素养等有密切关系,最重要的是作家的人格精神。因为在任何时代,

---

[1] [美]赫姆林·加兰:《破碎的偶像》,载刘保端等译:《美国作家论文学》,生活·读书·新知三联书店1984年版,第84页。

要坚持自己在现实面前的独立性，要保持自己的精神主体性，都并不容易，它需要有对时代的深刻认识，对历史的深刻思考，以及对文学的赤忱和热爱。如果缺乏了这些方面，就很容易被时代同化，产生不了独立思想，即使有一定独立思考，也很难坚持，更难在文学创作中进行表现。在这当中，对作家个体来说，人格精神是最重要的。这也是为什么即使在最艰难时代，也依然有坚韧的独立精神坚持者。但是，在正常情况下，对于绝大多数普通人来说，很少拥有独自面对强大现实世界的勇气和能力。要提高这种勇气和能力，最重要的精神依靠是传统文化的责任感和使命感。比如，中国春秋时期的史家，之所以敢于面对数位亲人的死亡始终坚持书写"崔杼弑君"，是因为他对历史的坚信和作为历史学家的强烈使命精神。

由于多种原因的制约，当代中国作家存在较大的精神匮乏。不仅缺乏深厚的思想文化素养，更重要的是缺乏最基本的精神信仰——对价值、意义的信仰，对使命感的信仰。所以，作家们的背后如果没有精神的传统、意义的源泉，就非常难建立起真正的自我主体，也难以创作出真正有独立思想的文学作品，从而严重制约了当代文学的成就。当代作家赵瑜曾经表达过这样的反思，是非常切中肯綮，也是令人沉痛的："我们这一代作家许多人，既无中西学养亦无自身信仰，我们仅仅凭着一点聪敏悟性甚至圆滑世故，便可以混迹于所谓文坛，自然难成大器。更多后来者，所继承、所迷恋、所利用的，是写作在中国文化体制下具有敲门砖功能，甚至倾心于文坛艺苑极腐朽、极堕落的一面。"①

不能说柳青的精神具有完全的独立性。但是，无论是放在他生活的时代，还是比较起后来时段，柳青的精神人格都是很突出的。在他的内心深处是具有一定的价值坚持和精神信仰的，那就是对文学的热爱和对大众的责任感——作为一个人对于他人，作为一个知识分子对于普通大众的责任感。正因如此，他能够在没有任何被迫压力下，放弃优厚的地位和舒适的生活，举家迁到乡村去，与农民们一道生活；能够在生活并不富裕的情况下，将《创业史》的巨额稿费全部捐献给农村；能够在纷繁的时代环境中，始终坚持深入的思考。特别是在经历艰难政治运动后，依然相信文学的力量，更能对现实做出超越以往自我的思考。

传统的毁灭也许就在瞬息之间，但建构传统却需要漫长的岁月。我们今天很多人在检讨历史时，习惯于苛责前人，却忽视了前人所处的历史背景，以及艰难中的坚持和勇气，更忽视了对自我的反省——设想如果自己生活在那

---

① 赵瑜：《寻找巴金的黛莉》，海天出版社2016年版，第72—73页。

个时代，自己会有什么样的表现，以及在今天的现实中，自己的表现究竟如何，较之前人是否有优越之处？其实任何时代都有其艰难处，尽管表现形式不一样，但对人的压力和束缚却大体相似。站在道德高地上苛责他人非常容易，但是否真正拥有超越前人的自我其实更为重要。因为要突破时代拘禁，主体力量是至关重要的。客观说，我们今天很多人的精神品格，所拥有的独立主体性，总体上不但没有超越前人，反而可能更差。一个典型的例子就是，如果说在几十年前，多少还有些知识分子能够甘于清贫，坚持信仰和原则，那么在今天，所谓的知识分子群体与普通大众还有什么区别？哪一个知识分子能够说自己比普通大众要更高尚，更富有责任意识和使命意识？

也许，从前驱者中的优秀部分那里吸取营养，比不顾历史背景的苛责更为重要。甚至说，以理解和尊重的态度看待前人，从中得到精神的滋养和勇气，借鉴经验和教训，正是传统的恢复和重建的重要内容。如果没有这种态度，历史的演变不过是多一个轮回而已，社会永远无法进步，知识分子的现代品格永远都无法建立。

柳青《在旷野里》的文学史意义

王鹏程

2024年1月,柳青雪藏了70余年的长篇小说佚作《在旷野里》在《人民文学》杂志第1期发表、在中国青年出版社出版。这部长篇不仅是柳青创作中的一个转捩点,在当代文学史上也具有特殊而重大的意义。这部创作于1953年3月至10月的未竟的长篇小说,是柳青从北京落户到长安县后,发自内心想写的一个长篇。他到长安县落户以后,当时真正感兴趣的,并不是农业合作化题材,而是新政权建立之后革命干部在工作作风、权力意识、夫妻情感等方面出现的种种问题。在发现王家斌——梁生宝的原型——这一社会主义新人之后,他毅然停止了《在旷野里》的写作,开始准备《创业史》的写作。《在旷野里》已经形成了柳青自己对社会主义现实主义典型化理论的独特理解和鲜明的艺术风格,为《创业史》的写作做了艺术上的储备。《在旷野里》"新火试新茶",敏感地捕捉了新区老区干部之间复杂的权力形态、青年干部"思想上的阴暗忧郁"、理想主义者的迷惘等问题,是中国当代文学史上第一部表现官僚主义、享乐主义、作风虚浮的长篇小说,也是百花文学时期"干预生活"小说的滥觞。

一

在既往的文学史叙述中,柳青1952年5月到陕西长安县(今改为"长安区")落户,即是为了创作配合农业合作化运动的长篇小说。实则不然,起初柳青的想法并不明朗,在长安县落户以后,他虽然也具体参与了农业合作化运动,但当时对他震动最大的却是老干部在新的形势下所出现的种种问题,也即《在旷野里》所描绘和表现的。

1951年10月至12月,柳青随中国青年作家访苏代表团访问苏联时,即计划回国后到西北下乡。苏联之行激发了柳青书写从战争转入建设的革命者——"达维多夫的许多后进者"的热情。在同苏联农业生产的领导者交谈时,柳青说,虽然"几乎没有谈到一点关于他们个人的生活状况和思想状况,可是我感到我是那么了解他们;因为我和他们在一块的时候,总是想起达维多夫(《被开垦的处女地》的主角)的许多后进者。我想起伏罗巴耶夫(《幸福》的主角），想起屠达里诺夫（《金星英雄》的主角），想起瓦西里（《收获》的主角）和凯莎（《萨根的春天》的主角）；他们从军事战线的阵地走出来，立刻进入生产战线的阵地，并且继续获得了胜利。他们绝不仅是克里米亚和库班河等地的人们学习的榜样，而且是从满洲里到海南岛中间的广阔原野上的中国同志学习的榜样"[1]。在黑海之滨同作家马加闲聊时，柳青告诉马加：自己准备在西安附近的乡下深入生活，"写两部长篇小说：一部是写陕北斗争的历史，一部是写农村的题材"。究竟先写哪部长篇，他还在考虑之中，并征求马加的意见。马加说："你要写的两部长篇小说，都很有意义。要先写农村的题材，就能和深入生活结合起来。"柳青很赞成马加的看法，说："我也是这样想着啦，趁着现在身体还结实，走动爬动，就吃点苦。将来成了老汉，再写历史的题材。这样，我就得把家从北京搬到乡下，真正安家落户。"[2]访苏返京一周后，柳青找到胡乔木，"要求到西北下乡，并表示这次到西北后不再离开，以便将来及时写走社会主义的东西"[3]。因《铜墙铁壁》电影剧本改编及参加上海"五反"等事的耽误，到了1952年5月底，经胡乔木、周扬同意，柳青终

---

[1] 柳青：《在农村工作中想到苏联》，《群众日报》1952年11月13日。
[2] 蒙万夫等：《柳青传略》，陕西人民教育出版社1988年版，第51页。
[3] 蒙万夫等：《柳青传略》，陕西人民教育出版社1988年版，第52页。

于如愿以偿地回到西安落户。

到西安之后，柳青参加了西北党校的整党工作，熟悉了老干部的思想状况，老干部在新的工作形势下暴露的问题深深触动了他。他在1952年7月10日写道："最近，我回到西北。我看见我在陕北工作期间的一些农民出身的老同志和老朋友，有些农民出身的老同志当前令人惋惜的思想情况，使我内心感到不安。为什么一些经得起战争的残酷考验的同志，在全国胜利以后竟然想到自己不行了，要回家种地呢？为什么在战争的年代或者说在最困难的年代，令人敬爱的老同志丝毫不考虑家庭的困难，而在胜利以后，父母和子女的问题成为他们最苦恼的问题呢？为什么在严重斗争中表现了艰苦卓绝的优秀品质的同志，在新的形势中因为一点物质享受或一个老婆的问题，在自己的光荣奋斗历史上抹一把灰呢？由于其中有许多是我的熟人，我感到特别惋惜。"[1]在这种责任感和使命感的催促之下，柳青开始写作《在旷野里》。

1952年9月1日，柳青被陕西省委任命为长安县委副书记。他随即投入工作之中，参与了互助组长训练班的培训、互助组的整顿等工作以及各种会议，熟悉了情况之后，柳青于1953年3月辞去了长安县委副书记的职务（也

---

[1] 蒙万夫等：《柳青传略》，陕西人民教育出版社1988年版，第54页。

有过于忙碌没有时间写作的原因），到皇甫村（开始借住在村西的常宁宫）深入生活和写作。县委同意了柳青的要求，保留了县委委员，并由他指导王曲地区的互助合作化运动。也就是这个时候，柳青开始了长篇小说《在旷野里》的写作。

柳青原以为，只要自己下功夫，就一定能打开互助合作的新局面，结果却事与愿违。农民几千年形成的以家庭为单位的耕作习惯，通过开会宣传互助合作的优势、讲讲记工算账并不能轻而易举地改变。柳青刚到王曲时，当地互助组倒也不少，但这些临时成立的互助组说起就起、说散就散，没有长期性和稳固性。连时任长安县委书记李浩也调侃说大部分互助组是"春组织，夏一半，秋零落，冬不见"[①]。尽管柳青和王曲、乡干部做了许多工作，费了很大努力，但皇甫乡乃至王曲的互助组还是一个劲地垮台。柳青说："……我们曾要求每个行政村组织一个像样的常年互助组做重点，给临时互助组带头；他们如果没有人带头的话，说起就起，说散就散了；而且总是在夏天活儿紧正需要互助的时候，散了。但是，我发现我们的要求和事实的距离很远。在七个行政村里只有三个达到了目的，而且一村搞起不久就散了，重点组长刘远峰远远地看见我就

---

① 蒙万夫等：《柳青传略》，陕西人民教育出版社1988年版，第66页。

躲。我追上他,他痛苦地发誓说人心不一,他这辈子再也不闹这事了。……"①到了夏收时,皇甫乡七个行政村仅剩下两个常年互助组,还有一个出了问题。面对严峻的形势,柳青极为焦虑——"他心里很着急,深深地感到局面并不是容易搞出来的。这个时候,他正在写作那部已经构思了很久的,反映老干部在新形势下的思想问题的小说,但仍然每隔两天就往乡政府跑一趟,给乡干部们谈他发现的互助合作中的新问题,和他对解决问题的意见。"②

1953年秋天,王家斌(梁生宝的原型)的出现,让柳青眼前一亮,激动不已。也就是在这个时候,柳青放下了正在创作的《在旷野里》。这一年的秋天,滈河南四村王家斌任组长的重点互助组的稻子丰产,一亩六分合理密植试验田达到亩产997.5斤的好收成,这不仅是皇甫村1953年最大的收获,也是全区最大的收获。柳青为之异常兴奋,一方面,"他要用王家斌互助组的事实,推动全区互助合作工作向前发展"③,另一方面,王家斌做出了惊人的业绩,其"庄稼人诚厚、朴实的气质"、"能始终保持一个农民的尊严"、去眉县买稻种时为互助组考虑的节

---

① 柳青:《灯塔,照耀着我们吧!》,载《柳青文集》第4卷,人民文学出版社2005年版,第115页。
② 蒙万夫等:《柳青传略》,陕西人民教育出版社1988年版,第68页。
③ 蒙万夫等:《柳青传略》,陕西人民教育出版社1988年版,第68页。

俭以及全身心扑在集体事业上的忘我，让柳青极为感动，他"被一个具有社会主义觉悟的新人的性格抓住了"①，"他的脑子里翻腾开了，艰难的时期就要过去，新的局面就要来到了。他决定放下正在写的稿子，到滈河南去看看王家斌"②。"正在写的稿子"就是《在旷野里》。此后，柳青就将自己对互助合作的注意力，全部转移集中到对王家斌互助组的培养上来。他几乎天天都要蹚过滈河去了解王家斌互助组的开展情况，处理随时可能出现的问题。在这个过程中，"他仔细地了解这些庄户人各自的身世和家史，悄悄地体察他们的生活和心理，选定他们作为自己将来创作反映农业社会主义改造的长篇小说的生活原型"③。

1953年的8月，中共中央提出了要在一个相当长的时期内，基本上实现国家工业化和对农业、手工业、资本主义工商业的社会主义改造。10月份，中共中央关于实行粮食计划收购和计划供应的决议提出了向农民宣传总路线的任务。这一年的冬天，宣传总路线和粮食统购统销的运动在农村轰轰烈烈地展开了——干部下乡，各级会议不

---

① 柳青：《灯塔，照耀着我们吧！》，载《柳青文集》第4卷，人民文学出版社2005年版，第118页。
② 蒙万夫等：《柳青传略》，陕西人民教育出版社1988年版，第69—70页。
③ 蒙万夫等：《柳青传略》，陕西人民教育出版社1988年版，第70—71页。

断召开，报纸上每天都在宣传国家过渡时期总路线、支援社会主义工业化、农村的社会主义改造、工农联盟等，到处"成天锣鼓声不断，传话筒哇哇叫"，柳青在书桌前坐不住了。他说："我想把我正写着的东西里的一章写完再参加，可是我的思想已经拢不住了……人真有无法控制自己的时候，我不说写完一章，就是一页也写不下去了。正如外面是暴风雨，我在屋里不能工作一样。"[1]他把正在写作的《在旷野里》塞进了抽屉，投入皇甫乡的粮食统购统销试点工作中去了，以一个普通的组员的身份，被分配到高家湾小组。他"召开群众大会，深入浅出地给农民讲社会发展史，讲资本主义大鱼吃小鱼的现实，讲国家实行粮食统购统销的道理，讲我国工业化的前途。他组织积极分子调查、摸底，深入群众家里，成十次八次地给余粮户做思想工作"。他也参加批斗转移粮食的富农的批斗大会，"以一个普通群众的身份，挤在人群里，举着拳头，跟着喊口号"[2]。

由上述梳理我们可以看出，柳青在1951年底访问苏联时，就萌生了写作农村题材长篇小说的写作计划，但具体写什么，没有确定。1952年5月落户长安县以后，他看

---

[1] 柳青：《灯塔，照耀着我们吧！》，载《柳青文集》第4卷，人民文学出版社2005年版，第120—121页。

[2] 蒙万夫等：《柳青传略》，陕西人民教育出版社1988年版，第71—72页。

到在陕北工作期间的一些农民出身的老同志和老朋友，不能适应新形势下的工作，生活和思想中出现了种种问题，萌发了写作《在旷野里》的冲动，并于1953年3月动笔。在这期间，他领导指挥了王曲地区以及皇甫乡互助合作工作，但出现的种种问题让他焦头烂额。王家斌的出现，让他"被一个具有社会主义觉悟的新人的性格抓住了"。1953年10月，他停止了《在旷野里》的写作，全身心投入农业合作化运动中去了。

二

柳青之所以放弃《在旷野里》的写作，与1953年第二次全国文代会确立的社会主义现实主义创作规范，以及他自己对现实主义典型化原则的理解与认识有很大关系。

1951年年底的访苏之行，形塑了柳青对现实主义的理解，对他的艺术观念和创作思想产生了很大的影响。在1951年10月21日在莫斯科全苏作家协会举行的座谈会上，柳青提出了一个"苏联作家向俄罗斯民主主义的古典作家学习什么"的问题。斐定（今通译"费定"）回答了三点：一是"在思想方面学习他们的人道主义精神"。二是"在艺术方面，学习他们的现实主义，那就是反映生活的真实"。斐定说，"普式庚、托尔斯泰和高尔基的特点就是勇敢地揭露社会矛盾"。斐定"强调学习他们对于人物形象的描写，特别是心理描写"，他以《战争与和平》中的罗斯托夫和《母亲》中的维拉梭夫为例，认为"直到现在还没有人能在积极塑造人物形象的方面赶得上他们"。三是"俄罗斯民主主义的古典作品是俄罗斯语言的丰富宝库，是语言洗练的宝库"。其中第二点对柳青的触动很深。柳青认为，高尔基之所以能够成功，是因为他"从人民群众里走出来，并始终不脱离人民群众"，"长期地无条件地全身心地到工农兵群众中去"，"生活到饱和的程度"[①]。因此，柳青在1952年5月3日在上海参加"五反"时，认真地反思了自己创作中存在的问题：

> 我自己的作品就有明显的缺点。我始而在表现新人物的时候没有明确地掌握住哪些方面是主要的，哪些方面是次要的，哪些方面是不必要的，以便放弃不必要的，使次要的帮助主要的突出。继而我在掌握方面比较准确，但是却产生了另外的缺点，人物的心理过程粗疏，感情的魅力不足。我知道自己工作中的缺点，我很痛苦。我们什么时候才能把自己的缺点完全

[①] 柳青：《和人民一道前进——纪念毛泽东同志〈在延安文艺座谈会上的讲话〉十周年（节录）》，载蒙万夫等编：《柳青创作生涯》，百花文艺出版社1985年版，第28—29页。

克服或者尽量少些呢？只有经过长期的磨炼，就是循环不绝的生活实践和创作实践。

具体的做法就是"不能写就不要写，一直生活到能写时再写；写坏了不要气馁，重新生活了再写。这是最妥实的路子"①。柳青选择去长安县落户体验生活，即是基于以上认识。在创作上，柳青按照斐定所说的，学习普希金、托尔斯泰、高尔基的现实主义，竭力"反映生活的真实"，"勇敢地揭露社会矛盾"。

与此同时，柳青积极从巴甫连柯的《幸福》、巴巴耶夫斯基的《金星英雄》、尼古拉耶娃的《收获》②、古里亚的

---

① 柳青：《和人民一道前进——纪念毛泽东同志〈在延安文艺座谈会上的讲话〉十周年（节录）》，载蒙万夫等编：《柳青创作生涯》，百花文艺出版社1985年版，第29—30页。

② 1951年，上海文化工作社出版了尼古拉耶娃的《收获》（韦丛芜译）。1952年，上海文化工作社和北京时代出版社又再版了此书。1953年10月，《人民文学》上刊载了尼古拉耶娃的创作谈——《我怎样写〈收获〉》（庄寿慈译）。1954年11月，《人民文学》上刊载了尼古拉耶娃的《创造人物形象的道路》（刘宾雁译）。《收获》获得斯大林奖金一等奖，是尼古拉耶娃的成名作。尼古拉耶娃说："形象的内部矛盾和内部冲突引起了当时苏联文学界为数不少的无冲突论鼓吹者的很多责难。然而，在文学界中，那些懂得生活并且不怕如实地把生活指给大家看的人们原来还是占大多数——这些人们在困难的时候支持了我。"（《我怎样写"收获"》，《人民文学》1953年第10期）《收获》刚被译介过来，并未引起较大反响。1954年，尼古拉耶娃的论文集《论艺术文学的特征》（高叔眉译，人民文学出版社）也被介绍过来。

《萨根的春天》、恰可夫斯基的《我们这里已是早晨》等当时描写苏联社会主义生产建设的长篇小说中汲取经验,企图塑造中国式的,跟伏罗巴耶夫、屠达里诺夫、瓦西里、凯莎、杜洛宁、达维多夫一样的"后进者"。其中以恰可夫斯基的长篇小说《我们这里已是早晨》对柳青的影响最大。

恰可夫斯基的长篇小说《我们这里已是早晨》"由于它具有重大现实主义的主题和它的成就,在苏联印行了许多版次,荣获 1949 年的斯大林奖金。差不多所有的社会主义国家都出版了译本"[①]。1951 年 5 月,韦丛芜翻译了这部小说,将作者译为"柴珂夫斯基",书名译为《库页岛的早晨》。同年 10 月,王民泉、王业、林桦翻译了这部小说,书名译为《我们这里已是早晨》,由时代出版社出版。柳青阅读的是王民泉等三人的译本。该小说写的是红军少校、共产党员杜洛宁,复员后被派往南库页岛,参加岛的复兴工作。在苏联党和政府的领导下,他坚强不屈,不怕困难,把一个落后、散漫的渔场,逐步改造成一个先进、机械化的捕鱼场,同时大胆地创造了冬季捕鱼,使产量大大提高,生动真实地表现了苏联干部参与建设的自觉的革命精神、不畏任何艰难险阻的英雄气概和勇往直前的劳动热情。

---

① 代琇、庄辛:《向杜洛宁学习——谈"我们这里已是早晨"的思想意义》,上海文艺出版社 1958 年版,第 1 页。

《在旷野里》动笔之前，1952年7月17日，柳青在《群众日报》上发表了关于《我们这里已是早晨》的书评，向那些面临着新形势的老干部们介绍、推荐恰可夫斯基的长篇小说《我们这里已是早晨》，希望他们很好地读一读，看看曾经为人民立下许多功劳的苏军少校杜洛宁，在战争胜利后，是怎样由不愿意到愿意，最后以满腔热情，把全部身心投入新的、生疏的经济建设中去的。柳青在书评中说："考虑到我们当前处在大规模经济建设的前夜，许多同志即将走上自己不熟悉的经济建设的岗位……我因此而感到兴奋。去冬到苏联所得到的印象时刻在我脑里复现，生活在我们面前展开了多么美好的前景啊！愿我们每一个同志都能意识到自己在整个国家共同努力中的地位！"① 从小说结构看，《在旷野里》受到了《我们这里已是早晨》的很大影响。《我们这里已是早晨》的开头，"人们开始上船了。杜洛宁向跳板上走去。他慢慢地走着，四周挤着穿了僵硬的油布雨衣、穿厚外衣和军大衣的人们。旅客们带着手提箱、箱子、背包或者扎得很紧的袋子，袋子里面突出用几块帆布包起来的锯子和斧柄"②。船上很拥挤，连站着的地方也没有，更谈不上座位。旅客安静下来以后，杜洛宁找到一个靠墙放手提箱的地

---

① 蒙万夫等：《柳青传略》，陕西人民教育出版社1988年版，第55页。
② [苏]恰可夫斯基：《我们这里已是早晨》，王民泉等译，时代出版社1951年版，第10页。

方,听着水拍打船舷的声音,自言自语地慨叹道:"新的生活从这儿开始啦……"①但当他真正开始新生活的时候,却又不能消除藏在他心底深处的隐约的疼痛和惋惜。他回忆起自己被复员派往南库页岛的过程以及与冬妮娅的感情生活。入伍之前,他对冬妮娅说,"他会抓住最早的机会回家,然后他们就可以结婚了"。结果不久冬妮娅从建筑学院毕业,被派往西伯利亚,杜洛宁也一直没有请到假。他们没有结婚。很久之后,"杜洛宁了解到那并非纯粹是一个环境不容许的问题,而是他和冬妮娅之间的爱情不够深的缘故"②。他在思想上是自觉的,他服从组织的安排;但在感情上却是"没精打采的平静",一旦问题和自己直接有关时,自然地迸发出"反对",认为为了党的事业,"个人的感情必须让步"。《在旷野里》开头,朱明山跟杜洛宁一样,也开始了新生活,在火车上,他的感情问题、工作问题、思想问题等蜂拥而来。

《在旷野里》描写的内容,和苏军少校杜洛宁在战争胜利后在经济建设中面临的问题极为相似,也极为忠实地贯彻了俄苏由普希金、托尔斯泰、高尔基以至恰可夫斯基小说的现实主义精神。小说敏锐地捕捉并呈现了新

---

① [苏]恰可夫斯基:《我们这里已是早晨》,王民泉等译,时代出版社1951年版,第12页。
② [苏]恰可夫斯基:《我们这里已是早晨》,王民泉等译,时代出版社1951年版,第13页。

中国成立初期革命干部进城以后权力观念的异化、老区新区干部之间的矛盾、干部夫妻感情裂痕和微妙的婚外情感纠葛、青年理想主义精神面临的困境以及生活方式和人际关系的转变等一系列问题，敞开将他们置于小说中反复出现的具有象征意义的"旷野的路上"。按照目前所见的内容结构，或许是通过中国的"杜洛宁少校"在革命成功以后，"由不愿意到愿意，最后以满腔热情，把全部身心投入新的、生疏的经济建设中去"，来呈现新中国进入社会主义革命和建设时期的火热生活。遗憾的是，这部小说没有完成，发出了时代之问，留下了广阔的想象空间和袅袅不绝的余韵。

《在旷野里》虽然也塑造了县委书记朱明山——这一中国的杜洛宁——正面的领导干部形象，但主要还是暴露与讽喻。新中国成立初期，文学叙事在主题和艺术上还未形成"一体化"的格局，作家们虽然以毛泽东在延安文艺座谈会上的讲话精神为指导，但仍然有极为有限的探索和发挥的空间。农村叙事方面，如孙犁的《村歌》（1949年）塑造了一个令人厌恶的基层女官僚王同志，这个曾经的革命队伍的先进分子，成了大家所憎恶的坏人，以至于大家不愿把她看作革命的同路人。城市生活方面，如萧也牧的《我们夫妇之间》（1950年）描写了城乡冲突之下革命夫妻在思想意识上的差异以及生活上的矛盾和感情上的纠葛，以介入生活的巨大勇气和超越现实的深沉反思，一时洛阳纸贵，成为"新中国成立后第一篇产生热烈反响的短篇小说"[1]；1951年改编成电影后，更是引起了强烈反响。这两部作品虽然很快遭受批评，但规模不大，范围也小。柳青也参与了1951年对萧也牧《我们夫妇之间》的批判。他说："这个作品的致命缺点，是作者只选取了一些琐碎的私生活的现象，企图来说明知识分子和工农的结合，这个题材和主题是不相称的，也无法说明主题。在电影中特别把琐碎的事情和一些大事件，如接管大城市的具体工作联系了——仅仅是形式上的联系，就显得不相称了，甚至小说中的一句话往往也成了一场戏。"[2]柳青认为，《我们夫妇之间》的"题材和主题是不相称的"，就作品艺术性而言，并没有上升到思想乃至政治的高度。

柳青写作《在旷野里》时，国内文艺界已开始对现实主义理论进行调整和规范。在1952年10月苏共第十九次代表大会上，苏共中央领导人马林科夫的工作报告谈到文艺问题时说："艺术家、文学家和艺术工作者必须时刻记

---

[1] 李国文：《不竭的河流——五十年短篇小说巡礼》，《小说选刊》1999年第11期。

[2] 载于《文艺报》1951年第4卷第8期。按：该期刊载了批判萧也牧创作倾向的文章，还有座谈会记录稿《记影片〈我们夫妇之间〉座谈会》。座谈记录未写明座谈时间。该会由丁玲主持，严文井、钟惦棐、韦君宜、柳青等二十余人参加。

住,典型不仅是最常见的事物,而且是最充分、最尖锐地表现一定社会力量的本质的事物。……典型性是与一定社会历史现象的本质相一致的;它不仅仅是最普遍的、时常发生的和平常的现象。有意识地夸张和突出地刻画一个形象并不排斥典型性,而是更加充分地发掘它和强调它。典型是党性在现实主义艺术中的表现的基本范围。典型问题任何时候都是一个政治性的问题。"[①]马林科夫的这一报告中译本,与1934年苏联的作家协会章程、日丹诺夫的报告等的中译本,收入《苏联文学艺术问题》,1953年由人民文学出版社出版,对当时的中国文艺界产生了重要的影响。其中"典型性是与一定社会历史现象的本质相一致的""典型是党性在现实主义艺术中的表现的基本范围""典型问题任何时候都是一个政治性的问题"等直接影响到中国文艺界高层对典型化理论的阐发。在1953年3月11日的全国第一届电影剧作会议上,周扬在引用马林科夫的讲话之后,阐释得更为绝对和极端——"真正能看到本质以后,作家就是一个社会主义现实主义者了。现实主义者都应该把他所看到的东西加以夸张,因此我想夸张

[①] 《苏联文学艺术问题》,曹葆华等译,人民文学出版社1953年版,第138—139页。

也是一种党性问题。"①

1953年4月至6月,全国文协组织了在京的部分作家、批评家和文学界领导干部共40多人参加了为期两个月的学习,为全国文协改组为中国作协和即将召开的第二次文代会做理论上的准备。此次学习班集中讨论了四个方面的问题:"一是对社会主义现实主义的理解及其和过去的现实主义的关系与区别;二是关于典型和创造人物及讽刺问题;三是关于文学的党性、人民性问题;四是关于目前文学创作上的问题。"冯雪峰的讲话发言《英雄和群众及其他》②、束沛德的《全国文协学习社会主义现实主义的情况报道》③集中论述了这次学习中的"英雄和群众、典型化并非'理想化'、否定人物的艺术形象、关于党性、关于讽刺等"④文学创作上的关键问题。冯雪峰在论证了"创造正面的、新人物的艺术形象,现在已成为一个非常迫切的要求,十分尖锐地提在我们面前"之后,也提出了如何塑造"否定人物的艺术形象"⑤的问题。同年9月23日至

---

① 周扬:《周扬文集》第2卷,人民文学出版社1985年版,第198—199页。
② 刊登在《文艺报》1953年第24号上。
③ 两期刊登在《作家通讯》上。
④ 束沛德:《1953年中国文坛一大盛事——亲历全国文协改组为中国作协》,《文艺报》2019年7月10日。
⑤ 冯雪峰:《英雄和群众及其他》,载《冯雪峰文集》(下),人民文学出版社1981年版,第74—75页。

10月6日，中国文学艺术工作者第二次代表大会召开，将中华全国文学艺术界联合会更名为中国文学艺术界联合会，提出塑造新的英雄人物形象为社会主义文艺的基本要求。周扬在报告中又提出："当前文艺创作的最重要的、最中心的任务：表现新的人物和新的思想，同时反对人民的敌人，反对人民内部的一切落后的现象。"①因而在这个时候，《在旷野里》的讽喻和批判，不但不合时宜，格格不入了，也会带来巨大的风险。②柳青放弃《在旷野里》的写作，也就不难理解了。

但这部作品对柳青的意义非凡，我们可以看到，《在旷野里》初步形成了柳青在《创业史》中所集中彰显的独特创作风格——"严谨细致而又疏朗恢宏，朴素深沉而又幽默明朗，遒劲舒畅而又简约含蓄的艺术风格和凝重、精

---

① 周扬：《为创造更多的优秀的文学艺术作品而奋斗——一九五三年九月二十四日在中国文学艺术工作者第二次代表大会上的报告》，载《周扬文集》第2卷，人民文学出版社1985年版，第251页。

② 柳青没有参加第二次文代会，但此次会议提出的"到群众中去落户"，使柳青成为早已预知并领时代风气之先的典型。1954年6月，陕西省文学艺术工作者联合会编写了《努力发展文学艺术的创作》（学习资料之一），收录了《人民日报》的社论《努力发展文学艺术的创作》，周扬在第二次文代会所做的报告《为创造更多的优秀的文学艺术作品而奋斗》，《文艺报》的社论《国家在过渡时期的总路线和文学艺术的创造任务》，《说说唱唱》的社论《在总路线的照耀下发挥通俗文艺的更大作用》，丁玲在第二次文代会上所做的报告《到群众中去落户》，最后一篇即是柳青的《灯塔，照耀着我们吧！》。

确、个性化，富有感情色彩的文学语言"[①]，"以主人公的性格发展和他与对立面人物性格冲突的趋向为中心，层次分明地，步步深入地组织复杂的矛盾和尖锐的冲突，在矛盾冲突演变过程中，使主人公的性格不断向前推进"，"将作者的叙述与人物的内心独白糅合在一起，把事件发展的交代变成特定人物的心理感受的描写"[②]，等等。这种风格"不仅仅是语言的风格、叙述的风格"，正如柳青所言，"'风格是整个人的'，是作者的创作个性，是作家的精神面貌"，"是在作家思想感情的基础上表现出来的那种对作品中人物和事件的观点、态度和感情形成的格调"[③]。在《创业史》中，这种风格更为突出，矛盾冲突典型化，艺术结构和艺术表现上也更为成熟。

三

《在旷野里》在当代文学史上，具有独特而重要的意义。其是新中国成立以后第一部表现官僚主义、享乐主义以及干部家庭生活、情感生活问题的长篇小说，比1956年

[①] 蒙万夫等：《柳青传略》，陕西人民教育出版社1988年版，第108页。
[②] 蒙万夫等：《柳青传略》，陕西人民教育出版社1988年版，第109页。
[③] 柳青：《关于风格及其他》，载蒙万夫等编：《柳青写作生涯》，百花文艺出版社1985年版，第45页。

"百花时期"的"干预文学"整整早了三年。而且,"干预文学"也无长篇作品。如果我们再将视线拉开一些,会发现仅就完成的《在旷野里》而言,是"十七年"时期最早也是最重要的暴露与讽喻型小说。

1953年3月5日斯大林逝世之后,苏联在社会生活的各个层面,出现了难得的"苏醒"与"解冻"。文学最早捕捉到了春天的气息,成为传播喜讯的燕子。具体表现就是奥维奇金的《区里的日常生活》、尼古拉耶娃的《拖拉机站站长与总农艺师》、爱伦堡的《解冻》等一系列真实反映现实生活、暴露生活矛盾的"干预生活"的作品暴露了苏联集体农庄中令人惊诧的形式主义和官僚作风,突出了生活中的严峻矛盾,彻底打破了苏联文艺界"无冲突论"的滥调,在苏联引起强烈反响和巨大震动,并很快译介到中国。

1956年5月2日,毛泽东在最高国务会议上正式宣布将"百花齐放、百家争鸣"作为党发展科学、繁荣文学艺术的指导方针。中国文学学习借鉴苏联的经验,出现了类似于苏联"解冻"文学的"干预文学"。一方面,以"干预生活、暴露阴暗"作为创作宗旨。1956年"双百"方针提出后,文坛出现了"干预生活"的文学叙事,冲破了创作中的教条主义和概念化、模式化、脸谱化的艺术倾向,在对客观现实生活中的阴暗、腐败现象的揭露中,批判形形式式的官僚主义、保守主义和思想僵化现象，如王蒙的《组织部新来的青年人》、刘宾雁的《本报内部消息》等。另一方面，文学突破了爱情描写的禁区，深入现实中人的情感世界，表现丰富的人情人性。农村叙事也随着这一潮流，大量暴露农业合作化弊端和官僚主义的作品相继发表，否定了以前那种欢歌笑语、凯歌嘹亮的叙述格调。重要的作品有柳溪（耿简）的《爬在旗杆上的人》[1]、秦兆阳（何又化）的《沉默》[2]、康濯的《过生日》[3]、白危的《被围困的农庄主席》[4]、马烽的《四访孙玉厚》[5]、沙汀的《老邬》和《摸鱼》[6]、方之的《杨妇道》[7]、刘绍棠的《田野落霞》[8]、从维熙的《并不愉快的故事》[9]等。这些作品就当时的社会现实和存在的问题，在某一个切面有着深刻的反映，但如《在旷野里》规模如此宏大、内容如此丰富、触及的问题如此之多、艺术上如此成熟、风格上如此鲜明的长篇，这

---

[1] 刊登在《人民文学》1956年5月号上。
[2] 刊登在《人民文学》1957年1月号上。
[3] 刊登在《人民文学》1957年第1期上。
[4] 刊登在《人民文学》1957年4月号上。
[5] 刊登在《火花》1957年第7期上。
[6] 刊登在《人民文学》1957年5、6月号合刊上。
[7] 刊登在《雨花》1957年第7期上。1979年被收入上海文艺出版社《重放的鲜花》一书。
[8] 刊登在《新港》1957年第3期上。
[9] 刊登在《长春》1957年7月号上。

是仅有的一部。

总而言之,《在旷野里》是标志着柳青已形成自己鲜明风格的一部长篇,是创作《创业史》的艺术上的实践和准备,是柳青创作的"历史中间物"。如果说他20世纪40年代的《种谷记》还只是显示了他是一个具有深厚生活基础和严谨现实主义创作手法的作家的话,那么《在旷野里》已经表明他是一个在各方面均比较成熟且初步形成了自己艺术风格的作家,其不仅为后来的《创业史》写作奠定了良好的基础,同时以其对现实的严峻关切、对同时代各种问题的深沉思考和积极介入,成为当代文学史上最早对官僚主义、享乐主义、作风虚浮进行暴露和讽喻的长篇小说,改写了当代文学史,具有无法忽略的极为重要的艺术价值和文学史意义。

错位：问题小说的问题域
——对柳青长篇小说佚作《在旷野里》的征候阅读

赵 勇

尘封七十年的柳青长篇小说佚作《在旷野里》一经刊出，便引发了文学评论界的浓厚兴趣。诸多评论家或撰写文章，或接受访谈，畅谈该长篇的整理、发表经过，表达自己阅读柳作之后的欣喜和感受。这些评论中最能启人深思者，则非李建军的文章莫属。他把写作模式分为"论证"和"提问"之后特别解释道："所谓论证模式的写作，即作家接受他者的思想观念，试图通过自己的小说作品，来证明某种思想的正确性和某种道德的合理性的写作；所谓提问模式的写作，即作家根据自己的经验和思考展开的写作，是一种充满现实焦虑、反思精神和问题意识的写作。"此前人们认为柳青属于典型的"赞同型人格","他也倾向于选择'论证模式的写作'",但《在旷野里》却冲破"论证"的藩篱,进入"提问"的阵营之中,因此,"它是一部怀着深深的不安和忧患,严肃而真诚地向生活提问的小说。从作品的语调和事象里,人们可以强烈地感受到作者深切的现实焦虑和庄严的生活态度"。[1]

李建军既是最早读过这部佚作的评论家之一,也是为此佚作敲定题目并被大家普遍认可的命名者,[2]所以他的看法既值得重视,也在很大程度上指出了这部小说不同于柳青其他作品的重要特征。但笔者读过《在旷野里》之后,一方面觉得李建军说得在理,另一方面似乎又感觉意犹未尽。于是,在李建军论述的基础上"接着讲",尤其是把那些隐藏在此文本无意识框架中的深层结构和无言的论述"从深处拖出来",[3]也就有了必要和可能。

---

[1] 李建军:《提问模式的小说写作及其他——论柳青的长篇小说佚作〈在旷野里〉》,《人民文学》2024年第1期。
[2] 此佚作原无题目,柳青长女刘可风把它取名为《县委书记》,李建军读后认为可命名为《在旷野里》,因为"在旷野里"不仅是小说中多次出现的一个句式,而且也是其核心意象。邢小利很是赞同,他觉得"'在旷野里',有象征性,蕴含丰富,意味深长,有小说所写年代的生活气息和时代特点,也有相当的现代性"。参见邢小利:《柳青长篇小说佚作〈在旷野里〉考述》,《人民文学》2024年第1期。
[3] 参见奚广庆等主编:《西方马克思主义辞典》,中国经济出版社1992年版,第343—344页。

一

《在旷野里》是一部未完成稿，文末标注的时间是1953年10月7日。这也是柳青在长安安家落户之后的第二年写出的一部长篇小说，用时达半年之久。为什么要写这部作品？据柳青之女刘可风讲，柳青在皇甫村住下后，开始写一部构思很久的小说：反映农民出身的老干部在新形势下面临的新问题、新心理和新表现。但写到半截，柳青却感到很不满意，差点把它付之一炬。对此情景，王汶石在其日记（1954年4月13日）中曾有记载，刘可风在《柳青传》中亦有描述。前者转述柳青说法："他说：他原本想以现在的米脂县委书记为模特，计划写四大部，结果写了十二万多字，写不下去了，苦恼得很，吃力得很。因为许多现实生活的问题，于自己都是生疏的，不够了解，而除过主人公之外，其他二等、三等角色，则更不熟悉，于是不得不抛掉这十二万字的劳动。"[①] 后者指出：

> 经过整理和抄写的最后一稿已经用棉线装订起来。用半年多的心血完成了这部作品，他既不轻松，

---

① 王汶石：《王汶石文集》第4卷，陕西人民出版社2004年版，第111页。

也不愉快，因为，与自己要达到的艺术效果相距甚远。他认为，这部作品与《铜墙铁壁》水平相仿，没有太大提高——对每一部新作品，他的自我要求是："不能停留在艺术创作的老路上，要提高，一定要达到一个新水平。"

……………

最终搁笔前后，他写了一部长篇小说的消息传了出去，省委宣传部派来干部，想了解写作情况，并劝他尽快将小说发表。他没有犹豫，坚决地摇了摇头。

作为一个专业作家，两三年没有发表作品，何以心安？他感到苦闷。但拿不满意的作品去应付？他不！这一点很坚定，他决不愿意在已有的水平上徘徊，在老路上走来走去。

当人去屋静的时候，看着自己的作品，和桌角上的一只花瓶，那里插着妻子前两天带回来的几枝鲜花，现在花瓣已凋零。他实在不满意这部新作，划着一根火柴，伴着落英，点燃了它的一角。这也是自己劳动的成果呀，他又不舍地熄灭了刚刚燃起的火苗。[1]

---

[1] 刘可风：《柳青传》，人民文学出版社2016年版，第156—157页。

正是因为柳青当时没舍得烧掉手稿，去世之前又亲手将它交给了自己的女儿，我们今天才见到了这部未完成稿的真容。

为什么柳青既不愿意把它拿出来又不愿意把它毁掉？如果按照王汶石的转述和刘可风的解释，原因便显得相对简单：因为他写得吃力，觉得自己没写出像样的东西，只是在原地踏步，所以不愿意公之于众；又因为他毕竟为之付出了心血，所以他也不舍得付之一炬。但是，如果我们认真面对这一文本，背后的原因或许就会变得复杂起来。

有必要对小说的故事情节略加复述。

故事发生在1951年7月，刚被任命为渭河平原某县县委书记的朱明山乘火车去那里履新，发现身旁坐着一位捧读《论共产主义教育》的年轻女孩（后来知道此人正是该县青年团县工委副书记李瑛），于是勾起了他的满腹心事：他的妻子高生兰原本有文化，有干劲，生气勃勃，当年他在陕北的一个区里当区委书记时，她甚至帮助他这个工农干部读完了苏联小说《被开垦的处女地》。然而自从结婚之后，生活的磨难和家庭（两个孩子）的拖累却使她变成了一个村妇："特别使朱明山惋惜的是：她和书报绝了缘，而同针线和碗盏结了缘。朱明山在西安接待了他们大小四口不几天，就发现高生兰变得那么寒酸、小气、迟钝和没有理想。她在精神上和她母亲靠得近了，和她丈夫离得远了。"①在朱明山看来,这便是"思想溜坡",是苦难结束之后"安逸、享受和统治的欲望"在她心中潜滋暗长所致。于是,他让自己的爱人去党校学习,寄希望于她在那里能提高思想觉悟。

这自然是故事的一条暗线,却一直隐隐约约地贯穿在小说的始终。那么明线是什么呢?是朱明山履新之后马上面临的一场考验,以及在这场考验面前县委、县政府的各色人等所呈现出来的生活态度和工作作风。渭河两岸是产棉区,但朱明山走马上任后却发现了一个严重的问题——棉蚜虫肆虐,如果不及时治理,将会大大影响棉花产量。为了消灭虫害,朱明山自然是身先士卒,寻求科学的解决办法,但与此同时,他又要解决其他人的思想问题、工作作风问题。例如,县长梁斌喜欢夸夸其谈,长篇大论,他在大会小会上做报告,试图发动群众,赢得治虫胜利。但实际上,他却是要和朱明山对着干,以此发泄没把他自己任命为县委书记的不满。工作组长张志谦仗着自己是大学生,既自负,也喜欢作报告,其实也是与朱明山暗中作对,这让赵振国很是生气。赵振国是县委副书记,也是治虫的副总指挥之一,他文化程度不高,不擅在场面上讲话,喜欢发牢骚,说怪话;可是工作起来,却"好像

---

① 柳青:《在旷野里》,中国青年出版社2024年版,第16—17页。

一匹烈马拉着载满的大车上坡，只要是力所能及的，不需要扬鞭子，把脖子一勾，咕咕就曳上去了"①。他当然是朱明山的左膀右臂，也是叙述学上的所谓"帮手"。他对梁斌的看不惯，以及与张志谦的冲突，实际上是开辟了展开矛盾与坚持斗争的第二战场。白生玉——一位四十多岁的老革命——是监委会副主任，但因为家庭原因，他总想着回陕北当一个村干部。于是，此人"行动上的积极负责和思想上的阴暗忧郁"让朱明山很是惋惜。当然，主要人物中还有年轻、活泼、单纯、可爱的李瑛同志，她的漂亮、聪明和进步每每让朱明山心动，但每当他心中活动时，高生兰的影子便在他眼前晃动。与此同时，与张志谦断绝了恋爱关系之后，李瑛则对"朱明山的生活发生了一种隐秘的兴趣"②。而与朱明山接触越多，李瑛就越不能欺骗自己，"新来的县委书记的确撩动了她少女的心了"③。

　　那么，在朱明山与李瑛那里会不会发生什么故事呢？因为小说没写完，我们自然无从猜测，但朱明山对高生兰的不满越来越多却是显而易见的。其中的一个细节是，高生兰来信，朱明山都懒得去看。三天之后拆开瞧，继

---

① 柳青：《在旷野里》，中国青年出版社2024年版，第105页。
② 柳青：《在旷野里》，中国青年出版社2024年版，第156页。
③ 柳青：《在旷野里》，中国青年出版社2024年版，第157页。

续"溜坡"之辞依然跃然纸上：为了能更好地照顾自家孩子，她想向组织提出去保育院工作，以后再住党校。这让朱明山很是恼火也很是无语，只好暂时不给她回信。这一细节强化了朱明山对妻子之爱的流失，而这种流失在小说的第二节内容便有所暗示："当一个男人很满意自己的爱人的时候，没有一个另外的女人可以吸引他的注意；但是当一个男人感到自己的爱人没有一种美或失掉了一种美，而从另外的女人身上发现了的时候，他会不由得多看她两眼，虽然他并没有更多的打算。"[1]但假如柳青把这个小说写完，他其实又面临着两难选择：如果让朱、李走到一起，显然有损于朱明山的正面人物形象塑造；假如让他初心不改，守着"失掉了一种美"的女人两地分居，似乎又有违现实主义的创作原则。如此看来，柳青没往下写是明智的，因为他的小说存在着向相反两个方向发展的拉力。放任其任何一方，都会打破这种业已形成的平衡或张力结构，让小说陷入不好处理的难堪之境。

于是我们只能就事论事，看看柳青写出来的部分达到了什么目的，形成了怎样的效果。

---

[1] 柳青：《在旷野里》，中国青年出版社2024年版，第13页。

二

　　假如刘可风所说的柳青的写作动因——"反映农民出身的老干部在新形势下面临的新问题、新心理和新表现"①——大体不差，那么此作既可看作赵树理所谓的"问题小说"②，同时也让我们意识到，这部小说虽未写完，但应该说已基本达到了预期目的。因为仔细琢磨，干部问题确实是柳青的命意所在，这不仅是因为"干部"一词在小说的叙述中大面积使用③，而且"老区干部"和"新区干部"、"老干部"和"新干部"、"工农干部（农民干部）"和"知识分子出身的干部"也是柳青使用的对举概念。大体而言，"老区干部""老干部""工农干部（农民干部）"是一类人，而"新区干部""新干部""知识分子出身的干部"是另一类人，前者来自陕北革命老区，出身农民，虽富有革命经验，但是却没文化或文化程度不高；而后者则基本上是前者的对立面。也就是说，当柳青确立了这个叙事模式之后，他基本

---

① 刘可风：《柳青传》，人民文学出版社2016年版，第155页。
② "问题小说"是赵树理本人对自己小说做法的一种概括，他说过："我在做群众工作的过程中，遇到了非解决不可而又不是轻易能解决了的问题，往往就变成所要写的主题。"赵树理：《也算经验》，载《赵树理全集》第3卷，大众文艺出版社2006年版，第350页。
③ 据精确统计，"干部"一词用了202次。

上就是在这一二元对立的框架中展开其矛盾冲突，完成其故事讲述的，因此，这一框架很值得我们认真对待。

可以说，小说在开篇之初，就确立了这一叙述框架。朱明山初来乍到之际，接待他并向他详细介绍县里情况的是其老相识赵振国。当朱明山得知赵振国在组织部副部长的职位上办过三期土改训练班后，他立刻两眼放光，说："那你对老区干部和新区干部都摸得很熟啊！"[①]这是对这个二元对立关系的初步交代。而赵振国本人就是老区干部，通过他的讲述，他自己的苦恼也跃然纸上：自己在陕北工作多年，却没注意学习，如今来到新区，工作不得力，没头绪，加上自己的老婆也没文化，斗大的字不认得一个，家里孩子又多，负担重，他就显得比较颓唐，也不怎么安心工作。在这里，虽然赵振国和盘托出的是自己的苦恼，但实际上也把老区干部的苦衷摆到朱明山面前，让他不得不意识到问题的严重性。而在赵振国的继续讲述中，这种苦恼又进一步聚焦，并且暗示了新、老干部的基本矛盾："老区干部没文化，一套老经验已经使唤完了。新干部起来了，有文化，虽说有些不实际，劲头大，开展快……"[②]"因此老区来的干部苦恼。怎办哩？旧前土改完

---

① 柳青：《在旷野里》，中国青年出版社2024年版，第24页。
② 柳青：《在旷野里》，中国青年出版社2024年版，第27页。

了争取战争胜利，而今土改完了路长着哩，一眼看不到头，模糊得很，复杂得很。你给大家讲社会主义，大家要解决眼前的问题。说成了问题，什么都是问题……"[1]考虑到小说在最前面便引用了毛泽东《论人民民主专政》中的话——"过去的工作只不过是像万里长征走完了第一步。残余的敌人尚待我们扫灭。严重的经济建设任务摆在我们面前。我们熟习的东西有些快要闲起来了，我们不熟习的东西正在强迫我们去做"[2]——作为导语，我们便能意识到，从战争年代进入和平年代之后，随着工作重心的转移，老（区）干部所存在的问题已全面暴露出来。柳青先是借助毛泽东话语撑腰，以便使其立意政治正确，然后又通过赵振国之口，揭开了这个问题的盖子。

实际上，在老区干部那里，赵振国身上虽存有问题，但还不够典型，最典型的是主动找朱明山倾诉衷肠的白生玉。白生玉与县长梁斌吵过一架，也吵出了他的满肚子委屈：他为革命立过汗马功劳，用他的话说，是"从一九三六年脱离生产起，为革命跑烂的鞋凑在一块儿的话，我这么大的汉量也背不起"[3]。然而，到了新区之后，

---

[1] 柳青：《在旷野里》，中国青年出版社2024年版，第27页。
[2] 毛泽东：《论人民民主专政》，载《毛泽东选集》第四卷，人民出版社1991年版，第1480页。
[3] 柳青：《在旷野里》，中国青年出版社2024年版，第44页。

不但没人对他的革命功劳表示尊敬，而且还常常在工作中受到新区干部的挤对。他觉得工作在新区是受罪受累，便跟朱明山提出请求："能把组织关系给我的话，我回陕北老家种地呀。我当上个村干部，领导好互助组，也是往社会主义走哩嘛，何必在这褡受冤枉罪？"①同时，让白生玉负气而走的因素还有来自其妻子的指责，因为朱明山看到了他妻子的来信：

> 一张麻纸上用歪歪斜斜的很大的字写着："生玉贤夫：古历五月来的信和寄的十万元都收到了。咱处一春未降甘霖，夏田收成每垧二三斗，秋田落籽太迟，粮价又涨了。我们母子五口人，吃用多少，收入多少，你也不是不知内情。人家出外的干部也有，你走后二年至今，一回也没回来料理，又不叫我们去，是甚居心？你有良心，来信言明……"②

四个娃娃被妻子带着，丈夫为了工作两年没回过老家，但工作却并不称心如意。如此状况，无怪乎白生玉心生去意，也无怪乎朱明山充满同情，立刻说道："你写信

---

① 柳青：《在旷野里》，中国青年出版社2024年版，第42页。
② 柳青：《在旷野里》，中国青年出版社2024年版，第46—47页。

叫他们来吧。我给你保证,所有的问题慢慢都要解决。不能解决干部的问题,我们能建设什么国家?"①当然,白生玉心中郁闷,也并非单纯是居功自傲,而是真切意识到了自己的落伍。他对朱明山说:"咱没文化,没理论;可是像那些知识分子说的话,咱可有感觉。"②而所谓感觉,便是"革命的饭总算吃下来了,建设的这碗饭,没文化没知识,恐怕不好吃。……我们和陕北穿下来的粗蓝布衣裳一样,完成历史任务了。建设社会主义,看新起来的人了"③。如此看来,假如把白生玉和赵振国放在一起稍作对比,那么二人虽同为老区干部,共享着此种干部的先天不足,但前者依然放大了后者的缺陷和不足,让人对老区的农民干部产生了许多担忧。

而且,即便是主人公朱明山,他虽然克服了老区干部的诸多缺陷,但也依然不能让人完全放心。朱明山在小说中甫一出场,作者就对他的干部身份作了交代:他是一位"三十岁上下的陕北干部","大关中解放以来,这样的干部到处有,即便有穿上呢子制服的,也盖不住他们举动上的那点农民底子,人们一眼就可以看出"④。不过,尽管

---

① 柳青:《在旷野里》,中国青年出版社2024年版,第47页。
② 柳青:《在旷野里》,中国青年出版社2024年版,第69页。
③ 柳青:《在旷野里》,中国青年出版社2024年版,第69—70页。
④ 柳青:《在旷野里》,中国青年出版社2024年版,第4页。

朱明山的干部"底子"是"农民",但是通过其努力,他已完全改变了自己"一穷二白"的落后面貌,成功跻身于知识分子行列。小说中写道,朱明山在陕北工作时就喜读书,以至于赵振国当时的感受是:"那阵众人见你随常夹一本厚书,还笑你冒充知识分子哩。"[1]正是因为喜欢书,他来新区工作时,手提皮箱里装的全是"他两年来陆续积累起来的他心爱的书"[2]。也因为李瑛曾帮着拎过箱子,领教过皮箱的沉重,所以她猜测说:"朱书记大概是知识分子出身。"[3]而她的猜测又被杨宝生及时纠正:"啥嘛?参加革命以前还没有上过正式的学校哩!"[4]朱明山的不断学习也赢得了组织上的信任,于是他被视为"一个有相当文化水平的工农干部"[5]。于是我们看到,朱明山虽然也像赵振国、白生玉等人一样是来自陕北老区,但他已是进阶为文化人的工农干部。而朱明山能被如此塑造,让他既是农民出身又具有知识分子素质,在柳青那里也颇显得意味深长,因为这种人物就像霍尔所说的那样,由于把"两种不同元素""接合"到了一起,所以更容易"表达"出某

---

[1] 柳青:《在旷野里》,中国青年出版社2024年版,第25页。
[2] 柳青:《在旷野里》,中国青年出版社2024年版,第11页。
[3] 柳青:《在旷野里》,中国青年出版社2024年版,第159页。
[4] 柳青:《在旷野里》,中国青年出版社2024年版,第159页。
[5] 柳青:《在旷野里》,中国青年出版社2024年版,第10页。

种意义。[1]而在柳青的描述中，这种意义已呼之欲出：朱明山显然已克服了农民"没文化"和知识分子"好自负且喜夸夸其谈"的双重弱点，从而成为一个几近完美的优秀干部。

然而，即便是如此优秀的干部也有自己的软肋。这一软肋就是那种爱欲渐渐熄灭的夫妻关系。小说中写道："朱明山早就知道有些陕北干部不让家属来新区：有的是想和家庭包办的不识字女人离婚，有的就是准备着什么时候会回家去种地。"[2]他自然不在这种归纳里，但他的情况又不容乐观。尤其是对李瑛心生爱意之后，故事的走向也就有了某种可能性：与"思想溜坡"的高生兰离婚，而与青春活泼、积极进取的李瑛喜结连理。倘如此，那么这种"离"与"结"虽以"经济建设"的名义而具有了某种正当性，却也把朱明山置于老区干部固有的尴尬之中（不带家属来就是为了与原先的不识字女人离婚）。如前所述，柳青让小说处于"未完成"状态确实显得恰到好处，因为它保持了故事的某种张力，也没有让朱明山的优秀受到损伤，但这并不意味着故事的走向没有这种可能性。想一想

---

[1] Stuart Hall. *Cultural Studies 1983: A Theoretical History*, eds. Jennifer Daryl Slack and Lawrence Grossberg, Durham and London: Duke University Press, 2016, pp. 121–122.

[2] 柳青：《在旷野里》，中国青年出版社2024年版，第45页。

新中国成立之初,工农干部离婚再娶似乎也是时代潮流。小说中没有写到那一步也只是因为那种意味深长的"中断",或者说,柳青以此小说的"未完成性"成功地掩盖了主人公有可能会出现的道德缺陷。

从这个意义上说,通过赵振国、白生玉显在的所作所为,甚至通过朱明山潜在的情感取向,作者确实触及了"农民出身的老干部在新形势下面临的新问题、新心理和新表现",从而达到了自己的写作目的。

三

然而,实在说来,仅仅揭示老区工农干部出现的问题显然还不是这部"问题小说"的全部写作目的,因为面对新区知识分子出身的干部,柳青发现的问题似乎更严重也更尖锐。而这种问题又集中存在于县长梁斌和工作组长张志谦身上。

在工作上,作为县长的梁斌虽然是朱明山的合作伙伴,但是若以叙述学的视角审视二人关系,他显然又是朱明山的"对手"。小说中写道,朱明山上任之前就了解了梁斌的底细:他1938年毕业于延安抗日军政大学,是正宗的知识分子出身,没文化的工农干部显然不可与他同日而语。然而,也就是这样的新区干部,身上却全是毛病。小说中写道:"有些人被摆在领导地位上以后,人们从他们身上却只感觉到把权力误解成特权的表现——工作上的专横和生活上的优越感,以至于说话的声调和走路的步态都好像有意识地同一般人区别开来了。"①仿佛就是为了论证这一观点,小说着重描述了梁斌由副县长升任县长之后的各种变化:

> 梁斌一接任正职,马上就变了另一副神气。他在党委会上开始不断地和常书记发生争执,固执地坚持意见;他在县政府里好像成了"真理的化身",凡是他的话一概不容争辩。他新刷了房子,换了一套新沙发,加强了他的权威的气氛。他站在正厅的屋檐底下对着宽敞的大院子,大声地喊叫着秘书或科长们"来一下"。而科员和文书们给他送个什么公事或文件,要在他房外侦察好他不在的时候,进去摆在他办公桌的玻璃板上拔腿就走,好像那是埋藏着什么爆炸物的危险地区。日子长了,他发现了这个秘密,咯咯地笑着,从这些下级的可笑的胆怯里感到愉快。②

---

① 柳青:《在旷野里》,中国青年出版社2024年版,第123页。
② 柳青:《在旷野里》,中国青年出版社2024年版,第124页。

敢把"特权"的嘴脸写到如此程度，显然体现了柳青在 20 世纪 50 年代初期的文学胆识。而更重要的是，由于朱明山的到来粉碎了梁斌的县委书记兼县长之梦，所以他对朱明山就不可能心服口服，而多是以不服气和赌气之态与之分庭抗礼。比如，为了开好治虫动员会，他先是重读毛泽东《论人民民主专政》，以便能够引经据典，既显示自己作为知识分子的优越感，也想在气势上压倒朱明山。而当他以"文化水平比村干部还低，而头脑比平原上的农民还笨"之类的说辞"敲打"朱明山时，甚至连冯光祥都感到心里一怔："这号话在干部会上公开说合适吗？"①当县长当出如此做派，自然引起了一些干部群众的严重不满，但他们多数或者当场认怂，或者只是背后嘀咕。例如，梁斌甫一出场，就在颐指气使地教训徐场长，说他砍伐苹果树不力，耽误了种庄稼。当管果树的雇工试图跟县长讲一讲"成物不可毁坏"的道理时，梁斌一句话就问得雇工羞愧难当："你说人民现在主要吃啥过日子？你说：粮食还是苹果？"②在如此咄咄逼人的领导面前，雇工的"农业常理"也就立刻败给了县长的"政治道理"。组织部长对县长也是满肚子意见，但他也只是在私下里说："他把一个领

---

① 柳青：《在旷野里》，中国青年出版社 2024 年版，第 127—128 页。
② 柳青：《在旷野里》，中国青年出版社 2024 年版，第 35 页。

导的作用降低到好像老百姓插在庄稼地里吓唬飞鸟的草人一样了……"①下级干部中敢于与县长公开叫板者大概也只有白生玉一人了，他的愤激之词分贝高，嗓门大，仿佛是要专门挑战县长权威，根本不怕走漏风声："我见不得那号光卖嘴的人。你看他讲了快两点钟，讲出来个什么道理？不是你后来解释那一下，下来总有整烂包的。你看他把这号话就打发出来了：虫治不下去，就不要给我回县上来！给'你'回县上来？我们是来给你揽长工的？"②于是，经过柳青的正面描述，也经过众人之口的侧面评说，梁斌作为一个新区干部的毛病开始暴露无遗：他是一县之长，他也充分享受着来自县长的赫赫威权，盛气凌人，专横霸道，喜欢夸夸其谈，工作不得要领。假如不是朱明山及时制止其错误做法，恐怕他会在自以为是的道路上越走越远。

相比之下，张志谦仿佛成了小一号的梁斌。他是西北农学院毕业的大学生，自然也是知识分子出身，然而他的自负与夸夸其谈并不比梁斌逊色。在开群众大会的场合，他也喜欢高谈阔论，甚至敢于嘴角上撇着讽刺的冷笑，影射朱明山在工作上的小手小脚和畏首畏尾。他把"刚从机关里走出来的人称为高高在上的聪明人，不管时间地点，

---

① 柳青：《在旷野里》，中国青年出版社2024年版，第140页。
② 柳青：《在旷野里》，中国青年出版社2024年版，第71页。

总是把群众当成傻瓜"①。这种对朱明山的贬低已经让赵振国很不舒服，但张志谦却浑然不觉，尽显赵振国所谓"初生的犊子凶如虎"的本性。当然，由于张志谦是李瑛的恋爱对象，他的"劣迹"也就通过李瑛的观察与审视扩而大之，成了后者与他一刀两断的主要理由。小说中写道，张志谦比她大几岁，也比她多念了几年书，能力强，会讲话，笔头功夫也不错——

> 这些都是李瑛所喜欢的。但是他有些埋藏在精神里的东西，她不喜欢。来往的时间越久，她的第六种感觉能力越强，她不喜欢的那种东西从他的言词和行动上感觉得越明显。后来和他在一块儿的时候，有一种隐约的念头时常从她脑里浮起：他有些地方远不如老区来的那些农民出身的同志可爱。这让她比从他身上嗅到肉体发出的怪味还要失望，这就是他们的关系越来越疏远的原因。②

这里有了明确的对比：作为知识分子出身的新区干部，张志谦"远不如老区来的那些农民出身的同志可爱"③。如果

---

① 柳青：《在旷野里》，中国青年出版社2024年版，第111页。
② 柳青：《在旷野里》，中国青年出版社2024年版，第82—83页。
③ 柳青：《在旷野里》，中国青年出版社2024年版，第82页。

再与朱明山一比，张志谦就更是马尾巴串豆腐——提不起来。小说中有一处描写了李瑛的心理活动："朱明山微微噘起薄嘴唇尖的笑容，那双可以洞察微细事物的晶亮眼睛，和他在任何情况下不浮不躁地谈论工作的那种老大哥风度，在她的脑里把张志谦年轻漂亮的影子完全挤掉了。"[1]这也就是说，柳青通过呈现张、李恋爱关系土崩瓦解的过程，从另一个角度指出了知识分子出身的新区干部所存在的种种问题。可以说在小说中，正是通过梁斌与张志谦这两位人物形象的相互映照和相互补充，才完成了对新区干部的文学叙事。

如此看来，不只是老区的工农干部有问题，新区的知识分子干部同样有问题。而解决问题的办法则是体谅、担待，然后各打五十大板。小说的最后一节内容有朱明山与冯光祥的一段对话，后者不满意梁斌靠嘴上功夫取胜，结果被前者严肃批评："对知识分子出身的地下同志和新同志要求得宽一点嘛！不管他们党龄有多长，经过什么考验；可是他们没经过一九四二年和一九四三年整风的锻炼，也没经过一九四七年和一九四八年战争的考验。人家没经过，你和经过的同志一样要求，那就是不公平。难道你不知道毛主席说过知识分子的改造是长期的吗？"[2]而对于白

---

[1] 柳青：《在旷野里》，中国青年出版社2024年版，第157页。
[2] 柳青：《在旷野里》，中国青年出版社2024年版，第185页。

生玉那种对待梁斌的态度,朱明山更觉得不妥:"一个县政府的科长,眼里光看见人家知识分子的缺点,甚至于带那么股仇恨味道。"而当话锋转到老区干部时,冯光祥认为"现在要改造农民出身的老干部的思想了"[1]。他的观点立刻受到朱明山的表扬:"这一下说对了。这才是主要的问题,所以要整党。……你想十几年的战争里培养起来多少老干部?解决他们的思想问题,不比改造知识分子新干部的思想更迫切吗?他们散到全国,大大小小都是领导者哩。"[2]

知识分子出身的新干部需要改造,农民出身的老干部同样需要改造,只有经过思想改造,新老干部才能适应新经济建设形势,成为群众的贴心人。很显然,这既是朱明山的解决办法,其实也是柳青那时候能够想到的解决办法,而就在这种对干部思想改造的未来展望中,这篇未完成稿也画上了一个句号。

四

如果我们只是在柳青的这一文本中寻寻觅觅,作者提出的问题、我们能够发现的问题基本上也就是如上这些。

---

[1] 柳青:《在旷野里》,中国青年出版社2024年版,第186页。
[2] 柳青:《在旷野里》,中国青年出版社2024年版,第186页。

但是，假如我们借助于阿尔都塞的"征候阅读"之法，问题恐怕就没有这么简单了。阿尔都塞在谈及如何阅读马克思的《资本论》时特别指出：政治经济学"生产了一个新的、没有相应问题的回答，同时生产了一个新的、隐藏在这个新的回答中的问题"。为什么政治经济学对它的"生产过程"如此盲目？"因为它总是抱着它的旧的问题，并且总是把它的新的问题同旧的问题联系起来，因为它总是局限于它的旧的'视野'。从这个视野出发，新问题是'看不见的'。"[1]这就意味着，假如我们想从《在旷野里》"看见"更多东西，那就必须转换"视野"（问题域），看看这个"隐藏在这个新的回答中的问题"是什么。

顺着柳青在小说结束部分有意无意形成的"路标"——"知识分子的改造""改造知识分子新干部的思想"——我们马上就能进入另一个问题域中。众所周知，《在旷野里》写作之前，新中国刚刚经历了一场知识分子的思想改造运动。但若去掉"运动"二字进而追溯知识分子思想改造的起源，则必须回到延安整风运动时期。现在看来，作为一种前期铺垫，延安整风运动所触及的知识分子思想改造还是特别管用的，因为这意味着国家意识形

---

[1] ［法］路易·阿尔都塞等：《读〈资本论〉》，李其庆等译，中央编译出版社2001年版，第16页。

态早就为知识分子拉响了警钟,而后来的"思想改造运动"不过是整风运动的延续。至于1952年的"思想改造运动",其实是从1951年拉开序幕的。随着周恩来于是年9月在北京、天津等高等院校教师学习会上做《关于知识分子的改造问题》的报告,随着毛泽东在中国人民政治协商会议第一届全国委员会第三次会议致开幕词时的进一步定性——"思想改造,首先是各种知识分子的思想改造,是我国在各方面彻底实现民主改革和逐步实行工业化的重要条件之一"①——"思想改造运动"开始提上日程。当时的《新名词词典》在解释"思想改造运动"时指出:

> 这一思想改造的学习运动,起先是从北京、天津的高等学校教师在中央人民政府教育部的领导下,开展了以批评和自我批评方法进行有系统的思想改造为开端的。接着,北京的中小学教师也在文教局领导下进行了思想改造的学习,北京的文艺界与科学工作者也都在有关部门的领导下开始了文艺整风和思想改造的学习运动。华东文化教育界,为着响应毛主席这一

---

① 毛泽东:《三大运动的伟大胜利》,载《毛泽东选集》第五卷,人民出版社1977年版,第49—50页。

号召，于十二月间成立了华东毛泽东思想学习委员会，以统一领导全区的思想改造学习运动。该学委会成立后，立刻进行了各项准备工作，1952年春就开始了高等学校的思想改造运动，接着又开始了文艺界整风和新闻界整风的学习，中小学教职员也逐步开始了思想改造的学习运动。除华北华东地区外，其他各校的思想改造运动也先后开展了。……这次思想改造运动，是坚决贯彻毛主席所指示的"团结教育改造争取"和"治病救人与人为善"的方针。思想改造的过程，就是在自觉自愿的基础上进行自我教育和自我改造、亦即自我斗争的过程；思想批判从严，是非黑白必须分清，只要能认识错误，就能得到人民的宽大与谅解。①

由此可见，虽然"思想改造运动"主要面向高校，但也涉及文艺界和新闻界整风。比如1951年11月24日，文艺界整风学习动员大会在北京举行，胡乔木、周扬、丁玲等人发表演讲，其中胡乔木的演讲题目是《文艺工作者为什么要改造思想？》，这自然是对"思想改造运动"的

---

① 《新名词词典》，春明出版社1953年版，第3070页。转引自谢泳《思想利器——当代中国研究的史料问题》，新星出版社2013年版，第252—253页。

积极响应。①而在此期间,柳青主要在干什么呢?查《柳青年谱》,从1951年10月下旬开始,他随中国青年作家访苏代表团出访苏联,参加了为期一个多月的访问。而到1952年2月,他已做好回陕准备,欲写一部反映即将开始的农村社会主义改造的作品,为此他曾找中宣部副部长胡乔木,要求到西北下乡。5月初,他写出《和人民一道前进——纪念毛泽东同志〈在延安文艺座谈会上的讲话〉十周年》,并参加全国文联召开的纪念毛泽东《在延安文艺座谈会上的讲话》发表十周年文艺座谈会,后与周扬有所接触。5月26日,他回到西安,9月1日在长安县落户。②9月30日,他填写了一份"中国共产党党员登记表",其中的"入党动机"如此写道:

"在严格的思想改造和实际煅③炼以前和以后是有很大区别的。以前,就是我的革命活动的初期,大致有三种思想基础:一是对旧社会的不满,二是个人抱负,三是对苏联人民生活的爱慕。我真正变得像一

---

① 胡乔木、周扬、丁玲等人的文章均收入《文艺工作者为什么要改造思想》一书,人民文学出版社1952年版。
② 参见邢小利、邢之美:《柳青年谱》,人民文学出版社2021年版,第32—45页。
③ 即"锻"。

个革命者是在农村实际工作煅①炼以后,其前后的情形和变化的过程,详述于我的短文《毛泽东思想教导着我》。"②

从这一简单的履历中可以看出,"思想改造运动"虽未触及这一时期的柳青,但延安时期整风运动所形成的"思想改造"之风早已吹拂在他心头,并成为他对照自己、贯彻落实的行动指南。例如,这里"入党动机"中的"思想改造"之说,便是指伴随着延安整风运动的思想改造。何以见得?因为在《毛泽东思想教导着我》中,柳青一方面以《在延安文艺座谈会上的讲话》为引子,强调思想改造的重要性;另一方面,他更想着重论述的是,《湖南农民运动考察报告》在其心目中如何"又是政治文件,又是艺术作品"。他指出:

> 对于小资产阶级出身的文艺工作者来说,还必须首先通过与工农兵大众的结合,来改造自己的思想感情。毛泽东同志《在延安文艺座谈会上的讲话》里说:"要彻底解决这个问题,非有十年八年的长时间

---

① 即"锻"。
② 邢小利、邢之美:《柳青年谱》,人民文学出版社2021年版,第47页。

不可。但是时间无论怎样长，我们都必须解决它，必须明确地彻底地解决它。我们的文艺工作者一定要完成这个任务，一定要把屁股移过来，一定要在深入工农兵、深入实际斗争的过程中，在学习马列主义和学习社会的过程中，逐渐地移过来，移到工农兵这方面来，只有这样，我们才能有真正为工农兵的文艺。"

毛泽东同志《在延安文艺座谈会上的讲话》解决了我的许多文艺思想上的问题，而他的出色的阶级观点分明而又热情充沛的著作《湖南农民运动考察报告》，更在我自我改造的思想斗争最痛苦的时候，教育了我，鼓舞了我，使我有了足够的理智和意志坚决地改造自己。①

接下来，柳青便以自己 1943 年被组织抽调为例，描述了他赴米脂县"下乡"三年的经历和思想改造过程。他特别强调，由于读《湖南农民运动考察报告》，"我发现毛泽东同志无论在行动上还是思想感情上，都是'同工农群众结合在一块'的最早的与最好的典范"，于是他后来反复读这个文件，并将它与下乡生活的一言一行加以对照，致使自己的思想改造大见成效："此后我不仅不想回

---

① 柳青：《毛泽东思想教导着我——〈湖南农民运动考察报告〉给我的启示》，《人民日报》1951 年 9 月 10 日。

延安，而且在县里开会日子久了，都很惦念乡上的事。我背着铺盖和农村干部一块在街上走不脸红了，再不觉得有人在笑话我了。这难道不是思想感情起了变化吗？只因这一变化，我才能安安心心在乡村政权里工作了三年，而不觉得时间长，并且在一九四七年陕北战事爆发后，我在生活舒适的大连待不住，不惜跋涉万里回陕北去，下农村又搞个一年半载，而不觉得有什么困难。"

了解了这一问题域中的"思想改造"和"思想改造运动"，我们就不难发现，柳青在写作《在旷野里》时固然也在"反映农民出身的老干部在新形势下面临的新问题、新心理和新表现"，但这只是其初始写作动因和表层问题框架，其深层的问题域或"无言的论述"则是对知识分子思想改造的迎合与呼应。于是小说所呈现的种种征候也就变得不难理解：小说当然也通过赵振国、白生玉之言行呈现老区工农干部所存在的问题，但他们的问题与新区知识分子干部所存在的问题相比，似乎又有小巫见大巫之别。也就是说，新区干部无论是县长梁斌还是工作组长张志谦，他们身上存在的问题都大于老区干部身上的问题，又很容易引发人们的反感。因为在老区干部那里，如果说他们的没文化、想回老家只是拖了革命工作的后腿，那么新区干部的蛮干之风却必然会给革命工作带来重大损失。而他们纸上谈兵的嘴上功夫又很容易营造出一种美学之丑，让他们的形象一落千丈。为什么在李瑛的暗暗比对中张志谦的"有些地方远不如老区来的那些农民出身的同志可爱"？因为这已是超越事实判断之上的审美判断，是张志谦言谈话语所自塑的美学形象无法引起李瑛的审美愉悦。就这样，小说通过恋人之眼，既挑明了李瑛退避三舍的原因，也暗示了知识分子甚至在恋爱层面也没有竞争的实力。

更重要的是，如果我们回想一下延安整风文件，那么柳青所塑造的梁斌和张志谦其实正是毛泽东批评知识分子时所需要的那种人物形象：只有书本知识和知识架子，生产斗争和阶级斗争知识严重匮乏。而当朱明山最终以体谅之态、宽容之姿为这样的知识分子暂时开脱时，他一方面借助毛泽东之口，指出了知识分子改造的长期性，另一方面也暗示了知识分子思想改造的必要性。而主人公的这种想法实际上也恰好体现了柳青的某种心理，因为他本人作为知识分子和文艺工作者，就是经过思想改造之后提高觉悟、化蛹成蝶的，于是他虔诚地认为，梁斌和张志谦也需要如此操练。

走笔至此，我对《在旷野里》的分析已可告一段落。假如我的以上分析成立，那么把此作看作"一部向生活提出尖锐问题的严肃的现实主义作品"[①]，把柳青写作一下子

[①] 李建军：《提问模式的小说写作及其他——论柳青的长篇小说佚作〈在旷野里〉》，《人民文学》2024 年第 1 期。

擢升为"提问模式的写作",恐怕就有些失之简单。我们可以认为柳青的这部长篇确实有他自己的问题意识和提问方式,而且小说文本中也确实充满了这样那样的问题,然而,这只是表层现象。实际情况是,柳青在此小说中的描摹与刻画,既是对工农干部和知识分子干部问题的美学赋形,也是对延安"思想改造"的委婉迎合和眼前"思想改造运动"的间接呼应。所有这一切,很可能并非柳青有意为之,而是他作为一个自认为自己"思想改造"得比较到位者的情感体验向小说文本的不自觉延伸。也就是说,为什么他把更严重的问题摊到了知识分子出身的新干部头上?为什么他要以如此方式形成他的问题分配?这其实更值得探讨也更有意思,也更能够让我们意识到柳青的困惑和种种矛盾。

因此,我更倾向于把《在旷野里》看作一个矛盾的文本,看作一个表层问题域和深层问题域形成某种错位的文本。或者借用李建军的说法,它更应该被看作"提问模式"和"论证模式"杂糅互动的文本。如此看待这部作品,或许才更有利于我们辩证地认识50年代初期处于思想和生活转折期的柳青写作。

2024年5月6日写,6月12日改

从海外学界研究看《在旷野里》的不可或缺性

谭　佳

大家好，我是做比较文学研究的学者，所以想结合专业，从海外的学界研究来谈谈《在旷野里》的不可或缺性。

从前面的发言中，我已注意到，本次座谈会有两个高频词——"人民性"和"深入生活"。我们这个盛大会议的主题是"深入学习贯彻习近平文化思想 书写大历史讴歌新时代——柳青《在旷野里》出版座谈会"。结合二者来看，已经烘托出理解柳青和《在旷野里》的关键：镶嵌进时代背景的"人民性"和"深入生活"。

在共和国的文学精神中，最独树一帜的就是"人民性"。早在新中国成立前，《在延安文艺座谈会上的讲话》以后，革命文学就确定了以工农兵为文学主角的人民文学。革命意识形态决定文学题材，作家"深入生活"变为一种体制化的实践，这是中国当代文学影响深远的一次根本性转折。新中国成立后，1950—1970年，配合农业合作化运动——这个重大国策，农业合作化小说创作蔚然成风，也成为无法忽略的一种特殊文学现象。柳青是其中一员，并且，在深入生活方面，柳青做得最彻底，名气也最大。他的小说，也一直被认为是反映中国当年农村互助合作运动中最为突出、最为优秀的小说。

不过，《创业史》有一个很有意思的对外翻译文化现象：最早翻译《创业史》的，是被誉为全国政协任期最长的"洋"委员——沙博理。沙博理原名Sidney Shapiro，1915年12月23日出生于美国纽约，毕业于圣约翰大学法律系。1963年加入中国国籍，曾任中国作家协会会员，宋庆龄基金会理事，曾获"影响世界华人终身成就奖"，于2014年10月18日去世。沙博理早在1964年就翻译了《创业史》[1]，但是《创业史》出海后反响平平。

我查了查，海外的中国学者，如斯坦福大学的王斑教授等人对"十七年文学"有关注。我查到一位外国学者在2020年写的一篇博士论文，这篇论文很有意思。这位年轻人就读于世界百强名校莫纳什大学，论文研究的就是

---

[1] Liu Ching, *Builders of a New Life*, trans. by Sidney Shapiro, Beijing: Foreign Languages Press, 1977.

柳青。论文题目叫 *Narrating New China: Chen Dengke, Liu Qing and the Politics of Literary Production（1949—1976）*。

这篇论文对比分析了陈登科的长篇小说《风雷》和柳青的《创业史》。研究者在"摘要"中讲道，他要批判和反思"十七年"小说。尤其批判那些深入生活，把被政治安排的生活，作为小说中的意识形态作品。他认为，在这些小说中，"中国农村生活"是为反映社会主义现实主义审美而量身定制的。这要求那些作家的立场非常坚定，必须达到预期描述，文本不允许歧义或多种解释，这其实是对一种"不可能的美学"的描述。因此，陈登科和柳青面对的"历史"也是由意识形态决定。但是，陈登科会在作品中出现对公有化的反思，但柳青是完全的理想主义者，他创造了理想化的领导角色。总体来看，研究者虽然承认柳更有名，但他认为陈的思想性和艺术成就都更高。

在这种海外的研究背景下，我们再来读《在旷野里》，就能理解它的不可或缺性。梁晓声老师开场就讲了，本书在书写大历史的同时，既有对未来生活的美好向往，也充满了对权力、干部问题的反思。从这个意义上来说，柳青不是一个理想主义者，他的创作同样充满了反思和叩问，甚至是矛盾。从学术研究角度，我非常认可李建军教授的观点。他把之前柳青的三部长篇小说和已发表的中短篇视为一类，把《在旷野里》视为另一类，这对于丰富海外汉学界对柳青的研究非常重要。

　　李建军教授认为,从思想资源和写作方法的角度看,长篇小说写作有两个基本模式:一个是论证模式的写作,一种是提问模式的写作。柳青已经出版的三部长篇小说,他已经发表的中短篇小说,几乎全都属于论证模式的写作。但是,长篇小说《在旷野里》的出现,极大地改变了柳青小说风格的整体结构,我们从这部小说里看见了作者自己的影子,看见了他自己的生活和思想,也看到了他对权力等重要问题的深刻思考,看到了他对"权力异感"的观察和描写。就此而言,《在旷野里》大可以被归入"提问模式的写作"。它是一部怀着深深的不安和忧患,严肃而真诚地向生活提问的小说。甚至可以说,柳青的《在旷野里》的一个亮点和贡献,就是塑造了县长梁斌这个内心充满"权力异感"的典型。

　　正是基于《在旷野里》的主题,以及李教授的精彩评论,我们能看到柳青这部未完小说的不可或缺性。

　　另外,在阅读这部作品时,和赵勇教授一样,我也读出了柳青的矛盾,这个矛盾是关乎人性与情感的矛盾。比如,朱明山对妻子高生兰没有理想、不进步,只有家常儿女感到惋惜;而年轻貌美、思想进步的李瑛吸引了小说中的所有人,也吸引了作家柳青自己。在这里,存在作家对白玫瑰和红玫瑰的选择。刚才阎晶明主席说,这是一个未完成的美感，我非常同意。我甚至在想，如果往下走，如果作品完成，这个情感矛盾将推向哪里？估计连柳青自己都不知道。在这个层面上，这部作品恰恰和路遥的《人生》的情感和欲望的书写有一个时空呼应。路遥完成了柳青的选择，在刘巧珍、黄亚萍之间做了选择。这也是知识男性在青春美好和岁月永恒之间、在激情与道德之间的普遍选择难题，是对女性的欲望投射和书写。所以，我也很同意安德明教授的观点，这是一个共同性的作品，我们在《在旷野里》读到了一个更丰富的柳青。

（此文系作者在2024年5月8日由共青团中央、中国作家协会主办的"深入学习贯彻习近平文化思想 书写大历史讴歌新时代——柳青《在旷野里》出版座谈会"上的发言）

柳青的精神状态与《在旷野里》写作

萨支山

柳青写于1953年的长篇小说《在旷野里》2024年发表，引起众多的关注。小说内容涉及的新中国成立初期干部的思想滑坡问题、工作作风问题，在今天都很容易引发讨论的兴趣。不过，在柳青的创作脉络中，这部被"搁下"的长篇未完稿，会不会让我们对柳青的创作有新的认识？这是本文关注的问题。具体来说，写作《在旷野里》时，柳青处于什么样的生活和精神状态；作家的生活和精神状态是如何被带入小说写作中的；因由《在旷野里》的发表，是否可以将之作为一个桥梁，讨论柳青的精神状态与《创业史》及梁生宝的关系，进而论及柳青式的现实主义创作。最后，则是讨论《在旷野里》为何被柳青"搁下"。

一、"和人民一道前进"

1952年初,柳青下决心离开北京回陕西,这应该是一个深思熟虑的决定。从创作方面来说,长篇小说《铜墙铁壁》1951年3月完稿,9月出版,算告一段落。作为深信生活是文学创作唯一源泉的作家,他一直以来对自己的要求都是"每写完一个东西,必须立即毫不犹豫地回到群众中去"。尽管《铜墙铁壁》反响不错,但他仍以那些因为"没有解决了生活问题",而"三五年以至十年八年"没有作品的同志为例子来警醒自己:"如果写了两本书就自满不再下去的话,我就完了。"① 柳青是一个视写作为生命的人,他的写作是和他的生活状态、精神状态紧密结合在一起的。因而仔细琢磨这里的"我就完了",就会发现它所指的并不仅是创作生命的结束,更是一个人精神的溃败,这是柳青执意要回陕西的深层原因。柳青是把"下去"看成是自己的精神救赎的。这和他1943年到1945年这三年在米脂县担任乡文书工作的经历和精神历练有关。在乡下,柳青做的都是很具体的工作,"写介绍信,割路条,吵嘴打架,种棉

---

① 柳青:《到生活中去》,转引自蒙万夫等编《柳青写作生涯》,百花文艺出版社1985年版,第25页。

花的方法，甚至于娃娃头上长了一个疮有无治疗的方法，都应该找你。假设你要是厌烦，表现冷淡，老百姓就比你更冷淡，开会你说你的，他们吃他们的旱烟，你说完了，他们站起拍打了屁股上的灰尘走了，你的工作不会顺利"，如何在这种日常琐碎的工作中体验饱满的生活状态和精神状态并甘之如饴，柳青说需要在情感上和群众干部"打成一片"，"情感上的结合，就可以逐渐地改造自己"。这些话说出来容易，也不新鲜，但要真正践行，却是个中甘苦难与人言的。此外，还要经受艰苦物质生活的磨砺，在对困苦的克服中反省自己的"庸俗"，"克制住一切邪念：享受、虚荣、发表欲、爱情要求、地位观念……"在对物质困苦的克服中，柳青有机会去追问人的精神性的存在，他说他这个时期思考许多像"人为什么活着"这类形而上问题；而这些问题却是他"整个的青年时代都没有重视过的，或者认为它们是不成问题的"。乡里党员同志"对革命的热忱"感染了他，同时，阅读也给了他许多帮助，除了《斯大林选集》，他特别提到雨果的《悲惨世界》，冉阿让的那种"早期基督教"的"生活精神"对他克服物质困苦的影响。因此，下乡要过的两关，情感关和物质关，在柳青那里就转化为"改造自己"、提升自己的精神追求。[1]

---

[1] 柳青：《转弯路上》，转引自蒙万夫等编《柳青写作生涯》，百花文艺出版社1985年版，第18—22页。

不过，当不能在物质层面解决物质生活的困苦转而以精神生活加以克服时，这样的精神追求还不能说是建立在稳实的基础上，因为它还没有受到物质诱惑的考验。正所谓"贫贱不能移，富贵不能淫"。柳青说1946年在大连的一年多，是他"有生以来生活享受最高的时期"，"一个人住一栋房，楼上楼下七八间屋，为了自己省腿，上下安了两部电话。有一个人给我做饭并看门，嫌生炉子又麻烦又脏，安了一个四千度的专用电缸"。不过这种物质享受反而让柳青觉得不安，"感到精神上不舒服，想离开那里投身于火热的解放战争"，特别是他听到胡宗南要进攻延安的消息，"更是感到十分不安"。他说："生活享受是要毁灭干部的：当一个人满足于自己的小屋时，他就不愿意再到群众中去过艰苦的生活，或去了也急于想回到小屋。"他还检讨了向周扬要求在秦皇岛写作《铜墙铁壁》给自己带来的议论和压力。[①] 因此，从苏联访问回来后在北京和上海的生活总是会让柳青内心产生一种虚度的不安感，他急切地想要回到陕西，回到火热的生活和斗争中，既是为了写作，也是为了内心精神的充实。

---

① 柳青：《到生活中去》，转引自蒙万夫等编《柳青写作生涯》，百花文艺出版社1985年版，第23—25页。

1952年5月3日,在上海,当他已经下定决心要回到陕西开启新的生活时,他禁不住以期待和兴奋的心情写下了这样的文字:

> 我们伟大祖国就要开始的建设,不仅仅是社会经济的建设,而且是社会意识的建设。我们祖国的面貌将迅速地变化,我们人民的灵魂也将迅速地变化。生长在毛泽东时代的有着善良愿望的人,谁不兴奋鼓舞。不投身于这个建设的大军,就会从时代的列车里甩下来的。当着临到毛泽东同志在延安文艺座谈会上讲话的十周年的时候,我愿意表示我的决心:
> ——和人民一道前进![1]

新的生活即将展开,他渴望投身其中,感受自己灵魂变化的同时也捕捉、书写人民的灵魂的变化,和人民一起前进。兴奋和期待,这大概是柳青从北京回到陕西时的精神状态,这种饱满的精神状态,也带入了小说《在旷野里》的写作中。

《在旷野里》是柳青回到陕西后写的第一部小说,

---

[1] 柳青:《和人民一道前进——纪念毛泽东同志〈在延安文艺座谈会上的讲话〉十周年》,《人民文学》1952年第6期。

起意于1952年夏在西北党校的整党工作，1953年春动笔，①而小说里故事开始的时间则是1951年7月。应和柳青的从北京到陕西，小说情节也开始于在地委机关工作的朱明山要离开"高级领导机关"到"县上去工作"。这不是一般的工作岗位的调动，是要离开"审阅、批阅卷宗"的机关办公室工作而投身到经济建设的第一线。小说开头引用毛泽东"万里长征走完了第一步"，"严重的经济建设任务摆在我们面前。我们熟习的东西有些快要闲起来了，我们不熟习的东西正在强迫我们去做"②的名言，意味着胜利之后新的挑战的开始。而朱明山此时的心情也颇类似上文所引柳青文章中的"兴奋鼓舞"和谁"不投身于这个建设的大军，就会从时代的列车里甩下来的"的急切；小说里的朱明山恰好是赶上了这趟

---

① "1953年3月6日：借住皇甫村西的常宁宫。写作一部构思很久的反映老干部在新中国成立后在新形势下思想问题的小说。"见邢小利、邢之美：《柳青年谱》，人民文学出版社2016年版，第38页。又："我到西安后，在党校住过一个半月，了解整党学习情况，想写老干部的思想。九月到长安县，直到现在。在长安县担任半年县委副书记，后搬到常宁宫住了二年，写了四十来万字。其中二十万字的关于老干部的思想的小说，撂下不写了。"柳青：《自传》，转引自蒙万夫等编《柳青写作生涯》，百花文艺出版社1985年版，第7页。

② 毛泽东《论人民民主专政》一文是为庆祝中国共产党成立28周年而写，原来的题目是《二十八年》，主要内容是总结中国共产党以及中国革命的基本经验，并为即将成立的新中国的性质及要走的道路做政治论述，以回应各界的关切。

"列车"。小说一开始就描写挤上列车的朱明山,"透过纱窗"看到的风景:

> 眼前展开了一眼望不到边的已经丛茂起来的秋庄稼,远远近近地隐蔽在树林子里的村庄,一节看见一节又看不见的、反射着阳光的渭河,以及那永远是那么雄伟、那么深沉、那么镇静的和蓝天相衬的黑压压的秦岭……扩音机播送出"五一"节以后在全国每一个角落流行起来的歌唱我们伟大祖国的歌曲,歌声压倒了车厢里愉快的谈笑声。①

这些村庄、山河,在歌唱伟大祖国的歌声中,召唤起的是刚从战争中将它们解放出来的,同样配得上"雄伟""深沉""镇静""黑压压"这些形容词的解放者的自豪感和责任感,而朱明山正是这些解放者中的一员。现在,"万里长征走完了第一步",要向"严重的经济建设任务"进军了。朱明山"在自己的座位上坐了下来,带着一种令人难以捉摸的笑容,不知道他心里有什么喜事""他满意的神情给人一种印象:好像世事照这样安排是最好了,好像平原、河流和山脉都归他所有了,好像扩音机在

---

① 柳青:《在旷野里》,中国青年出版社 2024 年版,第 3—4 页。

为他播送歌曲……"①这里，柳青没有用理性的语言来呈现朱明山的为何喜悦的精神状态，而是用了"难以捉摸"这样感觉性的含混的字眼，然后又以他所熟知的马克思主义美学中的"本质力量的对象化"，即"人不仅通过思维，而且以全部感觉在对象世界中肯定自己"的经典方式来呈现朱明山世界为我所有的饱满的精神状态。②事实上，在《创业史》中，我们也可以从梁生宝那一声"解放啦！""世事成咱们的啦！"的呐喊中同样感受到这种精神状态。此前没能读到《在旷野里》，所以在解读梁生宝的精神状态时，评论或是从王家斌身上去寻找，或是认为柳青是按照理想人物的理念去塑造梁生宝，而很难洞察这是柳青自身精神状态的投射。而现在随着《在旷野里》的发表，我们可以真切地感受到柳青与朱明山、梁生宝这两个人物之间的精神纽带。

如果说柳青自己的精神状态被激发出来，离不开与环境的相互作用——1943年是对乡下贫困环境的精神克服，1947年是大连舒适的物质生活与延安遭遇胡宗南进攻的艰

---

① 柳青：《在旷野里》，中国青年出版社2024年版，第4页。
② 柳青多次提及马克思的这句名言，以为是马克思主义美学的一个核心内容，并作为他在阅读和创作中体会到的进入人物内心，写出人物的感觉的美学依据。如《二十年的信仰和体会》(《柳青文集》第四卷)；又如刘可风的《柳青传》中的相关叙述。

苦斗争之间的反差，而1952年则是受到国家经济建设热潮的感召，那么在《在旷野里》中，柳青就不会孤立地去呈现朱明山，而是在故事情节展开前（小说的第一、二两章）就给人物置身的环境创造出一种环境氛围，使之与人物的精神状况相映照。在小说第一、二两章中，故事发生在列车上，这是一个虽然物理上相对封闭但却又汇聚了不同地方、阶层、年龄、性别、身份、文化程度的乘客的浓缩的公共空间。乘客先是小范围地读报和讨论停战谈判新闻，接着是朱明山以"讲报"的方式使得整节车厢变得像"宣传鼓动棚"，车厢里到处都在谈论着这个国家的各种"新气象"，如"镇压反革命""爱国公约""缴纳公粮"，于是，"一九五一年爱国主义的高潮在这节车厢里泛滥起来了"①，以至于朱明山"还没有到他新的岗位，已经预感到他将要开始一种多么有意义的生活"②。

如果说在柳青那里，1952年从北京重返陕西是他"有意义的生活"开始，那么经过延安整风和陕北战争考验的朱明山则是在列车上，就已经对"有意义的生活"有着自觉的追求了。对朱明山来说，"有意义的生活"就是要将饱满的精神状态进行外化的实践过程。在这个意义上，小说

---

① 柳青：《在旷野里》，中国青年出版社2024年版，第9页。
② 柳青：《在旷野里》，中国青年出版社2024年版，第10页。

的前两章在全书的结构上并不仅仅是开始,而是一种"预感"和"预演"。如果将列车上的环境,看成是1951年的中国浓缩的"典型环境",那需要指出的是,这个环境并非是"前在"和外在于车厢里的每个人而存在的,车厢里的每个人,都是参与其中的。更重要的是,这个环境是在有着饱满精神状态的朱明山的"鼓动"、激发下,全车厢的乘客共同参与创造出来的。如果没有朱明山,这节车厢的环境就还是一般环境,而有了朱明山,这环境就变成"典型环境"了。面对这样的环境,朱明山怎能不感到这是一种多么"有意义的生活"呢?他接下来要做的工作,不就是要以自己饱满的精神状态将大家的热情激发出来并共同开创"有意义的生活"吗?小说第三章朱明山说得很明白:"我今天在火车上看见群众爱国主义的热情那么高,就想我们一定要教育干部,怎么把这种宝贵的热情引导到正确的方向上去。"[1]

二、在工作中学习

柳青是服膺现实主义创作方法的,在谈到典型环境时,他依据"矛盾论"将其解释为"典型的冲突",[2]亦即

---

[1] 柳青:《在旷野里》,中国青年出版社2024年版,第30页。
[2] 柳青:《美学笔记》,载《柳青文集》第四卷,人民文学出版社2005年版,第282页。

要在"典型的冲突"中塑造典型性格。《在旷野里》严格按照这个方法来写作，小说展开了一系列的冲突，有干部间的，有家庭内部的，有干部和农民间的，有爱情选择的……而其中最重要的，是干部问题和农民问题。朱明山饱满的精神状态就是在对这些冲突矛盾的处理过程中呈现出来的。

《在旷野里》干部问题繁多，有"知识分子出身的地下同志和新同志"的思想问题，也有老区来的干部的思想问题，小说里几乎没有一个干部没有问题。这反映了战争胜利后中共急需大量干部接管城市但又训练不足的现实，新干部没经过斗争考验，老干部有经验但面临新环境。干部问题在新中国成立初期是一个急迫的要解决的问题。一些研究在讨论新中国成立初期干部任用政策时，研究视角会集中在本地干部和外来干部的区隔上，认为相较于本地干部，组织会更加信任"经过土改、三查、整党锻炼的外来干部"。[1]

小说中县长梁斌就是本地从事地下工作的知识分子干部。在他身上，可以看到颟顸、傲慢、空谈、推诿等权力被腐蚀后丧失党性原则的各种做派，他还带着关中对陕北

---

[1] 杨奎松：《中华人民共和国建国史研究1》，江西人民出版社2009年版，第367—411页。

的地域歧视，嘲讽陕北干部"文化水平比村干部还低，而头脑比平原上的农民还笨"①，从他履历里曾被派到杨虎城部下的国民党军队工作，后来部队被打散逃回家里的这些隐约的叙述中，以及他经常和公安局长郝凤岐喝酒的伏笔，可以猜测到这个本地干部的问题可能并不简单，随着情节的推进应该还有更严重的"未爆弹"，只是因为小说是未完稿，柳青在处理棉蚜虫灾时，故意让梁斌有急事回到县城，而延宕了对梁斌思想问题的处理；这也说明柳青这部长篇是有着整体结构的构想的。柳青从北京回西安的头两个月，是参加了当地的整党工作的，故而应该熟悉本地干部存在的各种党性不纯的问题。小说也谈到当地干部的培养问题，"一方面我们要帮助他②进步，下力量培养当地干部。不培养当地干部，工作有什么前途？"③不过，柳青远比之后的研究者高明和深刻的地方，就在于在小说里（至少是未完稿部分），是没有把梁斌当作最急迫要处理的干部问题，反而是把老区来的农民干部作为最急迫要处理的问题。在小说末尾朱明山点明了这种急迫性："你想十几年的战争里培养起来多少老干部？解决他们的思想问题，不比改造知识分子新干部的思想更迫切吗？他们散到

---

① 柳青：《在旷野里》，中国青年出版社2024年版，第126页。
② 指梁斌。
③ 柳青：《在旷野里》，中国青年出版社2024年版，第60页。

全国，大大小小都是领导者哩。"所以在小说中柳青会将赵振国、白生玉、冯光祥等老区来的干部作为最主要的描写对象。这些干部，政治可靠，但文化低，一点旧的经验在新的环境里用不上了，[1]被认为是累赘，对当前的工作感到茫然，因而家庭问题、工作问题、前途问题……就都成了问题。白生玉是朱明山之外柳青最为着力描写的人物，他是将饱含情感的笔墨完全倾注在白生玉这个顽强汉子身上的。小说的第一、二章，写的是朱明山，朱明山是柳青自己精神状态的投射；而写白生玉，柳青则是化身为朱明山，或者说朱明山是柳青的对象化，通过朱明山的所有的感觉来描写白生玉，描写他的顽强和痛苦。比如白生玉和朱明山的第一次谈话。这个从十五岁起开始揽长工的农民干部，对革命一片赤诚，赶都赶不走，如今却因为和县长闹矛盾，没文化，被认为是累赘。当朱明山误解他要求回陕北种地是对自己失了信心时，巨大的冤屈让他"重新倾下去的身子"，看上去像是"一座要倾倒的房子"[2]，就这一

---

[1] 所谓"旧的经验用不上"的说法应该是来自毛泽东在《论人民民主专政》中说的"我们熟习的东西快要闲起来了，我们不熟习的东西正在强迫我们去做"，不过，在小说中可以多处看到朱明山在处理棉蚜虫灾时，所借助的更多是他在部队中在战争中累积起来的经验。同时，小说中也对梁斌所谓的"一点老经验眼看抖完了"的言语有所批判，所以这个说法，还值得讨论。

[2] 柳青：《在旷野里》，中国青年出版社2024年版，第42—43页。

句话，完全写出了朱明山感受到的白生玉的痛苦和自己的难过，要是没有对人物的情感倾注，是写不出这样的句子的。更重要的是，这种情感倾注，并不仅仅是因为朱明山同样也是农民出身，对白生玉的痛苦能感同身受，有着兄弟般的情谊，更因为这情谊深处，是对同志和革命事业的深深热爱。

柳青另一个比那些历史研究者高明和深刻的地方在于，他在处理赵振国、白生玉、冯光祥与县长梁斌的矛盾冲突时，没有把它们简单地处理成外来干部和本地干部、老干部和新干部或者是工农干部和知识分子干部的矛盾，而是以严肃的党性原则来处理。比如当监察委员白生玉向朱明山反映他与县长的矛盾，并要求调走时，朱明山告诉他不要把对领导的意见，也就是一般的干部关系问题与个人的革命前途问题纠缠在一起，那样只会越想越苦恼；又比如县委组织部长冯光祥向朱明山反映梁斌的问题时，朱明山也告诫他要避免"离开工作上的实际问题，互相揭发缺点。因为离开了具体工作，当然说不上提克服缺点的意见，于是乎大家都当面嘻嘻哈哈，背地里唧唧喳喳"[1]，冯光祥很实在，说人都不是毛驴，讨厌了一个人的时候，总不愿意悄悄听他支使。朱明山是这么回答他的，既然不是

---

[1] 柳青：《在旷野里》，中国青年出版社2024年版，第141页。

毛驴，应该更积极一点，"共产党员应该是世界上最有积极性的人"①。朱明山最担心的就是这些老区来的干部失去对事业的热情和信心。所以朱明山在渡口碰到公安局长郝凤岐的那种排场和做派时，他感到的不是愤怒，而是"感到好像丢了个什么东西一样难过"，这是对党和事业无限热爱和忠诚的人才会有的感觉。

事实上，白生玉这类形象是深深地镌刻在柳青的记忆中的，《创业史》中高增福有他的影子，《狠透铁》中的监察委员"狠透铁"更是他的精神兄弟。《在旷野里》没有完稿，但其中柳青最心疼的人物的精神历程却在《狠透铁》那里得到了完成。"狠透铁"也有懊恼和痛苦，还因为能力不足而误事，但他不像白生玉那样在精神上还需要朱明山和崔浩田的帮助，他的精神是完全长成了，是"任何歪风也吹不动他的"，就像作者的议论那样："对他来说，一切为了未来，一切属于未来，这未来在这个五十三岁的老者，主要地还指他死后的社会发展哩。至于现在这个概念，对于他永远是奋斗的同义语。"从这个角度说，一些评论将《狠透铁》理解为是对合作化发展太快（一步登天）的"控诉"，应该是不准确的吧。

小说对农民问题的处理主要体现在县区乡村干部带领

---

① 柳青：《在旷野里》，中国青年出版社2024年版，第141页。

农民治理棉蚜虫故事情节中，两种不同的工作方式，带来不同的结果。这个故事情节背后，有着很深的政治内容，即如何教育农民问题。首先是如何判断土改之后农村和农民的状况，如何理解"严重的问题是教育农民"。当朱明山带着工作队进入村子帮助农民治虫时，"却碰到了令人气恼的冷淡"，这让朱明山疑惑，"光光这两年几次斗争里建立起来的感情，也不能对我们这么冷淡吧？"这里面当然有干部工作方式不当的原因，不过，土改之后，经济上，合作化还没有开展，有互助组也多是临时性质，农民还是单独生产，这种生产方式必然会带来政治上的冷感。1951年范长江的调查报告就指出，"在政治上，当地农民从一九四九年起滋长了'革命成功'的思想，失去了敌情观念，他们以为地主阶级、日本帝国主义和国民党反动统治被打倒后，已经没有敌人了。因而对参军冷淡起来，对于缴纳公粮等很不热心，对于工作干部也疏远起来，干部到村上派饭吃已经很勉强了。这是农村工作松懈，农民和农村干部都感到十分苦闷的时期。"[①]当然，政治动员的方式，如抗美援朝爱国运动等会鼓起农民的热情，但未必会保持很久，特别是如果动员方式存在形式主义的话。所以

---

① 范长江：《川底村的农业生产合作社》，转引自史敬棠、张凛等编《中国农业合作化运动史料》下册，三联书店1959年版，第573页。

对于朱明山来说，如何让农民信任并发动组织起来灭虫就需要特别的谨慎。小说中朱明山先带头示范，有效果再逐步推广，而不是大张旗鼓开会动员的工作推进方式，是来自柳青自己1952年秋担任长安县委副书记时分管互助合作的工作经验，①这不仅是工作方法的问题，更是要通过这样一次成功的组织灭虫，打破农民靠天吃饭的思想以及对干部进行一次教育。朱明山说，土改不过是将"吊起来的人解救下来"，农民的命运还在"老天"那里掌握着，"要是能靠我们共产党的领导吃饭，农民就不忧虑靠天吃饭哩。"这是多么不容易的任务啊，可是我们的干部却在这个"岔口"上没劲了。这不禁让我们回想小说开头朱明山在火车上受到爱国主义高涨情绪的感染，就想着一定要教育干部，把这种宝贵的热情引导到正确的方向上去。只是没想到到了县上，才发现干部的精神状况如此堪忧，村里的农民也不像火车上群众那么热情高涨。这一切的麻烦和矛盾，都需要朱明山以他饱满的精神状态，去一个个地克服。而这克服的过程，也就是朱明山这个人物形象典型化的过程。朱明山的这段经历，当然是柳青到长安县后，

---

① 1952年10月，柳青在一份文件按语中这样写道："不能合理解决农民生产中纯粹实际性的问题（即经济利益问题），互助组光靠思想教育是无法普遍巩固和逐步提高的。"见邢小利、邢之美：《柳青年谱》，人民文学出版社2016年版，第37页。

深入农村负责互助合作工作所获得的感性经验、理性思考和精神历练浓缩呈现。从这个意义上说，这一段经历，既是朱明山和他的同伴们"在工作中学习"，同样也是柳青"在工作中学习"。

三、余论

《在旷野里》可以看成是县委书记朱明山在新时代来临时，带领着县里的新老干部，克服、跨越种种思想障碍，在工作中学习，开创新事业的故事。具体的故事情节并不重要，重要的是在情节展开的过程中，人物那种饱满的精神面貌的刻画与呈现。在这一点上，它是和《创业史》一脉相传的。因由这种一脉相传，可以让我们讨论柳青的现实主义创作中创作主体的精神面貌问题。作家精神状态的饱满程度与否如何影响创作过程？《在旷野里》柳青是将自己投射在朱明山身上，因由《在旷野里》朱明山这个桥梁，我们可以确认柳青的精神状态同样也投射在梁生宝身上。何吉贤曾将"热情"作为一个关键词来描述20世纪中国文学的基本情感动力，[1]这里的"热情"也可以置

---

[1] 何吉贤：《"热情"与20世纪中国文学的基本情感动力》，《汉语言文学研究》2022年第1期。

换成作家主体的精神状态。柳青在一篇文学问答的文章中谈到"观察",他说,"我认为这个题目里最重要的还不是观察与否和特别注意什么的问题,而是观察的态度问题。一个对人冷漠无情和对社会事业漠不关心的人,无论他怎么善于观察人,也不可能成为真正的作家。这就是说在生活中或工作中要有热情——热情地喜欢人,帮助人,批评人或反对人……最近,我深深地体会到这种热情与我描写人的时候所用词句的分量都有关系。当你缺少这种热情的时候,你在生活中或工作中也许观察不到多少东西,观察到的也许并不深刻,并非本质,在写作时也不免嗟叹创作的困难"[1]。在现实主义创作中谈"观察",一般使用的大抵是客观、冷静和准确这些词汇,但柳青却更注重观察的态度问题,注重观察主体的精神状态。当然,许多作家都会谈到"热情",但如果将"热情"(作家饱满的精神状态)与现实主义、20世纪中国革命结合起来考察的时候,这或许意味着一种新的现实主义的创生。

最后要讨论为何柳青半途"撂下"《在旷野里》的写作,《在旷野里》总字数是7万多字,但在柳青的自述中,这个小说是写了20万字的。可以判断并猜测的是,目前

---

[1] 柳青:《回答〈文艺学习〉编辑部的问题》,转引自蒙万夫等编《柳青写作生涯》,百花文艺出版社1985年版,第33—34页。

的小说，只是小说的第一部分，柳青还写了第二部分，而且这第二部分写的是在组织互助合作中朱明山和他的伙伴们解决了思想问题。但第二部分没写好，柳青毁弃了。理由是，第一部分写的是灭棉蚜虫，已大致写完，只剩下全区宣传员代表会没有开，小说中特别交代要把抗美援朝停战谈判的宣传提纲纳入。这个会后，应该会把群众的热情点燃。按照第一部中要把爱国热情引导到正确的方向上去的提示，特别是最后一章朱明山和冯光祥有关打破农民靠天吃饭的谈话中，已经暗示这个正确的方向是互助合作。一个佐证是1951年底《中共中央关于农业生产互助合作的决议（草案）》已经发布，而第一部分故事发生的时间是1951年的夏天，在时间上差不多吻合。而且，柳青向来有通过一个事件的处理来解决思想问题的写作特点，那么，通过互助合作的组织来彻底解决干部思想问题并引导群众走互助合作的道路，这个内容应该不难判断。如果上述的判断成立，那剩下的问题就是为什么没有写成。一个可能的判断是小说的主人公和题材的内在要求发生矛盾。按照第一部的线索，小说的主要人物还是朱明山和他的伙伴们，但互助合作的题材却内在要求要有一个像梁生宝这样的主人公，否则就是浪费了这个题材，毕竟，互助合作的题材干部思想问题来得重要。另外，没写成的另一个原因是王家斌出现了。《在旷野里》的写作时间是1953年3

月至10月，而就在这年秋天的稻子收获时节，区委书记孟维刚告诉柳青，王家斌互助组的稻子丰收了，柳青被此人深深吸引，"把对互助合作的注意力，集中到王家斌互助组的培养上"。[1]柳青之所以迟迟没有开始合作化题材的构思和写作，最重要的原因就是没有找到能够承载柳青精神状态的人物原型。《在旷野里》朱明山是没有原型的，或者说柳青是照着自己的样子来写县委书记，但柳青是没有办法照着自己的样子来写一个农民的，他必须要找到合适的原型，然后将自己的精神状态对象化到原型身上。那么在找到王家斌后，柳青就迫不及待地进入《创业史》的写作准备中，而《在旷野里》的写作被"撂下"也就不意外了。[2]

---

[1] 邢小利、邢之美：《柳青年谱》，人民文学出版社2016年版，第39页。
[2] 柳青1958年曾说："1953年写了一本长篇的二十多万字的初稿，统购以后，被新的生活所吸引，坚决废弃了。"（柳青：《一个总结》，转引自蒙万夫等编《柳青写作生涯》，百花文艺出版社1985年版，第41页）或可证明。

革命史、现代化与新时代

—— 多重视野中的《在旷野里》

李云雷

2024年，柳青的长篇小说佚稿《在旷野里》在《人民文学》推出，并由中国青年出版社出版。这部作品在创作七十余年后重新浮出历史水面，出现在人们面前，这对于柳青研究、中国当代文学研究以及新时代文学的创作与研究，都是一件大事。众多评论家与学者纷纷撰文，从不同角度对这部作品做出了深入细致的研究与解读。本人也不揣鄙陋，在众多研究的基础上，尝试对这部佚稿做出自己的阐释。本人认为，《在旷野里》作为一个意涵丰富的文学作品和历史文本，其研究不仅可以在柳青的小说序列与当代文学史的脉络中展开，也可以在革命史、现代化、新时代的视野中重新打开，或者说我们经由不同的研究范式与这部作品对话，可以获得丰富的感受。我所关心的问题主要有：在革命史的视野中，这部作品呈现了什么样的场景；在现代化的视野中，这部作品对我们有什么新的启发；在新时代的视野中，这部作品对当下有哪些启示、有哪些值得我们借鉴的创作经验。以下略作分说。

一、革命史的视野

《在旷野里》创作于1953年。小说的核心情节是围绕"治虫"所产生的矛盾。从革命文学—人民文学的发展脉络，以及柳青个人的创作历程来说，这部小说的主要矛盾从"革命"转向了"建设"，从敌我之间的生死斗争转向了革命队伍的内部矛盾。也就是说，小说讲述的是革命胜利"第二天"的故事。在这个时期，革命的主要任务——建立新中国已经完成，但革命的理想——建设一个新世界刚刚开始，"夺取全国胜利，这只是万里长征走完了第一步。中国的革命是伟大的，但革命以后的路程更长，工作更伟大，更艰苦"[1]。在这样的历史阶段，无数革命者为之奋斗牺牲的目标已初步达成，接下来的道路该怎

---

[1] 毛泽东：《在中国共产党第七届中央委员会第二次全体会议上的报告》（1949年3月5日），载《毛泽东选集》第四卷，人民出版社1991年版，第1438—1439页。

么走,不只是革命领袖思考的问题,也是众多革命者和有识之士关注的问题。在《在旷野里》中,面对这一问题,柳青为我们展现了他的观察与思考,他的思考有理论层面的,但更多的是从生活的诸多矛盾中提炼萃取出来的,他以文学化的、形象生动的方式展现了生活的不同侧面。虽然小说没有最终完成,"治虫"也只是重点工作之一,但就其完成的部分和展开的脉络来看,这部小说为我们呈现了革命胜利之后、新中国成立初期,乡村生活的一幅整体性生活图景。

这是中国乡村一个短暂而又特殊的时期,"土地改革"已经完成,后来的"合作化运动"尚未展开。小说中涉及的矛盾是错综复杂的。

其一是县委领导干部之间工作作风的矛盾。县委书记朱明山刚刚到任,突然接报渭河两岸的产棉区普遍发现了严重的棉蚜虫害,需要及时治理。朱明山和县长梁斌研究之后,组织治虫工作队,分头带领县区干部到产棉区治杀棉蚜虫。在治虫工作展开过程中,朱明山和梁斌表现出两种不同的思想认识、工作作风以及领导方法。朱明山是工农出身、从陕北老区来的干部,梁斌是知识分子出身、干过地下工作的当地新区干部,小说通过两人无形的冲突以及其他干部的不同表现,写老区和新区的干部,在社会和生活环境变化之后,他们的思想观念、工作作风和生活态度的变与不变，他们的成长或蜕变，特别是他们面临的和存在的新的工作问题、生活问题和思想问题。[①] 这也是小说的主要矛盾和主要线索。正如后来《创业史》中的梁生宝与郭振山的矛盾一样，朱明山与梁斌的矛盾贯穿全篇，其核心是一个锐意进取的革命干部和一个在新的历史阶段丧失革命斗志、脱离群众、逐渐官僚主义化的革命干部之间的矛盾。应该说这是革命胜利后我们党的干部队伍进城后面临的一个较为普遍的问题，在后来王蒙的《组织部来了个年轻人》等"干预现实"小说中有着鲜明的揭示。《在旷野里》敏感地关注到了这一问题，并将之作为一个主要矛盾，在对比描写中对朱明山与梁斌做了态度鲜明的褒贬评判。但与梁生宝、郭振山只是蛤蟆滩的干部和村民不同，朱明山与梁斌却是一个县的书记和县长，在更高的视野中他们虽然也属于基层，但作为领导干部，对他们的描写很容易被视为倾向性问题，联系到后来《组织部来了个年轻人》《在悬崖上》《爬在旗杆上的人》等批判官僚主义的小说所遭遇的批判与争论，我们可以看到在当时语境中干部问题的敏感性，这可能也是这部小说没有最终完成的原因之一。

但《在旷野里》开创了一种以两条道路、两种作风的

---

① 邢小利：《柳青佚作〈在旷野里〉内外》，《光明日报》2024年2月15日。

斗争为主线的叙述模式,这在《创业史》中得到承袭和发展,也在此后不同时期、不同题材的小说中得到广泛应用,比如浩然的《艳阳天》《金光大道》、周克芹的《许茂和他的女儿们》、贾平凹的《浮躁》等都采用了这种叙述模式,《沉重的翅膀》等改革文学中的"改革"与"保守"的思想斗争以及新世纪官场小说中的权力斗争等,也都是这样的叙述方式。如果对比一下,我们就能发现这种叙述方式的开创性及其长短处,比如将《在旷野里》《创业史》与柳青此前的《种谷记》以及赵树理的《三里湾》相比,我们可以发现《种谷记》《三里湾》中人物众多,注重细节,或许更贴近当时乡村生活的具体经验与内在逻辑,但作为文学作品,它们的主要人物叙述不够集中,塑造不够典型,故事线索不够突出,叙事层次不够清晰,而《在旷野里》《创业史》则有效克服了这些艺术难题,塑造出了更典型的人物形象,也更突出地展现了历史巨大转折中的时代风貌。

其二是干部的婚姻、爱情等家庭生活矛盾。小说主要是通过朱明山对妻子高生兰的反感、对县团工委副书记李瑛的欣赏,以及监委会主任白生玉想要回到陕北老家和妻儿团聚、副书记赵振国的家庭生活等方面加以表现的。小说中,朱明山对妻子高生兰的损公肥私和官僚主义非常不满。小说写"她的苦难(这是十分令人同情的)一结束，新的世界使她头脑里滋生了安逸、享受和统治的欲望""她甚至不用手，而用下巴支使她的两个干部""人家对她提出了意见；她竟然给人家扣起'不服从党的领导'的帽子"①。面对妻子的这种变化，朱明山将妻子送到西北党校学习，希望她在党校能重新认识自己并有所提高。朱明山"在去往县里的火车上结识了团县工委副书记李瑛，一个从气质到上进心、从长相到言辞都很让他欣赏的女子"②。在这里，柳青同样触及了革命胜利之后一个较为敏感的问题，那就是有的干部进城之后与妻子之间的矛盾，有的甚至与乡下妻子离婚，而与城市青年女子恋爱结婚的问题。萧也牧的《我们夫妇之间》仅仅涉及进城后丈夫与妻子的思想分歧，在当时就受到包括丁玲、冯雪峰等文学界权威人士的批评。

小说中塑造的李瑛生气勃勃，洋溢着青春朝气但又带有一些小资情调，李瑛第一次出现，"在灰制服的肩膀上垂着两条辫，她用一本莫斯科外国文书籍出版局印行的装订很好的书，朝她因为出汗而显得特别红润的二十岁上下的脸庞扇着凉"③。"她的脸庞和身材对所有的人显示出吸

---

① 柳青:《在旷野里》，中国青年出版社2024年版，第17页。
② 阎晶明:《大师之作——从创作学角度谈柳青〈在旷野里〉的文学价值》，《人民文学》2024年第1期。
③ 柳青:《在旷野里》，中国青年出版社2024年版，第12—13页。

引力"①"她漂亮,她聪明,她进步"②,这个人物形象类似于后来杨沫《青春之歌》中的林道静,是一个充满魅力、追求进步的青年知识分子。在《在旷野里》创作时代的语境中,1949年8月,上海《文汇报》就发起了"可不可以写小资产阶级"的讨论。所以写不写李瑛这个人物、怎么写、写到什么程度,柳青应该是做过深入思考的。阎晶明指出:"我们甚至可以这样想,目前的戛然而止,也有其恰到好处的一面。比如朱明山个人感情的处理,其实就是一个难题。他与妻子高生兰是否会分手,以及他如何处理和李瑛的关系,这些事实上的难题,在目前正好处于悬而未决、暧昧不清的状态中,这种悬置状态,以及客观上形成的未能终了的局面,正是小说意味的某种最佳状态。"③他的说法有一定的道理,但就小说完成的部分来看,李瑛这个人物以及她与朱明山、张志谦等人的故事,尚未得到充分展开,这对于作者和读者来说都未免可惜。以《在旷野里》为参照,柳青在《创业史》中调整了创作策略,《创业史》中的徐改霞是个单纯的乡村姑娘,她喜欢梁生宝但又被郭振山欺骗、利用,最终进了城,她与李

---

① 柳青:《在旷野里》,中国青年出版社2024年版,第88页。
② 柳青:《在旷野里》,中国青年出版社2024年版,第98页。
③ 阎晶明:《大师之作——从创作学角度谈柳青〈在旷野里〉的文学价值》,《人民文学》2024年第1期。

瑛一样是整体故事的副线，也具有浪漫色彩和知识青年气息。贺桂梅在一篇研究《创业史》的文章中指出，"徐改霞对梁生宝的爱慕、思念和犹疑心理，成为《创业史》第一部最为华彩的段落。从这一人物的主题叙事功能上，柳青并未赋予她相应的政治意义，而仅仅是将其作为表现郭振山和梁生宝思想冲突关系的一个'棋子'"，"徐改霞身上的'知识分子气息'和'浪漫色彩'，与其说出自陕西乡村特别是作为文学世界的'蛤蟆滩'的现实构成部分，不如说那更是浪漫主义文学和柳青个人趣味的一种呈现。这一方面表明了柳青对'生活'本身的尊重，另一方面更可能是作家柳青精神气质的投影"[1]。从李瑛到徐改霞，柳青塑造的青年女性固然有题材的差异，但其对具有浪漫色彩的知识女性的青睐可见一斑，李瑛这个人物形象也丰富了他的人物谱系。

此外，《在旷野里》还涉及新区干部与老区干部、种苹果还是种棉花、有计划地种植与村民的种植习惯、农业技术问题等诸多矛盾与问题，其中很多都是《三里湾》《山乡巨变》《创业史》等经典作品没有涉及的，从整体上让我们看到了革命胜利之后的"第二天"，由"革命"转

---

[1] 贺桂梅：《"总体性世界"的文学书写：重读〈创业史〉》，转引自程凯编《社会史视野下的中国现当代文学研究：以柳青为中心》，社会科学文献出版社2024年版，第97页。

为"建设"初期乡村生活的立体画面。正如施战军所说："《在旷野里》在柳青的创作史上是一部承前启后的重要作品。对从革命战争年代向建设发展时期转变的社会、生态与人的文明的观察记述，具有独特的认识价值与审美价值。"①

二、现代化的视野

在现代化的视野中，新中国成立初期包括"土地改革"等诸多革命性变革，为中国的工业化与现代化奠定了初步基础。《在旷野里》这部小说，为我们观察新中国成立初期的现代化提供了一个重要文本，主要包括农业生产的现代化、生产组织形式的现代化、生活方式的现代化以及人们思想观念的现代化等诸多层面。我们可以从现代化的视野去解读这部小说，发掘其内蕴的一些独特思考。

《在旷野里》中，中国农业生产方式已经历了巨大变革。在传统中国的农耕社会，土地的所有权属于地主和富农，贫下中农只能租种他们的土地，"土地改革"在中国历史上第一次解决了"耕者有其田"的问题，也结束了因

---

① 施战军语，见舒晋瑜：《以柳青的文学精神与新时代作家对话——访中国作协党组成员、书记处书记、〈人民文学〉杂志主编施战军》，《中华读书报》2024 年 1 月 17 日。

土地分化而带来的历代王朝兴衰治乱的循环，开启了中国史的新一页。但在土地的所有权问题解决后，农业生产是回归到传统的靠天吃饭、各人顾各人，还是将之纳入国民经济体系中，成为整体国民经济的一部分？答案无疑是后者。小生产者的汪洋大海虽然人数众多，但力量薄弱分散，对致力于建设一个工业化现代化强国的新中国来说，农业是基础，工业化是方向，我们必须在稳定农业的基础上，加快工业化的进程，才能跻身世界强国之列，这也是后发的第三世界国家赶超发达国家的必由之路。在这个整体战略之下，我们也必须将农业的生产方式现代化，换句话说，我们不能以传统农业化的方式经营、管理农业，而必须以现代工业化的方式经营、管理农业，具体来说，就是在种植什么、怎么种植、怎么管理、什么人种植和管理等问题上，我们不能像传统社会那样听凭农民自主，而是必须将其纳入一个整体性的规划中，把一家一户的农业生产组织起来，成为整体经济的一部分，只有这样才能形成合力，壮大国家和地方的经济。

在《在旷野里》的故事发生和创作的年代，还没有后来的"合作化"等生产关系的调整，但朱明山、梁斌等县领导所面临的一个重要任务就是组织生产，而小说的核心情节"治虫"就是组织生产中的一个环节，但他们也面临着诸多难题。小说中，朱明山与组织部长冯光祥的一段对话，既显示了他们所处的时代背景，也凸显了他们所面临的困难：

……他盯着冯光祥古铜色的圆脸，语气低沉地说，"连种地的自己也不知道吃上吃不上。我们中国的农民好苦啊，土地改革把他们从封建剥削底下解放出来了，可是那不过像把吊起来的人解救下来一样。一家一户种着这里一小块那里一小块的地，一年四季从早到晚，累断筋骨，可是吃上吃不上自己不知道。地主虽然打倒了，他们的命运还在所谓'老天'掌握着哩……"[1]

"……不要说像电影里看见的苏联农村吧，拖拉机呀、大卡车呀、灌溉系统呀、防护林呀……我们的农民连最简单的水利建设都很少哩，起码的科学知识也没有。光光旱灾和虫灾就把人整住了，水灾和风灾更不用说。要是能靠我们共产党的领导吃饭，农民就不忧虑靠天吃饭哩。你从刚才那个老乡说话的可怜相还看不出来吗？"[2]

---

[1]　柳青：《在旷野里》，中国青年出版社2024年版，第183—184页。
[2]　柳青：《在旷野里》，中国青年出版社2024年版，第184页。

在这里,"电影里看见的苏联农村"构成了当时中国乡村的远景,也是农业现代化的理想和标准,但对于当时的中国乡村来说却似乎远在天边,难以想象,在七十多年后已经实现了农业现代化、机械化的今天,回望柳青笔下这段艰难岁月,既令人感慨系之,也不禁让人对共产党人的高瞻远瞩心生敬意,在一穷二白、一无所有的情况下,他们就已经开始描绘远大理想的蓝图,在一点一滴地建设乡村,在为中国的现代化事业而努力奋斗。但在当年,他们却面临着无数的困难。

"昨天又有两个村抬万人伞祭虫王爷……"
"翻了棉花地种晚包谷的人一天比一天多了……"[1]

这里所说的一个是封建迷信,一个是盲目的自救措施,都体现出对"治虫"效果的不信任,从中我们不难看出当年群众的思想落后情况。新中国成立前,我国人口的识字率只有20%,大部分农村人都没受过教育,在思想上仍承袭着传统的旧观念,在遇到生产生活中的困难时,他们的第一反应仍是按照旧时代的习惯求神拜佛,"万人伞""虫王爷"这些对我们来说已经陌生的名词,曾经却

---

[1] 柳青:《在旷野里》,中国青年出版社2024年版,第73页。

是他们的精神支撑。"翻了棉花地种晚包谷的人"也是出于对治虫效果的担忧，在土地归各家所有的情况下，他们有权决定自己种植什么，虽然他们听从政府的号召"扩大棉田"，但一旦遇到困难，小生产者意识决定了他们首先想到的是自救自保。除此之外，那时的乡村还存在着反动的会道门，他们总是伺机攻击党的政策，小说中写道：

> 一个留着山羊胡子的干瘪老汉气愤地用他拄的棍在地上戳着，毫无顾忌地谩骂："……斗争！斗争！叫这伙尿娃们斗争虫王爷吧！看这回怎么整油汗！"
>
> 他的听众忽然都站起，端着碗你东他西顺墙拐弯地走了。那老汉调头一看，他骂的人已经到他跟前了，闷头就往大门里钻。①

在小说接下来的描述中我们知道这个老汉是一贯道的道徒。一贯道被称为"一贯害人道"，在新中国成立初期已被取缔，这个老汉在小说中的出现，让我们可以看到当时乡村情况的严峻复杂。

不同于《创业史》对一个村庄中先进分子、落后群众、中间分子的整体性描绘，《在旷野里》因为主题的着

---

① 柳青：《在旷野里》，中国青年出版社2024年版，第74页。

眼点在"老干部的思想",所以主要着墨于朱明山与梁斌领导方式与领导作风的差异,对落后群众与反动分子的描绘较少,但仅从我们举出的几个例子中就可以看出,朱明山和梁斌之间虽然存在领导方式的差异,但他们也有共同之处,那就是共同面对着如何在经济文化落后的乡村发展生产的问题,他们有着共同的思想武器,那就是"组织起来"和"群众路线",他们的差异主要在于运用方式的不同。

蔡翔在当代文学研究中提出了"动员结构"的说法。他指出:"在所谓的'动员'结构中,干部和知识分子始终处于极其重要的位置,或者说,任何一种形式的'动员'都必须依靠干部和知识分子的积极参与。因此,在中国当代文学的'动员—改造'的叙事结构中,都会出现'干部下乡'或者'知识分子下乡'这样一种极富戏剧性的开头,乃至成为小说情节的叙事动力。但是,'干部'或者'知识分子'在动员群众的同时,自身又往往会成为群众改造的对象,而这样一种悖论性的现象,恰恰表征出中国当代极其复杂的政治乃至文学想象。"[1]

在落后的乡村发展经济,进行现代化建设,需要先进分子——干部和知识分子——的引领,需要"动员"

---

[1] 蔡翔:《当代文学中的动员结构》(下),《上海文学》2008年第4期。

群众，需要发现群众中的英雄，在《三里湾》《创业史》等作品中已经展现了这一动员结构。《在旷野里》同样如此，但其侧重点主要在于揭示先进分子朱明山和梁斌之间的作风差异。小说在对比中写出了朱明山的缜密能干以及梁斌的粗暴作风和官僚主义，"年轻的场长报告的时候，虽然小心翼翼地密切注视着县长的面部表情，可是因为梁斌对农场的事情特别究得紧，他没有一回能够成功地避免了严厉的训斥"[1]。但这种对比也不仅限于他们二人，小说描写的青年中，李瑛的活泼主动深入群众、张志谦的高高在上，也令人印象深刻：在治虫的紧急时刻，"工作组长张志谦一手拿着揭开的笔记本，一手不时地拢着他鬓角里固执地不肯就范的头发，根据朱明山和梁斌的讲话，加上他自己看样子很得意的发挥，作了将近三个钟头的动员报告"[2]。后来他在电话中受到了朱明山的批评："同志，我们现在已经讲得太多了。再讲下去，群众就不理我们了。难道不能忍耐一下，等到做出一点事情才讲吗？你下来一天，还没有感觉到这一点吗？"[3]

在这里，我们可以看到，中国乡村的现代化建设，既是经济问题，也是文化问题和政治问题，是一个系统工

---

[1]　柳青：《在旷野里》，中国青年出版社 2024 年版，第 34 页。
[2]　柳青：《在旷野里》，中国青年出版社 2024 年版，第 107 页。
[3]　柳青：《在旷野里》，中国青年出版社 2024 年版，第 114 页。

程,我们不仅需要克服群众的落后思想观念,也需要克服先进分子——干部和知识分子——的傲慢与偏见。今日的中国乡村与《在旷野里》已大不相同,但现代化建设仍处于未完成状态,《在旷野里》揭示的道路及问题,对我们认识当代乡村、探索现代化道路仍然具有启发意义。

三、新时代的视野

《在旷野里》从创作到发表,已超过七十年,今天我们可以在一个新的时代语境里重新审视这部作品。在这数十年间,人们的思想观念已发生了诸多变化,《在旷野里》作为一个历史文本,在与我们这个时代的对照中,正好照见我们发生了哪些变化。

其一是生态意识的变化。新中国成立初期,在诸多生存压力下,当时的人们基本没有或较少有生态意识,但在七十多年后的今天,人们的生态意识大为提高,绿色食品、有机食品的观念也深入人心,所以当我在《在旷野里》中读到关于农药、喷雾器等段落时,便深感时代发展之快与变化之巨,小说中有这样的描述:"报告最后……指出以合作社贷出的有限的喷雾器,用'鱼藤精'和'六六六'杀虫的方法,只在虫害不普遍的情况下还可以;而解决眼前的普遍问题,则必须推广农民里头早已使用过的土方法,譬如烟叶水和柴灰水,等等。"① 在这里,"六六六"是较为有名的农药,"鱼藤精"对我来说是一个陌生的名词,在网上查了一下,也是一种农药,"鱼藤精,又名鱼藤氰、鱼藤酮、毒鱼藤,是由鱼藤属和梭果豆属植物根部经细磨和提取而得的一种杀虫剂,其主要成分是鱼藤酮,杀虫力强,农业上用于防治棉花、果树、蔬菜、烟草、桑、茶树等的多种害虫"。小说中谈到施用这两种农药"只在虫害不普遍的情况下还可以",但这并非出于生态或环保意识,而是这两种农药以及喷洒农药的喷雾器在当时极为稀缺,物质或经济条件达不到。

小说中又有朱明山和李瑛的一段对话:

"有多少喷雾器?"

"一村能去两个,原来发给乡上的两个都给整坏了。"

"糟糕!那么两个喷雾器一天能治多少亩?"

"抓紧了能治三十亩。我去看看'工厂'里准备得怎样。"李瑛一笑,又轻脚轻手走向正在讲话的崔浩田背后的屋里去了。②

---

① 柳青:《在旷野里》,中国青年出版社2024年版,第51页。
② 柳青:《在旷野里》,中国青年出版社2024年版,第93页。

后面还有：

"没有拿来两个喷雾器？"乡长觉得这人好像有意在县委书记面前臭他，忿愤地质问，"是不是两个摆弄瞎了一对？"

"老百姓没见过那东西，这个一弄那个一弄就坏了。"有人辩解。①

在这里我们可以看到，对当时的村民来说，喷雾器、农药是很少见到的现代化的生产工具，而对于领导者来说，能否调配或分配喷雾器是"治虫"的关键或当务之急，正是缺少农药才开始使用烟叶水，才有了农业站蔡治良等人关于农药配比的情节。但这些对农药、喷雾器的陌生与渴求，在我们这个时代已显得极为突兀了，因为我们已经走过了广泛施用农药时期，并开始关注农药残留超标等生态问题了。如果以是否施用农药作为现代农业的一个标准，那么《在旷野里》的故事正处于现代农业之前，我们则处于现代农业之后，开始关注和反思的是过量施用农药带来的问题了。

其二是物质条件的差异。那时县委干部出行最好的工

---

① 柳青:《在旷野里》，中国青年出版社2024年版，第94页。

具就是自行车，小说中有不少关于骑自行车场景的描述。梁斌一出场就是骑车，"一辆蹬起来很利的老牌子英国'飞利浦'自行车载着体格强壮的梁斌，沿着从车站到靠山镇的公路，到蔡家庄南面拐进一座炮楼一样的洋灰大门里去了"①。在这里，作者特意点出牌子，"一辆蹬起来很利的老牌子英国'飞利浦'自行车"，在当时应该算是"豪车"，也与作者想要塑造的梁斌的形象有关。小说中还写到监委会主任白生玉不会骑车的故事：

> 到大关中平原上工作已经二年多了，他连自行车还不会骑；而和他在一块儿工作相近二年的小崔只学了一个下午，就骑着车子全区到处跑了。小崔轻而易举的成功曾经引起过他的兴趣，但是当他跨上前后两个人把着的自行车的时候，那两个胶皮轮子就像调皮马有意和他捣蛋一样，完全不像他看别人骑的时候那么听话、灵巧。他一次又一次地给掼得趴在地上，屈了他的手腕，碰了他的膝盖，惹得大家哗哗大笑。最后一次他爬起来拍拍两手和衣服上的尘土，生了气。
>
> "学这做屌！咱在陕北工作了十几年，跷腿就爬山，一走就是几十里。这达一马平川，从区上到最远

---

① 柳青：《在旷野里》，中国青年出版社 2024 年版，第 32 页。

的乡上也不过十几里，走起和蹽腿一样。为省点腿把命报销算了，划不来！"①

在这里，白生玉骑车也显示了他的倔强、拙笨等特性。后文中还有，"只有梁县长那么轻蔑地当面笑他：'连个自行车也没学会，还接受啥新事物哩嘛？'关于他学自行车的故事，老区来的同志经常开他的玩笑，他脸也不红；就是梁斌说他，特别刺痛他的心"②。在这里，自行车作为一个重要道具参与了他们两个人性格与关系的塑造。

在今天的经济、物质条件下，自行车不再是一般老百姓可望而不可即的物品，也不再是主要的交通工具，更不会是公务用车，但在那个年代却承担了重要的功能，从一辆自行车在时代中的变化我们可以看到中国工业化、现代化速度之迅疾。但从另一个角度来说，那时的自行车却也带来了不一样的风景：

> 两辆自行车在旷野上月牙照耀下的公路上飞奔。③
> 他们赶上了大车后边的人群，下了自行车。有人骑着他们的自行车前边走了，他们就混在人群里说说

---

① 柳青：《在旷野里》，中国青年出版社2024年版，第165—166页。
② 柳青：《在旷野里》，中国青年出版社2024年版，第166页。
③ 柳青：《在旷野里》，中国青年出版社2024年版，第62页。

笑笑走着。月牙落了，繁星显得更稠，天空也似乎由浅蓝变成深蓝了。平原上安静多了，从村庄里只传来单调的犬吠声。地上有一股湿气上升，路旁的南瓜叶上有露水珠闪烁了。①

朱明山推着自行车艰难地在渭河宽阔的沙岸上走向河边。淡红色的落日把他和自行车的影子长长地投在沙滩上。②

这里的自行车与自然风景联系在一起，富有诗意与抒情性，试想如果我们将这里的自行车换成摩托车、公务车，其诗意和抒情性便会大打折扣，甚至会与周围的自然风景不相协调。自行车作为一种依靠个人力量骑行的非机动车，在那个年代是代替徒步、畜力的最为便捷的交通工具，在今天却成了代替电动车、机动车的一种慢生活的生活方式，其间的转变是巨大的。

以上只是以新时代的视野重新审视《在旷野里》的例子，当然对新时代的作家来说，最重要的就是学习柳青的创作方法，在我看来其中重要的一点，就是像柳青一样创造一个能够映照现实的整体性世界。郭春林在一次

---

① 柳青：《在旷野里》，中国青年出版社2024年版，第66页。
② 柳青：《在旷野里》，中国青年出版社2024年版，第134页。

讲座中谈道:"据阎纲说,'四清'运动的时候,很多农村基层干部把《创业史》当作工作手册来用。我觉得是完全可信的,因此,我认为《创业史》是一部关于如何教育、组织、正确认识农民的工作手册。当然,柳青不是为了写一部工作手册而创作《创业史》的,而是因为这些作品的内容和创作方法,才使他无心插柳地写出来了工作手册。与之相比,赵树理的《三里湾》、丁玲的《太阳照在桑干河上》、周立波的《山乡巨变》都没有成为农村干部的工作手册。"在这里,成为工作手册与否不是评判一部作品是否优秀的标准,但能成为工作手册却是因为作者呈现出一个整体性的艺术世界,其中浸润着自己对现实的分析和思考。刘永春在分析了《在旷野里》的人物设置之后,也指出,"《创业史》的人物关系设置有着对《在旷野里》的显著承续,将繁多的人物形象进行谱系化是两者的共同方式,但这种方式在早期柳青小说创作中并不多见。更重要的是,通过这种设置方式,柳青的长篇小说深刻把握了社会现实与时代特征,以独特的审美方式呈现了对农村社会主义改造的深入思考,也以典型的现实主义小说观念创造着典型的社会主义人物形象。从《在旷野里》到《创业史》,柳青的小说之路从成熟走向了成功"[1]。从创作的角度

---

[1] 刘永春:《自觉的现实主义精神与成功的叙事审美探索——评柳青长篇小说〈在旷野里〉》,《中国当代文学研究》2024年第3期。

来说,《在旷野里》是《创业史》的预演,也是前史。只有在时代深厚土壤中生长出来的作品,才能以其常青的生命力与不同的时代对话,才能不断给予我们启示。

柳青《在旷野里》：一半清气，一半锐气

阮　洁

柳青的长篇小说佚作《在旷野里》在《人民文学》新年第 1 期刊载，中国青年出版社出版，这是一部写于 1953 年而且雪藏了七十余年再面世的作品，不能不引人特别关注。细读这部作品，它没有写完，作者柳青在文稿最后也标注"未完"，同时注明日期：1953 年 10 月 7 日。它为什么没有写完？这是一个令人感兴趣的问题。

原因应该是多方面的。我们先看这部作品目前写了什么。

小说所写的时间：作品开头第一句就是"一九五一年七月初的一天"[1]。从小说所叙故事的前后展开时间算来，整个时间在半个月左右。

---

[1]　柳青：《在旷野里》，中国青年出版社 2024 年版，第 3 页。

故事发生地：陕西关中，渭河两岸主要是南岸，靠近秦岭终南山的一个县。

小说中出场的实写人物一共17人，没有出场的虚写人物是5人。从小说已经写出来的这22个人物来看，主要人物是：

朱明山：三十岁上下，中共陕西关中一个县的县委书记。陕北老区当过区委书记并有部队工作经验的"一个有相当文化水平的工农干部"。他是小说中的主要人物，主人公。

梁斌：县长。主要人物之一。当地也称新区[①]干部。带有知识分子特点的干部。

赵振国：县委副书记。农民出身，在陕北老区当过区委书记，后到关中来的干部，工作踏实肯干，有实践经验，但文化水平不高。

冯光祥：县委组织部长。陕北老区下来的干部。

吴生亮：县委宣传部长。关中人，1938年的地下党员，小学教员出身。县委组织部长冯光祥认为他"忠厚、朴素和尽职"。

白生玉：陕北清涧人。陕北下到关中来的干部，曾任本县渭阳镇区委书记，现任县政府建设科长。

---

① 刚解放的地区。

李瑛：女，二十岁，青年团县工委的副书记。女性主要人物之一。

　　高生兰：朱明山妻子，与朱明山育有两个孩子。在西北党校学习。当前小说中还没有直接出场，她只是在朱明山的回忆中以及其他人提到时出现。她应该是女性主要人物之一。目前文本中此人虽然是虚写，但形象已经跃然纸上，性格比较丰富了。

《在旷野里》的主要情节是，朱明山以县委书记身份刚刚到任，突然接报本县棉区发现了严重的棉蚜虫害，需要及时治理。朱明山和县长梁斌研究之后，组织治虫工作队，分头带领县区干部到棉区治虫。在治虫工作展开过程中，朱明山和梁斌表现出两种不同的思想认识、工作作风和领导方法。小说通过两人无形的冲突以及其他干部的表现，写从战火中过来和从地下工作出来的新老干部，在新时代、新环境中，面对新的工作，不同人物的思想观念、工作作风和生活态度，他们的成长或蜕变，重点写他们面临的新的工作问题、生活问题和思想问题。作品对朱明山深入农村基层调查研究，听取专家和农民的意见，切合实际的工作态度和作风是肯定的，对梁斌浮在表面的官僚主义、形式主义和教条主义的工作态度和作风，是以婉转方式讽刺和批评的，对梁斌一些已经表现出来的贪图享受的生活态度和个别干部的权力膨胀行为也有揭示和批评。

这个作品放在今天看来，无疑是一部很好的作品。它写出了新中国刚成立那个时代"在旷野里"的风景，具有鲜明的时代特征，可以称之为新中国成立初期陕西关中①城乡各种人物形象和生活劳作的艺术画卷，有真实的历史感，有生动的生活画面，也有丰富深沉的意义蕴含。如果把这部作品放在当代文学史初期特别是20世纪50年代初那个时代环境中看，从现实主义小说创作来看，这部作品所写的生活和人物，所面对的现实和所提出的问题，既有我们常说的真实性和典型性，更有现实主义文学应有的现实性和问题性，这样的创作，在当代文学的发轫期，还是鲜见的。难能可贵的是，《在旷野里》既有一股清气，也有一种锐气，它具有历史的前瞻性，也有时代的异彩光芒。

《在旷野里》以浓墨重彩描写和塑造了以朱明山为代表的一批党的优秀干部和热爱新时代新生活的群众形象，同时也较早地触及了个别领导干部在掌握权力以后，没有积极地跟上时代的步伐，没有认真领会毛泽东主席在《论人民民主专政》中讲的：

---

① 扩而大之为北方农村。

>　……过去的工作只不过是像万里长征走完了第一步。残余的敌人尚待我们扫灭。严重的经济建设任务摆在我们面前。我们熟习的东西有些快要闲起来了，我们不熟习的东西正在强迫我们去做。……①

柳青在小说篇首就单独引用了这段话，以示重要，也在揭示《在旷野里》的主题。比如县长梁斌，他是小说的主要人物之一，是当地干部或称新区的干部。小说中介绍他：

>　一九三八年在延安抗日军政大学毕业，派到一个共产党员当指挥官的原是杨虎城将军部下的国民党军队里工作；后来那个军队一部分起义进了解放区，另一部分被打散了，梁斌逃回家里。家乡初解放的混乱中，他组织起游击队，直到地方武装归军区调走的时候，他留到地方工作。②

梁斌当了副县长后，工作中有些"专横"，生活上也表现出某种"优越感"。小说写：

---

① 毛泽东：《论人民民主专政》，载《毛泽东选集》第四卷，人民出版社1991年版，第1480页。
② 柳青：《在旷野里》，中国青年出版社2024年版，第52页。

很多人被摆在领导地位上以后，人们可以从他们身上体会到责任心和从这种责任心产生的对事业的谨慎、对干部的关怀和对自己的严格。但是有些人被摆在领导地位上以后，人们从他们身上却只感觉到把权力误解成特权的表现——工作上的专横和生活上的优越感，以至于说话的声调和走路的步态都好像有意识地同一般人区别开来了。

梁斌从副县长变成县长不久，大家就在私下议论他变成另一个人了。[①]

…………

梁斌一接任正职，马上就变了另一副神气。他在党委会上开始不断地和常书记发生争执，固执地坚持意见；他在县政府里好像成了"真理的化身"，凡是他的话一概不容争辩。他新刷了房子，换了一套新沙发，加强了他的权威的气氛。他站在正厅的屋檐底下对着宽敞的大院子，大声地喊叫着秘书或科长们"来一下"。而科员和文书们给他送个什么公事或文件，要在他房外侦察好他不在的时候，进去摆在他办公桌的玻璃板上拔腿就走，好像那是埋藏着什么爆炸物的危险地区。日子长了，他发现了这

---

① 柳青：《在旷野里》，中国青年出版社2024年版，第123页。

个秘密，咯咯地笑着，从这些下级的可笑的胆怯里感到愉快。①

不仅如此，梁斌在工作中，如在防治严重的棉蚜虫害工作中，既不深入实际调查研究，也不听取各方面的意见，甚至不按已经研究制定的工作方法去工作，而是独断专行，喜欢开大会、作报告，在讲话中还暗中讽刺县委书记的工作方法，表现出严重的官僚主义、形式主义、本本主义和教条主义。这四个主义加上他摆权力威风和贪图生活享受所表现出的个人主义，梁斌这个人物也算得上是一个"五义"形象。

《在旷野里》如此鲜明地塑造出梁斌这样一个领导干部的人物形象，同时揭示出由这个人物所表现出的一些干部在思想方法、工作作风包括生活方式方面的问题，这在1953年、新中国成立初期的文学创作中，是比较早的，也是比较尖锐的。这样的人物形象，似乎要在晚几年的文学作品中才能够出现。由此，我们也看到了柳青作为一个优秀作家深入生活、研究生活、发现问题、揭示问题的敏锐和勇气。

此外，在当代文学的初期，作为长篇小说的《在旷野里》，也较早地触及了新的时代新的环境下，干部的家庭

---

① 柳青:《在旷野里》，中国青年出版社2024年版，第124页。

生活,特别是婚姻和爱情这些在当年较为敏感的问题。小说写,朱明山在陕北一个区当区委书记时,高生兰中学毕业到区上当了乡文书,她的生活态度和工作精神都是"生气勃勃的",因而"被提到区上当宣传委员"。高生兰对朱明山"仅仅敬慕他处理问题的原则性和做艰苦工作的坚韧性,而惋惜他文化程度低。她向他学习,又帮助他学习。朱明山以一个三冬'冬学'的老底,加上工作中的逐渐积累"[1],"在高生兰帮助之下,读完了部头那么大而字却那么小的苏联小说《被开垦的处女地》,引起当时多少干部的惊奇"[2]。是高生兰把朱明山"引进了新的世界"。而"共同的目标和共同的兴趣终于使他们谈起爱情问题"[3]。他们结婚的时候,高生兰保证她不会当家属,她还要学习进步,她甚至"用那么轻蔑的神情嘲弄那些生了孩子的各种负责同志的爱人"。可是,严峻的生活改变了高生兰。"一九四七年的战争把他们分开了。朱明山参加了八百里秦川全部解放以前的每个大战役。"而留在陕北的高生兰则带着两个孩子,和她母亲在一块逃难。"在战后满目凄凉的日子里",她和母亲"靠着政府给两个孩子可怜的十分有限的一点点好不容易运到陕北的粮食,度过陕北饥饿的

---

[1] 柳青:《在旷野里》,中国青年出版社2024年版,第15页。
[2] 柳青:《在旷野里》,中国青年出版社2024年版,第15页。
[3] 柳青:《在旷野里》,中国青年出版社2024年版,第16页。

一九四八年"①。高生兰"变成一个村妇，上山去挖野菜；她背着毛口袋，到乡镇上去卖她娘家的破烂儿；她有时带着小的孩子，到乡下的朱明山家里去糊几天口"②。战后重逢，令朱明山吃惊并"惋惜的是：她和书报绝了缘，而同针线和碗盏结了缘。朱明山在西安接待了他们大小四口不几天，就发现高生兰变得那么寒酸、小气、迟钝和没有理想。她在精神上和她母亲靠得近了，和她丈夫离得远了"③。

小说是从朱明山回想的角度写他和高生兰从相识到成家，再到分离与聚首的，概括，简要，爱情与婚姻，战争与生活，今昔沧桑，读起来是那么的真实和惊心动魄，柳青的笔下颇有杜甫写的离乱诗那样的悲慨。小说写到朱明山后来对妻子高生兰一些行为非常不满。小说仍从朱明山的角度写高生兰，"她的苦难（这是十分令人同情的）一结束，新的世界使她头脑里滋生了安逸、享受和统治的欲望"④。高生兰在朱明山工作的部里管图书，不按时上下班，上班打毛衣；"她甚至不用手，而用下巴支使她的两个干部——一个女青年团员和一个戴着老花眼镜的留用人

---

① 柳青：《在旷野里》，中国青年出版社2024年版，第16页。
② 柳青：《在旷野里》，中国青年出版社2024年版，第16页。
③ 柳青：《在旷野里》，中国青年出版社2024年版，第16—17页。
④ 柳青：《在旷野里》，中国青年出版社2024年版，第17页。

员"①。"人家对她提出了意见；她竟然给人家扣起'不服从党的领导'的帽子"②。面对妻子的这种变化，新中国成立以后，朱明山把妻子送到西北党校学习，希望她在党校学习能有所提高和改变。

　　时代在变，生活在变，人的思想也在发展。《在旷野里》起笔就写朱明山登上一列火车奔赴新的工作岗位，车厢里看到了一位读着加里宁《论共产主义教育》的姑娘李瑛，后来两人在工作中有接触，李瑛是朱明山任职县的团工委副书记，两人在工作交往中彼此都有好感。小说这样写来，朱明山不断"进步"，而高生兰有点"落后"了。这样一种既有时代感又有生活内容，同时也有情感和精神深度的人物故事，如何写下去，是个问题。如何保持朱明山正面形象的光辉，又能按照人物性格的逻辑和生活的逻辑写出真实的人性和生活，柳青写到这里，可能也需要进一步思考，进一步推敲和把握。

　　在长期的创作过程中，柳青对时势、环境和自己都有切合实际地把握。他曾说过一段有名的话，被称为"柳青的哲学"，他说："我担着一担鸡蛋在集市上走，别人敢碰我，我不敢碰人家，怕把鸡蛋打烂了。"有资料记载："柳

---

① 柳青：《在旷野里》，中国青年出版社2024年版，第17页。
② 柳青：《在旷野里》，中国青年出版社2024年版，第17页。

青说他参加这场'文化大革命',就像赶集卖鸡蛋的,担一担子鸡蛋,别人敢碰他,他不敢碰别人。这是柳青在这次'文化大革命'中精神状态的自我写照。他对自己的问题完全采取'保'和'包'的态度,同时也不揭发别人的问题。不'碰'别人,正是为了更牢靠地'保'自己,让别人'脚下留情',不碰翻自己的'臭鸡蛋担子'。运动初期,他仍以'客人'的身份回到西安作协,以为运动搞上几天就过去了,就可照样躲到他那皇甫村的小天地里去。因此对运动十分冷漠,内心虽也预感到这一关不大好过,表面却镇静无事,每天傍晚总是躺在躺椅上喝茶乘凉。对革命群众写的大字报,若不是揭发自己的就不去看。"①

时间再早一点,柳青参加过一个座谈会。那时他还在北京共青团中央机关借住,写作长篇小说《铜墙铁壁》,后来又校对出版社给的该书样稿,同时编《中国青年报》副刊。1951年8月10日,《文艺报》第4卷第8期刊载批判萧也牧创作倾向的文章,其中有座谈会记录文稿《记影片〈我们夫妇之间〉座谈会》,②座谈会认为这部影片发展了作品的缺点,"在某种程度上说是对工农干部、共产党

---

① 《文学战地》1967年4月第1期,第15页。
② 《文艺报》时为半月刊,这一期出刊时间是8月10日。座谈记录未写明座谈会召开的时间,根据《文艺报》出刊时间判断,座谈会召开时间应该在7月底或8月初。

员的污蔑",并指出,"这是当前文艺创作中应该开展的思想斗争的一个重要问题"。该会由丁玲主持,严文井、钟惦棐、柳青、吴祖光、黄钢、瞿白音、韦君宜等 20 余人出席并发言。

座谈会整理的发言纪要,是分类编排的。在"题材与主题"这个题目下,柳青的发言是:

这个作品的致命缺点,是作者只选取了一些琐碎的私生活的现象,企图来说明知识分子和工农的结合,这个题材和主题是不相称的,也无法说明主题。在电影中特别把琐碎的事情和一些大事件,如接管大城市的具体工作联系了——仅仅是形式上的联系,就显得不相称了,甚至小说中的一句话往往也成了一场戏。

柳青这里的发言不长,他看问题的角度,是艺术的角度,认为"题材和主题是不相称的",并没有上升到思想乃至政治的高度。从柳青发言最后所说的"小说中的一句话往往也成了一场戏"来看,柳青显然读了原小说并熟悉原小说,并从小说改编为电影的艺术比较中谈问题,发言温和也不无道理。

在"不良倾向的根源与危害性及其克服的道路"部分的发言中,柳青发言:

我和萧也牧同志在一个机关工作[①]，去年春天我们初认识时，常谈起写作的一些问题和他的作品。我觉得他在写《山村纪事》时，比进城后要老实些。进城后他有一个错误的想法，就是他认为读者对象似乎变了，因而在写作时就产生了一种迎合一部分读者不正确趣味的心理。他说过要写点有感情的东西，这话并不错，可是为什么不研究一下应当写什么样的感情呢？难道解放区过去的作品都是没有感情的吗？很明显，他指的是什么样的感情了。此外我觉得他对生活理解得不深，从他的作品里，看不见生活发展的正常规律，即生活的现实性，只是依靠一些零散现象加以无原则的夸张，自然作品就显得很不真实。我看过的他的几个短篇里，都有这个问题。

我觉得讨论这个倾向，可以把类似的情况和喜欢这种东西的人的思想加以澄清。事实上现在已经有人认为无须投入火热的斗争中去，也可以写出伟大的东西。这是一种极错误的思想，必须加以批判。

[①] 萧也牧当时在中国青年出版社工作，柳青在《中国青年报》工作，都属于共青团中央这个"机关"。

后边两段柳青的观点，一是认为萧也牧"认为读者对象""变了"，"因而在写作时就产生了一种迎合一部分读者不正确趣味的心理"，这里所说，其实就是讲"迎合"当时被批判的"小市民"的"趣味"，但柳青说得含蓄；二是认为萧也牧强调写"感情"，"对生活理解得不深"，"看不见生活发展的正常规律，即生活的现实性"，柳青又回到他的一贯的文艺观点，强调"生活"的重要性。

　　总之，从柳青的批评来看，他总体上比较温和，没有上纲上线。同时，从他的批评来看，特别是从这个座谈会的所有发言来看，柳青对当时的文坛形势应该也有所感觉了，山雨欲来。

自觉的现实主义精神与成功的叙事审美探索
——评柳青长篇小说《在旷野里》

刘永春

2024年1月，柳青长篇小说《在旷野里》经过整理之后得以发表，这是新世纪中国当代文学研究领域的一件大事，对柳青研究、对"十七年文学"研究而言都具有重大意义。《在旷野里》补充完善了柳青小说创作总体结构，拓展了柳青小说研究的新视域，对重写柳青的文学史地位有着极大的推动作用。《在旷野里》虽未完成，但其故事情节的整体结构、叙事形态的整体特征、美学风格的整体走向已然较为清晰。因此，这部长篇小说走进当代文学的研究视界，必将带来许多新的学术命题，产生许多新的学术成果。

《在旷野里》以新到任的县委书记朱明山为主要人物，以其串联起横跨渭河的陕西某县的社会生活、政治生活与精神生活，全方位地呈现了新中国成立初期的社会发展状态与人的思想状态。朱明山既是小说叙事的焦点，也是小说叙事者借以观察、描写、分析、审视其周围人群与社会的视点，因而在叙事与主题两个方面都具有举足轻重的作用。小说对朱明山这个人物形象的塑造也极具张力，将其在现实生活中遇到的种种困惑呈现得十分立体，同时也对其内心坚定的革命理想与稳固的道德品质用了较多行动细节、语言细节与心理细节进行详尽刻画，使其人物形象极其丰富、立体，可感可触的同时也可歌可颂。

一

《在旷野里》是柳青落户长安县的第一份文学成果，最能够验证其"打算写一部反映即将开始的农村社会主义改造的作品"①的回陕初衷，柳青"要求到西北下乡，并表示这次到西北后不再离开，以便将来即时写作反映社会主义革命和建设的作品"②。因此，《在旷野里》既是柳青文学创作道路上的重要成果，也是其在新中国成立之初对人生道路、文学道路进行主动选择的必然结果。

---

① 刘可风：《柳青传》，人民文学出版社2016年版，第110页。
② 邢小利、邢之美：《柳青年谱》（增订版），人民文学出版社2021年版，第41页。

因而，对柳青而言，它不仅仅是一部长篇小说，更是寄托了他"到我要反映的人民中去生活"①的社会理想与文学理想，是柳青此后文学历程的开端与见证。在此意义上，《在旷野里》可以视作柳青坚持文学的人民性创作观念的最好例证。

柳青亲身参加过延安文艺座谈会，后来也多次强调自己回到基层农村是受到毛泽东《在延安文艺座谈会上的讲话》精神指引，"我是拥护《讲话》基本精神的。因为这之前，我已经下了决心，要搞写作，就先到基层群众中去。"②这种观念早在陕北时期已经萌发于柳青的内心之中，然而1951年10月22日至12月23日作为中国青年作家代表团成员的访苏经历使得柳青最终坚定了回陕的决心。位于雅斯纳雅·波良纳的托尔斯泰故居引发了柳青关于作家与自然关系的深刻思考；列宁对高尔基的批评也引起了柳青的自我思考："在苏联参观访问时，托尔斯泰的生活方式也许对他有一些启发，生活在自己要表现的人物环境中，对从事文学事业的人是最佳选择。他经常想，列宁曾批评高尔基后来常住莫斯科，而不到他应该描写的人民中去，并不断催促他，让他到他应该继续了解和熟悉的人

---

① 刘可风：《柳青传》，人民文学出版社2016年版，第110页。
② 刘可风：《柳青传》，人民文学出版社2016年版，第453页。

们中去。柳青回陕西农村的想法在这时候已经十分明确坚定。"① 访问结束回国后，柳青加快了自己回陕落户的实际步伐，并在次年最终实现。

1952年5月25日傍晚，柳青登上了开往陕西的列车，次日抵达西安。此后的四个月，柳青在西安周围寻找落户之地，其最终目标则是远离他早已熟悉的陕北乡村、到可以提供写作素材的乡村去。"全国刚刚解放，巨大的政治变化，必然带来经济和各种社会心理的变化，柳青希望所去的地方能迅速、明显地反映出这种变化"，因而，"应该在西安附近落户，但离城不能太近，既要有浓郁的乡土乡音乡情，又能回避城市对他的各种干扰，离城太远也不好，'农村包围城市'的时代已经过去，城市在国家生活中的特殊作用显而易见"②。基于此种考虑，柳青最初选择的是泾阳县，因为该县的泾惠渠流域新中国成立前后的农民生活有着巨大变化，有可能成为好的写作素材。在西北局有关领导的建议下，柳青最终选择了长安县，该县驻地韦曲镇离城只有12.5公里。9月1日，柳青正式到韦曲镇，暂住长安县县委大院的平房，并兼任长安县委副书记，分管互助合作工作。至此，柳青在长安县十四年的社会生活

[①] 刘可风：《柳青传》，人民文学出版社2016年版，第110页。
[②] 刘可风：《柳青传》，人民文学出版社2016年版，第113页。

与文学创作拉开了序幕。《在旷野里》的叙事起点同样以新任县委书记朱明山到位于渭河两岸的某县任职开始,此后的经历与柳青在长安县所做的工作有诸多相似之处。至此,柳青写作《在旷野里》的背景与基础已经形成。现实中的柳青与小说中的朱明山相关联、相类似的经历还有:多次参加长安县委会议、参加长安县互助组长训练班,并为学员讲课,深入长安县农村、组织基层互助组整顿工作,参加县、区、乡"三干会"等。1953年3月4日,柳青辞去长安县委副书记职务。3月6日,柳青借住皇甫村的常宁宫,开始了《在旷野里》的写作,直至10月7日,未完成即放弃。

  上述写作背景反映了柳青创作《在旷野里》的基本动机,那就是反映新中国成立后广阔乡村的巨大变化,尤其是在农村社会主义改造过程中干部与农民经历的思想洗礼;也反映了这部长篇小说的创作方法,即深入农村、深入群众从而发现社会现实生活中存在的种种问题与迹象,进而凭借实际工作经验加以思考、以形象的文学手法加以呈现。值得关注的还有这部长篇小说及其之后的《创业史》所具有的写作姿态,既不是纯粹的干部身份,也不是纯粹的农民视角,而是始终坚持作家的社会立场和知识分子的精神立场。"在长安的14年,柳青的角色意识非常明确或者说非常单纯:他是一个作家。

甚至，他终生都很明确，他是一个作家，他要当一个作家，而不是其他……在长安县皇甫村，柳青第一不是当官来了，第二不是当农民来了，他就是一个'深入生活'以为创作的作家。"①这些特征对柳青创作《在旷野里》的过程是至关重要的，对理解这部长篇也是极其重要的。

二

在《在旷野里》面世以前，柳青的长篇小说共发表有三部，分别是《种谷记》②《铜墙铁壁》③《创业史》④。因此，在柳青长篇小说创作序列中，《在旷野里》恰好位于《铜墙铁壁》之后、《创业史》之前，其叙事形态与美学风格与前后的作品既有紧密关联，又有明显差异。

在叙事形态方面，《在旷野里》与其他三部长篇均取材于现实生活、同步表现社会发展进程。《种谷记》《铜

---

① 邢小利：《柳青一生的四个阶段——〈柳青年谱〉后叙》，《西北大学学报》2016年第1期。
② 1945年初稿、1946年二稿，1947年7月大连光华书店第一版。
③ 1949年2月至12月初稿、1950年二稿和三稿，1951年9月人民文学出版社初版，原名《人民的力量》。
④ 第一部1959年4月至11月在《延河》杂志记载，1960年5月中国青年出版社出版单行本；第二部于1977年6月在中国青年出版社出版。

墙铁壁》表现的是陕北的革命斗争与农村生活；《在旷野里》《创业史》则跟随着柳青的脚步将叙事场景转向了关中大地。前两部长篇关注的是社会主义革命和建设时期的农村与农民；后两部则聚焦于社会主义革命和建设时期渭河两岸的乡村巨变。1952年9月30日，柳青写下了这段话："我已经下了决心，长期在下面工作和写作，和尽可能广大的群众与干部保持永久的联系。"①《在旷野里》的朱明山自愿从陕北调到关中、从高级领导机关走进县里甚至走向田间地头同样也是在不断践行人民路线，走进人民中去。在赴任的火车上，朱明山已经下定决心要接受新的挑战：

  从今天下来以后起，在他生活的路程上要开始一个新的阶段了。他要拿困难的一九四七年离开他领导的那个区时，带着一群青年农民走上军事战线的坚决步伐，来走摆在他面前的这段路程。②

作为县委副书记的柳青与小说中的县委书记朱明山同样都在走向新中国成立之初的新时代与新生活，扎根到农

---

① 邢小利、邢之美：《柳青年谱》（增订版），人民文学出版社2016年版，第45页。
② 柳青：《在旷野里》，中国青年出版社2024年版，第6页。

村去、解决社会现实中的各种实际问题,是他们共同的初衷。柳青从北京到长安县这个"下面"、朱明山从陕北的机关"下来",都是时代使命在他们身上的自动回应与自觉实践。朱明山坚定地走向了农村社会主义改造的核心区域,在工作中不断探索,最终取得了突出的成效。坚持人民路线,是朱明山人物性格的核心特征,也是柳青创作《在旷野里》的主要方法。因此,在柳青创作的总体特征呈现维度上,这部长篇是极具典型性的,代表了柳青创作道路的整体走向。

在美学风格方面,《在旷野里》在前期长篇小说创作的基础上形成了圆融成熟的艺术风格,并为《创业史》的创作奠定了良好的艺术基础。从艺术上看,这部长篇小说是柳青长篇小说创作的承续与转折之作。这种历史地位包含以下几个维度。其一,人物性格塑造成为小说叙事的重点,推动着小说情节的进展。与《种谷记》的重风俗、《铜墙铁壁》的重故事相比,《在旷野里》始终将叙事焦点对准朱明山这个主要人物形象,外在层面上以他领导本县的治虫行动为线索,内在层面上则以朱明山内心围绕着家庭、婚姻、爱情的种种思想变化为线索。这种叙事方式的转变为《创业史》的叙事建构及其对梁生宝这个典型形象的成功塑造打下了坚实基础。同时,这种变化也意味着柳青小说美学进一步向着现代小说传统迈进。其二,叙事动作与心理刻画的关系在这部长篇中融合得更加精准，小说在动与静之间的叙事节奏接近于完善，标志着柳青小说叙事的建构能力与把控力度大大加强。《在旷野里》以极其精练的情节结构与心理展示建构起了丰富、广阔、有深度的叙事空间，将新中国成立之初乡村干部与群众在生活与心理两个层面的巨大变化与艰难转型描写得十分充分，使这部小说既具有重要的审美价值与文学史意义，也具有重要的社会历史认知意义。其三，从这部长篇开始，大量的自然环境描写及其有效的情节推动功能、人物心理展示功能、叙事节奏调节功能都开始成为柳青小说创作的突出特点。这种特点的直接表现是小说中大量自然风景取代了之前小说中富有政治隐喻、社会主题与文化想象的主观风景。《种谷记》以太阳吹散大雾、天空一片洁净结束，其中的象征意味十分明显；《铜墙铁壁》多以风俗世情来衬托地域性的革命斗争、风景描写基本消失了。但在《在旷野里》，风景描写则随处可见。例如，小说开始时，朱明山坐在火车车厢里：

> 凉风从纱窗里灌进来，甚至钻进人们的单衣里面，叫人浑身上下每一个毛孔都觉得舒服。透过纱窗，眼前展开了一眼望不到边的已经丛茂起来的秋庄稼，远远近近地隐蔽在树林子里的村庄，一节看见一

节又看不见的、反射着阳光的渭河，以及那永远是那么雄伟、那么深沉、那么镇静的和蓝天相衬的黑压压的秦岭……①

这段描写突出了小说全部情节的地域特征，将周遭环境与人物心理紧密结合，将人物内心幽微的情绪与状态转化成可见可感的外在风景，将人物性格的主要特征转化成形象化的河流与山川，为小说全文对朱明山性格与人格的塑造打下了基调。同时，"秋庄稼""村庄""渭河""秦岭"也是全部故事情节的总体环境，这些空间场域在后续情节中慢慢地逐一成为叙事场所，可以看作全部叙事的总纲与后续情节的伏笔。朱明山刚一到任就下到区、乡、村三级领导治虫工作，大量的自然环境描写为小说的地域叙事提供了足够的细节支撑，更重要的是，这些风景叙事也为塑造朱明山这个人物形象提供了充分的心理视域，为人物性格刻画提供了巨大的心理空间。"旷野"与其中的风景变成了小说中不可或缺的有机部分，这在柳青小说中是较为独特的。"中国现代乡土小说整体上崇尚风景美，但'十七年'时期的乡土小说却是显著的例外。这一时期的乡土小说大都没有丰富的风景书写，即使有所描写，其内

---

① 柳青：《在旷野里》，中国青年出版社2024年版，第3—4页。

涵特征和表现方式也具有鲜明的时代性。"[1]在此背景下，《在旷野里》将风景描写与情节推进、人物塑造十分娴熟地融合起来的特征就必然具有重要的文学史意义，对理解柳青的整体美学风格与理解十七年小说的美学进展都具有重要意义。

将《在旷野里》还原到柳青的长篇小说创作序列之后，其在叙事形态与美学风格两个方面的独创性、转折性、有机性就变得十分重要。正如著名评论家、《人民文学》主编施战军所言："没有《在旷野里》全新的发现式创作，就没有《创业史》的全新的纵深式叙写。它的文学史意义是毋庸置疑和无需多言的。"[2]尤其是《在旷野里》对《创业史》的先导作用，值得充分重视和深入探究。

三

1951年，柳青在北京修改刚刚完成的《铜墙铁壁》。此时，他听到了从周而复在上海组织的《种谷记》座谈

---

[1] 贺仲明：《文学风景中的权力与传统——以"十七年"乡土小说为例》，《文艺研究》2023年第8期。
[2] 施战军语，见舒晋瑜：《以柳青的文学精神与新时代作家对话——访中国作协党组成员、书记处书记、〈人民文学〉杂志主编施战军》，《中华读书报》2024年1月17日。

会上传来的批评声音,其中有一种观点认为《种谷记》这部小说"情节沉闷,故事前后不到两个星期,重要人物不多,群众多得数不清"[①]。这些批评意见得到了柳青的认真吸纳,并反映在了《在旷野里》的创作之中。在人物塑造方面,《在旷野里》的重点人物十分突出,性格特征也较为立体,其对小说整体叙事的建构作用明显得到了有效强化。毫无疑问,《在旷野里》人物形象塑造的成功为《创业史》做好了铺垫、打下了基础。经过这部长篇小说的创作过程之后,柳青塑造人物性格、设置人物关系、深入人物内心的综合能力趋于成熟,也可以说,这部小说是柳青长篇小说创作走向成熟的标志。

《在旷野里》的现存篇幅总共出现了二十二个人物形象,它延续了《铜墙铁壁》以革命伟人为主要形象的人物设置,但人物性格更加立体、人物关系更加复杂、人物形象的社会层面更加全面。在地区、县、区、乡、村五级结构中,这部小说一方面以县委书记朱明山为核心人物,辅之以赵振国、冯光祥、吴生亮、李瑛、白生玉、崔浩田、蔡治良等组成的正面人物形象谱系,处于叙事视野的主动位置,得到了较多的性格塑造与心理刻画;另一方面以县长梁斌为核心,辅之以张志谦、郝凤岐、徐永秀等组成被

[①] 刘可风:《柳青传》,人民文学出版社2016年版,第103页。

反思者形象谱系，处于叙事视野的被动位置，其思想与实践中不符合现实的部分得到较多呈现。另外，朱明山的妻子高生兰与冯德麟、胡明然、常书记、何检察长等人物在现有篇幅中并未正面出场。这种人物设置与《种谷记》《铜墙铁壁》相比有几个维度的新变化。

首先，朱明山与梁斌分别构成两个人物谱系的双重中心，既在彼此之间构成审视与被审视的关系，又在双方生活方式、思想方式、工作方式等方面的巨大差异呈现了农村社会主义改造时期干部思想的复杂性。"老区干部没文化，一套老经验已经使唤完了。新干部起来了，有文化，虽说有些不实际，劲头大，开展快……"（赵振国）"革命的饭总算吃下来了，建设的这碗饭，没文化没知识，恐怕不好吃。"[1]（白生玉）这些话语形象说明了干部队伍从革命战争时代转向社会主义革命和建设时期所面临的艰难转型。同时，小说并未将朱、梁二人完全对立起来，两人在实际工作中虽然存在不少分歧，但朱明山始终注意与梁斌的团结，共同推动治虫工作的有效展开。

其次，小说对不同的人物形象采用了不同的塑造手法，赋予了他们程度不同的笔触与深度，使得这些人物形象分别具有了鲜明的个性特征。对朱明山，小说赋予了最

---

[1] 柳青：《在旷野里》，中国青年出版社2024年版，第69页。

多笔墨与手法，使得其形象特征变得致密、综合、立体，成为小说叙事推进的主要动力与主题生成的主要源头；对梁斌，小说多用侧写、转述或者简单的人物素描，他的工作方式及其危害也多是通过赵振国等的视角加以展示。"小说以对比手法写了工农干部出身的县委书记朱明山与知识分子出身的县长梁斌不同的工作态度和作风，肯定了朱明山深入农村基层，调查研究，听取专家和农民的意见，切合实际的工作态度和作风，婉转地讽刺和批评了梁斌浮在面上的官僚主义、形式主义、本本主义和教条主义的工作态度和作风，同时也对梁斌等干部贪图享受、权力私用等生活方式进行了揭示和比较尖锐的批评。"[1]这部小说以辩证的眼光、深入的思考、温情的笔触完成了兼具力度与温度、反思与理解、建设与讽刺的叙事创新，足以成为"十七年文学"在人物塑造维度上的又一个成功个案。

最后，数量繁多的人物形象构成了多谱系、多层次、多性质的结构关系，上下级关系、干群关系、同事关系、爱情关系、家庭关系等主要社会关系类型均有涉及，网状的人物结构与立体交叉的人物图谱保证了小说叙事的时间长度、空间广度、主题深度与叙事密度，使其在丰富性与

---

[1] 阮洁、邢小利：《一个新时代开始的欣喜与警觉——读柳青长篇小说佚作〈在旷野里〉》，《中国当代文学研究》2024年第1期。

多义性等维度上远超前期创作,人物塑造的精巧程度与完善程度堪与《创业史》媲美。同时,《创业史》的人物关系设置有着对《在旷野里》的显著承续,将繁多的人物形象进行谱系化是两者的共同方式,但这种方式在早期柳青小说创作中并不多见。更重要的是,通过这种设置方式,柳青的长篇小说深刻把握了社会现实与时代特征,以独特的审美方式呈现了对农村社会主义改造的深入思考,也以典型的现实主义小说观念创造着典型的社会主义人物形象。从《在旷野里》到《创业史》,柳青的小说之路从成熟走向了成功。

在二十余个人物形象中,朱明山无疑是集中了最多叙事功能与主题蕴含的那一个,是这部长篇小说最大的成功之处和最重要的叙事成果,也是其奉献给中国当代文学的最重要遗产。在这个人物身上,柳青传达了自己对新中国成立初期社会现状的深刻理解,蕴含着柳青突破自己以往人物塑造的探索性尝试,也是其实验自身小说美学的必然产物。根据柳青女儿刘可风的理解:"一九五二年父亲从北京初回陕西,就对当时的整党工作做了社会调查,而书中所写的治虫工作,他闲谈时提到过,我估计这里有他的亲身经历。特别是书中说县委书记在一项工作的初期要往先进的地方跑,及时总结经验和规律,然后就多往后进的地方跑,以便帮助后进,指导和改进全局工作。他说这是他的工作经验。"①可见,朱明山这个人物之中包含着许多柳青的感同身受与深思熟虑,是柳青长期扎根基层群众基础上创造出来的典型形象。如果说梁生宝是合作化运动的缩影,那么朱明山就是社会主义建设初期干部队伍的典型代表,也是柳青的自我意识在小说所建构的叙事空间中的生动投射。在此意义上,与梁生宝等形象相比,柳青在朱明山这个人物身上投入的主体情感是最多的,使其性格所具有的结构与细节也是最完整、最丰富、最立体的。

小说在塑造朱明山这个人物时,主要将其放置在处在渭河两岸的治棉蚜虫工作之中,现有篇幅的主要内容是其从县委下到渭河北岸的渭阳区,然后又到南岸的河口区,领导当地的干部群众逐渐取得治虫工作阶段性胜利的过程。在此过程中,朱明山的性格特征主要在三个层面展开。其一是朱明山所领导的治虫工作所遇到的困难以及在其带领下逐渐取得成效的社会层面,这方面集中展示了朱明山作为优秀的领导干部和富有经验的管理者所具有的种种素质,也呈现了他对农村社会主义改造的深刻思考,塑造了朱明山的阶级特征;其二是朱明山与上下级、同事、基层干部、普通农民等的关系模式与相处方式,多层次表

---

① 邢小利:《柳青长篇小说佚作〈在旷野里〉考述》,《人民文学》2024年第1期。

现了其日常工作状态，塑造了朱明山的职业特征；其三是朱明山与妻子高生兰略显紧张的夫妻关系、与李瑛朦胧又克制的爱情关系，从内在心理与精神品格方面塑造了他的个性特征。三个层次相互关联与配合，共同形成朱明山性格从外到内的三种状态，使其性格的丰富复杂远远超越了此前的小说创作，甚至与梁生宝相比也毫不逊色。这种处理方式既来自柳青对当时干部队伍的深入了解，更来自柳青已经逐渐成熟的小说美学，尤其是其对现实主义创作观念中典型人物的独特理解。"人物的社会意识的阶级特征、社会生活的职业特征和个性特征，互相渗透和互相交融，形成了某个人的性格，就是典型性格。三种特征不是混合起来，而是活生生地结合起来，成为一个活的人，就是典型。没有阶级特征不能成为典型，没有职业特征也不能成为典型，没有个性特征也不能成为典型。三种特征高度结合，就具有充分的典型性。三种特征有一种不充分，就是典型性不够。三种特征缺少一种，就不是典型了。"[1]朱明山这个人物形象达到了柳青所强调的"三种特征高度结合"的创作要求和审美高度，无疑是柳青小说美学的自觉实验与成功案例，是其人物形象塑造走向成熟

---

[1] 柳青：《美学笔记》，载《柳青文集》第四卷，人民文学出版社2005年版，第278页。

的标志。同时，在总体上显著的现实主义基调之外，朱明山这个人物形象中还自然而然地包含着许多内视与自省："朱明山面对现实时不仅仅是乐观的，也有惶惑、担忧，这类生活里的某些深在迹象，柳青敏锐而且准确地观察到了把握住了，有界限的自忖、知戒惧的愧意，不仅使人物形象更立体，也让作品在不觉中带有了现代感。"①

除朱明山外，小说中的李瑛也具有较为完整的生活经历、较为立体的性格结构，得到了较多的心理刻画。这个典型的社会主义新人形象拥有明朗热烈的性格，踏实工作，大胆追求自己的理想爱情，既拥有许多美好的个人品质，又有着对革命工作的热情执着。对于社会的未来发展，李瑛具有充足的乐观主义精神：

> 无论在县上、区上，或者在农民的小屋里，她只要眼一睁就意识到新的生活向她展开了多么远大的前途。她快活得走起路来经常哼着流行的爱国歌曲，当一个人不存在个人烦恼和社会忧虑的时候，幸福的感觉竟没有时间、空间或任何其他客观条件的限制了。②

---

① 施战军语，见舒晋瑜：《以柳青的文学精神与新时代作家对话——访中国作协党组成员、书记处书记、〈人民文学〉杂志主编施战军》，《中华读书报》2024年1月17日。
② 柳青：《在旷野里》，中国青年出版社2024年版，第80—81页。

对于自身的生活道路，李瑛又有着清醒的认识，认清张志谦的自私自利与脱离群众之后，她坚决与他决裂。在人物经历与性格特征上，李瑛与徐改霞有着紧密的精神联系。"改霞的思想像她的红润的脸蛋一般健康，她的心地像她的天蓝色的布衫一般纯洁。她像蜜蜂采蜜一般勤地追求知识，追求进步，渴望对社会贡献自己的精神力量，争取自己的光荣。对这个二十一岁的团支部委员来说，光荣就是一切。她简直不能理解，一个人在这样伟大的社会上，怎样能不光荣地活着。"[1]相似的精神质地使得李瑛与徐改霞成为柳青长篇小说中两个最重要的女性人物，闪现出同样的时代光芒与精神魅力。

虽然个别人物形象未能充分展开甚至还没有出场，但多数人物形象已经能够从小说情节之中站立起来，拥有了丰富立体的性格结构，也能够有效地推动叙事进展。即使如梁斌、张志谦这样带有负面色彩的人物形象在十七年文学史之中也有独特的历史意义。他们"在柳青的创作中，还是很独特的。从当代文学史考察，梁斌这样的文学形象在当代文学中还要晚几年才能出现"[2]。以朱明山、李瑛等为代表的正面人物形象极大丰富了柳青长篇小说的人物画

---

[1] 柳青：《创业史》，中国青年出版社2009年版，第164页。
[2] 阮洁、邢小利：《一个新时代开始的欣喜与警觉——读柳青长篇小说佚作〈在旷野里〉》，《中国当代文学研究》2024年第1期。

廊,也将为中国当代文学提供重要的研究对象。经由《在旷野里》,柳青的人物塑造能力获得了极大提升,其小说美学探索也取得了成功,为《创业史》的创作提供了充分的实践基础。

结　语

"《在旷野里》的思想与艺术,更突出了柳青这位深入生活的作家的人格和思想,表明柳青在新中国成立之初,即有伟大作家所具有的特有品质,他有极其敏锐地发现和思考,也有提笔写作。同时,《在旷野里》这部作品在今天发表面世,对柳青的研究及当代文学的研究,也都是极有意义的。《在旷野里》将丰富当代文学的艺术画廊,特别是丰富甚至改写'十七年文学'早期创作的某些艺术格局。"[1]柳青《在旷野里》必将作为极其重要的文本嵌入"十七年文学"乃至中国当代文学的历史进程之中、成为新的经典之作,其所具有的自觉的创作观念、完善的叙事结构、丰富的人物性格、普遍的景物描写、生动的方言风俗等使其成为一个完成度极高的文本,给柳青研究带来全

---

[1] 阮洁、邢小利:《一个新时代开始的欣喜与警觉——读柳青长篇小说佚作〈在旷野里〉》,《中国当代文学研究》2024 年第 1 期。

新的视域与课题。其文学史意义必将引起充分认识。《在旷野里》又是构成柳青长篇小说演变史的重要作品。无论是将其还原到柳青长篇小说创作的完整序列还是分析其与前后作品的承续与转折都有着十分重要的文学史意义。当然，最值得关注的仍然是柳青在这部长篇小说中展现出来的一贯的现实主义精神、人民性立场、创新性观念以及为时代、为人民、为民族而写作的自觉意识与责任担当，这是柳青文学精神的核心特征，也是当下的文学创作可以从柳青创作中汲取的丰富精神遗产。

对"初心"的最早警示
——读《在旷野里》

阎浩岗

柳青的未完成长篇《在旷野里》虽然写于1953年,但直到2024年才在《人民文学》公开发表,并由中国青年出版社出单行本。小说写的是1951年的故事,在当时算是反映刚刚发生或正在面对的现实,在七十余年后的今天回看这一历史文本,则能发现其除了文学审美价值和历史文献价值,还具有重要的现实意义和哲理意味。

像作者后来创作的《创业史》一样,《在旷野里》开篇即显示出强烈的"历史时间"感:故事时间是1951年7月初到本月中旬,主要讲的是关中渭河流域某县县委书记朱明山领导本县干部和群众治理棉蚜虫的故事,但是,朱明山在火车上读到的报上关于"朝鲜停战谈判即将在开城举行"的重要国际新闻,却并非与主干故事毫不相干,因为它们都是正在进行的历史进程中的一环：如何治理棉蚜虫与社会主义建设事业有关，朝鲜战争与社会主义和资本主义两种不同的现代性构想的大冲撞有关。而通过治虫工作显示出来的党的领导干部不同的思想观念、工作态度、工作作风，反映了在进入和平年代、进入社会主义建设阶段之后，党员干部面临的是不忘初心、继续将个人的生命融入党的伟大事业，还是将自己战争年代积累下的政治资本变为特权、追求个人物质享受和精神优越感，这两种不同的人生选择。

　　作品中的县委书记朱明山和县长梁斌，分别选择了前者与后者。朱明山不留恋大都市、离开高级领导机关，主动要求到基层、到县里去工作，正是因为他不认为战争年代结束了，为远大理想而进行的奋斗就停止了，就可以营构个人的安乐窝，为个人和小家庭的利益而工作了。梁斌则将主要目标锁定于个人权力的最大化、个人优越感的获取，说到底，他忘了共产党建党的"初心"。作者明显站在朱明山一边，通过情节与细节对梁斌予以批评和讽刺。小说中忘记"初心"或个人初心与党的"初心"原本就不一致的干部，并非仅有梁斌一人，公安局长郝凤岐、区委书记兼治虫工作组组长张志谦、县长政务助理秘书王子明，其言、其行、其思均已离开党的"初心"。这些人与新世纪的今天的官僚主义者乃至贪腐官员同属一类，所以着墨多少不同的这几个人物形象,对今天仍有警示作用。

  干部的价值追求与精神世界决定了其工作作风与工作态度。面对严重的虫灾,梁斌和张志谦并不像受灾农民那样心急,他们似乎完全不了解农民和农村干部的心理,连续作几个小时的报告,贻误宝贵治虫战机。这使人联想到丁玲《太阳照在桑干河上》中的文采同志。不了解农民心理,主要不是工作能力问题,而是因他们没有把农民的利益、农民的情感放在心上。除了上述四位干部,朱明山的妻子高生兰"思想在大的方面空虚了,失掉了理想,模糊了生活的目标""根本没有什么制度和原则的观念了"[①]。高生兰早年也是有革命理想的人,但在进入和平年代并当了"官太太"之后,对工作懈怠、对手下人颐指气使,正朝着官僚主义者发展。或许,在今天许多人看来,梁斌和郝凤岐式干部固然可恶可鄙,而高生兰历尽艰辛,境况改善之后有点个人打算、更多"顾家"、疼爱自己的孩子却无可厚非。但《在旷野里》《创业史》的叙事伦理,都是以将过去的奋斗、今天的工作及日常生活与未来更合理、更美好生活的创建联系在一起的宏大叙事为依托的。在这一叙事伦理和价值系统中,高生兰的思想行为与梁斌、张志谦等人的思想行为必然同样是否定的对象。

[①] 柳青:《在旷野里》,中国青年出版社2024年版,第118页。

在新民主主义革命时期，中国共产党在社会动员方面取得的成就举世罕见，亘古未闻。这种社会动员使"现代性"直接辐射和渗透到全国每个角落，将一盘散沙的社会凝聚为一个有机整体。这是党领导人民建设历史上从未有过的新型社会、新型文化的必备条件。作品开头写列车上来自社会各阶层的旅客关心时事、精神振奋，"一九五一年爱国主义的高潮在这节车厢里泛滥起来"①的情景，还有第八章写朱明山和赵振国月夜骑车下乡时的情景：

> 远远近近的村里，人们用传话筒喊叫着什么，宣布着什么，这村那村混搅成一片，什么也听不清楚，只知道几乎每一个村庄都在进行着夜间的社会活动。②

这是无产阶级革命发生前的自然乡村不可能出现的新型田园风光。这种情景在以后的几十年里将成为中国大陆乡村的常态。这种新型的现代性文化有别于另一种现在进行时的现代性文化，即资本主义文化。相对于封建文化，资本主义文化是更先进的现代性文化，它肯定个人独立价值、肯定人的物质欲望和现世世俗享乐的合理性，将物欲

---

① 柳青：《在旷野里》，中国青年出版社 2024 年版，第 9 页。
② 柳青：《在旷野里》，中国青年出版社 2024 年版，第 64 页。

追求作为社会生产力发展的原动力。这种资本主义制度和资本主义文化在欧美发达国家已建成了二三百年，它显示出其相对于封建社会的优越性，但其制度弊端与文化矛盾早已彰显。20世纪30年代以来，苏联率先建立的社会主义制度显示出其新的活力，与当时弥漫资本主义世界的经济危机形成对比，造成"红色的30年代"。"二战"结束后，社会主义与资本主义两种现代型制度与文化进入冷战时期，1950年终于爆发了朝鲜战争的局部"热战"。《在旷野里》的故事正是在这一国际和国内大背景下发生的，柳青正是以国际国内空间视野、"历史—现实—未来"的时间观念展开叙事的。以朱明山为代表的优秀共产党人通过艰苦卓绝的工作所要展示的"优越性"，既是相对于以往的封建主义制度和文化，又是相对于现实中的资本主义制度和文化。

要建设社会主义制度和文化，需要全党和全国人民统一思想，形成合力。虽然新民主主义革命已经取得成功，但夺取政权、进入和平建设年代后，党的干部面临自己原先并不熟习的新形势。此时，"反封建"的任务尚未彻底完成——面临棉蚜虫灾时，农民群众的封建迷信思想和听天由命的态度，成为阻碍其战胜灾害的巨大障碍；而党员干部中逐渐滋生的不良倾向和作风，同样成为前进中的障碍或隐患。领导干部思想认识、工作作风和工作态度问题，是这部小说的主题之一。

在新民主主义革命时期，反对国外的帝国主义和国内的封建主义以及官僚资本主义被确定为主要任务；新中国成立后，毛泽东认为工人阶级和资产阶级的矛盾成为国内的主要矛盾[1]，他将资产阶级思想的侵蚀作为党的干部所面临的主要危险。资产阶级的个人主义、现世物欲追求对于没有或失去崇高理想和远大目标的人来说，具有强烈的诱惑力。几十年来的历史已经证明，那些堕落贪腐的领导干部正是私欲膨胀的个人主义者。资产阶级价值观迎合人的世俗本性，稍不留意就会被其俘虏。领导干部因为掌握公共资源和权力，如果没有共产主义远大理想，则必然会将职务变成特权，将公权力变成满足个人私欲、将个人利益最大化的工具，党的初心和远大目标对他们来说就仅仅是个幌子，大会上讲的"大道理""原则话"就与其内心深处真正的处事准则严重背离。《在旷野里》的县长梁斌和县公安局长郝凤岐就是这样的干部，张志谦和高生兰正在往这一方向下滑。而社会主义、共产主义价值观是一种超越性价值观，它要求社会成员特别是党的领导干部克制私欲，将集体主义置于个人利益之上，将今天的每一项工作与共同的理想和未来远大目标结合起来，将为实现集体的

---

[1] 毛泽东：《现阶段国内的主要矛盾（一九五二年六月六日）》，载《毛泽东文集》第六卷，人民出版社1999年版，第231页。

远大理想而奋斗的过程视为自己人生价值和意义之所在。小说中的县委书记朱明山以及柳青其后创作的《创业史》中的梁生宝，属于这样的典型人物。李瑛虽然年轻，也正向这一高度发展。白生玉等文化水平不高的工农干部如果重视学习，也有望成为朱明山、梁生宝式的干部。

小说的另一个主题是"学习"：工农出身的干部需要学习，知识分子干部同样需要学习。工农干部要学文化、学理论、学习在新环境中如何开展工作，知识分子干部除了要学习如何深入群众、了解群众、发动群众，同样也要学习新的理论和新的知识。白生玉、赵振国是作风正派、工作扎实而缺乏文化知识的工农干部代表，朱明山是工农干部热心学习的典范。梁斌和张志谦是文化水平较高而不学习和接受社会主义新文化、工作作风不良的党员干部类型，李瑛则是虚心学习的青年干部。通过对上述不同类型干部褒贬臧否的不同描写，读者不难明了作者的价值指向。

关于知识分子和工农大众究竟应该谁教育谁、谁应该向谁学习，不同时期的意识形态动员有不同侧重：在马克思主义刚传入中国不久的年代，是首先接受马克思主义的先进知识分子对工农大众进行阶级启蒙；在发动工农武装斗争的年代，更强调知识分子向工农大众学习、与大众打成一片；在进入社会主义和平建设时期之后，则一方面号召知识分子继续向工农学习、进行思想改造，接受建设未来理想社会所需要的无产阶级思想体系，同时又强调"严重的问题是教育农民"[①]，因为在革命战争年代贫苦农民更多显示出其革命性一面，但分得个人土地之后的农民，思想深处的农民性、自发性会凸显，为建设以集体主义为本位的理想社会，这些也必须改造。《在旷野里》突出工农干部必须学习、跟上形势，正是基于这一点。但它表现这一主题的方式不同于萧也牧《我们夫妇之间》，虽然二者的实际结论都是互相学习。柳青的作品更强调知识分子和工农干部都需要学习。当时柳青和萧也牧属于同一大单位，萧也牧这篇小说他肯定熟悉，其遭遇会给他留下深刻印象。《在旷野里》不会使人误解为"丑化工农"，因为作品中的工农干部虽有缺点，但都是正面人物，而或多或少带有反面色彩的梁斌和张志谦是知识分子干部，郝凤岐则出身富农。

《在旷野里》故事发生的年代农业集体化尚未开始，七十余年后的今天全国城乡已进入市场经济时代，领导干部面临的考验，比朱明山和梁斌们要严重得多。在新中国成立之初，柳青写下这部具有预见和预言性的作品，如今正式公开发表和出版单行本，对于教育党的干部不忘初心、牢记使命，具有不可忽视的现实意义。

[①] 毛泽东：《论人民民主专政》，载《毛泽东选集》第四卷，人民出版社1991年版，第1477页。

在旷野里，在渡口边，在列车上
——论柳青《在旷野里》的隐含结构

叶 端

柳青的《创业史》是一部现实主义的巨著，也是当代文学最重要的作品之一。在中国农业社会主义改造的进程中，他放弃个人的物质享受，主动落户皇甫村，深入生活，为当地的农业合作化运动留下具有重要史料价值的文学记录。柳青不仅是一个旁观者、记录者，还是时代的参与者、推动者，他与当地农民打成一片，切身为农民的生活所需操劳。但是对柳青的评价，却往往把他置于过去的某个历史阶段，认为他的创作是一个时代的产物，在社会认识和文学表现上是"落后"的。这种评价既是出于他所极力实现的合作化，和后来在政策转变中把地分给农民包产到户的错位；也是出于他所极力提倡的集体主义精神，和后来在社会氛围中张扬的个人主义的错位。"就在他来京治疗的半年前（1977年11月20日），刘心武的短篇小说《班主任》在《人民文学》1977年第11期刊出。人们从作品释放的强烈信息捕捉到：50至70年代整整一个时代结束了。漫长的一个历史时期已成过去。而这个时代，正是《创业史》描写的中心。"①

柳青逐步加重的病情和不幸去世，使他没能完成原计划的四部《创业史》，也使他没能看到后来发生的事情，思考社会方向的变化。这种历史错位加重了柳青本身的悲剧性，但公允地说，并不代表柳青所描述的世界完全就是"过去时"，柳青的佚作《在旷野里》就给我们鲜明的启示。《在旷野里》共有7万余字，长度介于中篇和长篇之间。小说创作于20世纪50年代初，柳青到达长安县之后、写作《创业史》之前，相较于更早写作的长篇小说《种谷记》《铜墙铁壁》，笔法更纯熟，意味更凝练。可惜的是，这篇作品却在书斋里尘封了七十余年，才得以在《人民文学》2024年第1期刊载，由中国青年出版社出版。也正是因为时间的间隔，小说超越了时代的进程，直接展现在当下的社会语境之中，被发表和观看。这唤醒我们重新思考，今天，柳青为我们提供了哪种叙事，这种叙事是否仍具有有效性。

---

① 程光炜：《柳青、皇甫村与20世纪80年代》，《文学评论》2018年第2期。

一、旷野中的隐喻与隐语

对于柳青留下的未命名手稿,刘可风原命名为"县委书记",交给邢小利筹备出版。李建军阅读后建议用"在旷野里"作为书名,邢小利亦认同此名,"认为这个名字应该更准确和更理想"[①]。从"县委书记"到"在旷野里",政治意味减弱,隐喻性变强。这说明小说不是生硬地树立典型故事典型人物,而是具有一定的艺术性和审美功能。事实上,柳青本人是极擅长隐喻的。在文本呈现的现象表现之下,有一个隐喻的世界。

《在旷野里》的小说内容格外集中。故事围绕新中国成立初期,一九五一年的七月,陕西关中地区、渭河沿岸一座小县城,治理棉花虫害的事情展开。蚜虫吃棉花,导致棉花减产,甚至没有收成。小说形象地描写了虫害造成的触目惊心的景象:

有些棉叶因为蚜虫多到一疙瘩一疙瘩,被压得倒吊下去了;有些连棉苗的心尖儿都软了,即便在凉爽

---

① 邢小利:《柳青长篇小说佚作〈在旷野里〉考述》,《人民文学》2024 年第 1 期。

的早晨,也是有气无力地弯曲着,好像被疾病折磨得直不起脖子的人,引起多少人怜悯的叹息。①

棉花是人民日用所需,领导者紧抓棉花,说明对生产本位的重视。棉花和粮食相比,又具有更多经济属性。当主人公朱明山还在前往县城的火车上时,就有农民向他报告了把自己种的棉花送给国家的收花站、帮助工厂生产的事情。正如小说开头所引:"严重的经济建设任务摆在我们面前。②"棉花减产后,不仅无法完成生产目标,还会影响到后续一系列发展和规划。蚜虫对棉花造成的负重,是对农民的负重,也是对"新生国家的工业生产"③的侵犯。

因此,"除虫"在小说中具有强烈的象征性。其象征性既在于棉花本身,作为农业和工业生产的代表,也在于除虫的方式和方法上。柳青为"除虫"添加了双重的隐喻。

首先,柳青把"除虫"比作战斗,形成当时正在发生的朝鲜战争与"除虫"的对读。过去两年,朱明山因为严重的肠胃病被西进部队"甩下来",之后"被迫"安置到办公室里工作,没能重上战场,报名要求去朝鲜做后勤工

---

① 柳青:《在旷野里》,中国青年出版社2024年版,第73页。
② 毛泽东:《论人民民主专政》,载《毛泽东选集》第四卷,人民出版社1991年版,第1480页。
③ 柳青:《在旷野里》,中国青年出版社2024年版,第40页。

作,也没有得到允许。朱明山一直惋惜没能去战场参加战斗,当他动员干部前去除虫的时候,也把"除虫"比作一场战斗——"很重要、很紧急、很艰苦,要用战斗的精神来完成"①。同时,他又清晰地指出了战斗的对象——干部们要与危害棉花的蚜虫做斗争,而不是以此对待不愿治虫的农民——展现了一个富于战斗经验的领导者形象。

从过去在战场上的战斗,到当下仍在局部发生的战斗,再到新中国农业工业建设作为一场新的、更具考验的战斗。战斗的主题弥漫小说全文,使小说具有极强的紧张感、使命感。同时,按照战斗的程序、战斗的经验,既然是战斗,发动干部,组织,动员,有序地展开工作,就变得非常重要。和战场上的战斗相比,除虫的要点在于对农民的现代化教育。既要研究出效果好的配方对付蚜虫,也要通过除虫的成果打消"农民'靠天吃饭'的神秘思想和迷信行为——'天意''越说越多''成啥种啥'"②,从而让社会生产有序、高效地进展。柳青一直关注农业生产,自然也注意到农业技术的现代化问题。《创业史》中的韩培生就充当着农业技术员的作用,《在旷野里》又有植棉能手蔡治良。但即便如蔡治良一开始也是悲观的,棉田连着

---

① 柳青:《在旷野里》,中国青年出版社2024年版,第57页。
② 柳青:《在旷野里》,中国青年出版社2024年版,第51页。

棉田,"人家都不治,治了的那三亩又起来了"[1],无可奈何。只有全县一起高效地组织起干部和群众,才使蔡治良树立起信心。

在除虫的"战斗"中,人们不是以刀枪为武器,而是以喷雾器为武器。小说中分发喷雾器的场面,如同分发重要战略武器,是否有效地让有经验的人员使用武器,还是任由喷雾器被随意损坏,成为除虫成败的关键。毕竟喷雾器数量有限,"老百姓没见过那东西,这个一弄那个一弄就坏了"[2]。除虫战斗中的实战训练,正是发动干部完成群众教育的过程,并最终使群众掌握武器。小说最后也特意让喷雾器通过合作社贷给群众,使得喷雾器能够有效地继续使用。

如果说除虫和战斗的联系是显要的,"除虫"与整党紧密结合在一起,就不同寻常了。虽然故事的酝酿有一定的现实基础,比如柳青自己亲历了大量的农村工作,也具有"一九五二年七月至八月间他在中共中央西北局党校参加整党活动"[3]等实际经验,但一般来说,这是两个性质的问题。出于文学的形象构造,柳青敏锐地意识到了它们之

---

[1] 柳青:《在旷野里》,中国青年出版社2024年版,第85页。
[2] 柳青:《在旷野里》,中国青年出版社2024年版,第94页。
[3] 邢小利:《柳青长篇小说佚作〈在旷野里〉考述》,《人民文学》2024年第1期。

间隐含的对应关系,才会把除虫和整党放在一起叙述。对于整党的重要性,小说在开头和结尾都强调道:

> 我今天在火车上看见群众爱国主义的热情那么高,就想我们一定要教育干部,怎么把这种宝贵的热情引导到正确的方向上去。①

> 这才是主要的问题,所以要整党。毛主席总是抓一个时期里最重要的问题,我们不管在哪里工作,都要随时注意研究毛主席提倡什么、反对什么。你想十几年的战争里培养起来多少老干部?解决他们的思想问题,不比改造知识分子新干部的思想更迫切吗?他们散到全国,大大小小都是领导者哩。②

在整党的问题上,最显著的就是思想问题。如果说"除虫"是正向的隐喻,那么对于队伍里的一些不健康作风,柳青则以一种讽喻的修辞,不客气地利落地体现出来。这种不健康作风尤其体现在"开会"一事上。比如县长梁斌的"开会癖"或者说"讲话癖"。梁斌初次见到朱明山的时候,就关心地询问各种问题:"他问到朱明山

---

① 柳青:《在旷野里》,中国青年出版社2024年版,第30页。
② 柳青:《在旷野里》,中国青年出版社2024年版,第186页。

的家属为什么没有来,问到西安过党的三十周年生日的盛况,问到朝鲜停战谈判的前途,问到西安都市建设的进展……梁斌希望知道详情的样子,贪婪地细问着。"① 朱明山的态度与之相反:"只是简单扼要地回答,他好像毫不健谈似的不肯说很多话,又像这些问题都和他们眼前的问题距离很远似的吝惜着时间。"② 之后在县政府举行除虫动员会,"本来预定顶多开一个半钟头;可是梁斌一个人就讲了将近两个钟头的话"③。梁斌到渭河南岸的河口区负责除虫工作时,也是一口气作了两个多钟头的报告。小说辛辣地讽刺道:"一大片留着各式各样头发的人埋下头去,紧张地就着膝盖嗦嗦地做着笔记。手快的人写完以后,抬起头钦佩地望着县长抽着一支烟,又啜了两口茶。"④ 梁斌对于解决问题的办法是什么,小说给出的回答同样是开会:"我们要领导农民开很多会,特别是讨论会。为啥哩?因为不开讨论会,农民怎个相自己教育自己呢?这和我们搞土改领导农民开诉苦会是一样的哩!同志们,问题的关键就在这里!"⑤

---

① 柳青:《在旷野里》,中国青年出版社2024年版,第49—50页。
② 柳青:《在旷野里》,中国青年出版社2024年版,第50页。
③ 柳青:《在旷野里》,中国青年出版社2024年版,第56页。
④ 柳青:《在旷野里》,中国青年出版社2024年版,第126页。
⑤ 柳青:《在旷野里》,中国青年出版社2024年版,第127页。

小说屡次写到开会问题。梁斌发言多，而且爱谈大话空话，朱明山发言少，注重实际问题，形成鲜明对比。当过大学生的张志谦也喜欢讲话，副书记赵振国在高台区指挥工作时，张志谦的滔滔不绝使他如坐针毡：

  他几次想站起插言，要张志谦把话缩短些，拉到正路上来。可是他没有站起或者站起遛个弯又坐下了。他的插言也许会把会议的气氛搅乱，也许会使张志谦很难堪，这张志谦除了有点自负，还不算坏干部，而他自己在讲话方面又不行……

  "也许他快讲完了。"他一次又一次这样改变了主意。

  可是张志谦讲上没个完。第二项的第三点完了，还有第四点，也许还有第五点。①

赵振国坐立不安的尴尬，和他不愿意影响同志的苦心，使读者感同身受。

总之在小说里，正面人物多是不喜欢讲大话的，群众也支持他们的实干精神，反面人物则热衷于用话语吸引众人的目光、炫耀自己的口才和权力，引起群众的反感。李

---

① 柳青：《在旷野里》，中国青年出版社 2024 年版，第 107—108 页。

建军称之为"权力异感","追求这种感受的人,总是表现出对人和生活的傲慢态度,总是追求物质享乐、虚荣心和权力欲的满足感"[1],十分确切。在不恰当的时候喜欢开会是争夺话语权的隐喻,也是思想大于行动的隐喻。柳青以"开会"为隐喻,四两拨千斤,指出当时党内存在的形式主义和权力问题。这些问题在之后的社会运动中都得到印证,可见柳青对当时社会风气的细致观察和敏锐感知。

柳青善于从复杂的现实中抽象出代表性的事实,又从代表性的事情中分解出简明的意象。这种鲜明的对比也体现在小说开头是保留旧社会的果树还是无条件变成耕地、棉花长虫后是下决心除虫还是改种不一定吃得上的包谷、是优先处理棉花治虫工作还是征粮入仓等问题上。这些问题不是简单地抛掷,而是以一次次选择反映思想的动向。见微知著,以小见大,在隐喻转换间富含深意。

二、走哪一条路

小说开头,柳青花了极大的篇幅描述朱明山坐火车来到县里,交代他此番的来由和心境。在火车上,朱明山一

---

[1] 李建军:《提问模式的小说写作及其他——论柳青的长篇小说佚作〈在旷野里〉》,《人民文学》2024 年第 1 期。

方面感觉到周围人们对他的注目,一方面也在观察着周围的人。他是以一个"外来者"身份,第一次到这个陌生的县境的。尽管他孤身一人,对这里尚不了解,这里已经寄托了他的理想和情怀。在火车上,他为民众读报(虽然拿报纸的老人持不赞同的眼神),遇见正在专心阅读《论共产主义教育》的女干部李瑛,都代表着一种理想的情境即将发生。朱明山也正读着新近出版的《中国共产党的三十年》,但是"列车把朱明山带到他要去工作的那个县境内的头一站上,他就没有兴致继续看书了","他用一种比以前的几站特殊的注意力,向车窗外望着"。他望着窗外的景象,是一种重视,因为"这是他今后一个时期活动的地区"①,也是一种情感的投入。朱明山通过火车这一现代化工具进入一个古老的场景——农业生活。尽管此时他也面临一些家庭和情感的问题,工作和使命始终占据他的精神高地。因此,《在旷野里》与我们看到的另一类小说,如川端康成《雪国》开头的火车场景是完全不同的基调,个人主义的感伤让位于宏大的社会视野。

  朱明山来到县里,小说很快就引出了棉花虫害的问题,朱明山随即组织干部下乡灭虫。小说第七章召开治虫动员会,临行前,朱明山又把到各区去的组长召集来做了

---

① 柳青:《在旷野里》,中国青年出版社2024年版,第12页。

简短嘱咐。朱明山与其他参与除虫的干部约定在渭河边见，但是呼唤渡船开动、准备过河，已是第八章末尾的事情了。柳青为什么要花这么大篇幅写他如何去渡口？在别的小说也就是章节开头提一嘴"干部们经过连夜赶路在渡口会合"的事情。这就需要详细分析——谁、如何去渡口、和谁有过交集，在文中的具体安排。

首先，县政府运动场有十多辆胶轮大车，运送行李、喷雾剂、药品、自行车等。朱明山的行李也在上头，很大一部分人是跟在大车后面走路去渡口的。出发时白生玉站在一辆大车上帮助装车，到达渡口后又帮忙卸车，显然白生玉是跟着大车走的。白生玉看似是与主要故事线关系不大的闲笔，却不可或缺。出发前朱明山收到妻子高生兰的家信，没打开看，却在到达渡口后，特意与白生玉就他的家庭问题、他对梁斌的敌意做了细致的思想工作。此外，有的人虽然跟着大部队，却与其他人保持着距离，比如李瑛和张志谦。

其次，有的人是骑自行车走的，比如朱明山和赵振国。两位领导人一道骑着自行车，一路上展现农村乡土图景。他们半路赶上，先看到李瑛和张志谦两人远远地落在人群后边，因此谈起他俩的感情状态。紧接着，他们赶上大车后边的人群，就下了自行车，混在人群里说说笑笑走着。

此外还有个别脱离大部队的，比如梁斌，先是在县政

府分别时表示他的路近,"政府里还有些啰嗦事还要安排一下,晚走一步也赶上"①。小说第十五章交代他其实隔了一天才出发:

> 梁斌在县委书记兼县长的梦想里飘飘然过了些日子,直至朱明山到来。
>
> 朱明山和赵振国同干部们一起过了渭河的第二天上午,梁斌骑着马,通信员骑着自行车,到了渭河南岸的河口区。②

梁斌是唯一一个骑马去工作的,很见他的性格,而且明明与通信员一道走,却特立独行。他的拖延也不止这一次,朱明山刚到县委时,立刻与许多同志见了面,梁斌从通信员口中得知朱书记到来的消息,却不紧不慢地说有些报告要看,明儿一早回去。虽然看报告也有其必要之处,梁斌显然有故意拖延的成分,小说故作庄重地写道:"他一直工作到深夜。"③到第二天梁斌才就虫害的事情与朱明山商议。他还没来,朱明山得知有人在写报告,经验丰富的朱明山立时反应道:"要是在军队里发生了紧急情况

---

① 柳青:《在旷野里》,中国青年出版社2024年版,第59页。
② 柳青:《在旷野里》,中国青年出版社2024年版,第125页。
③ 柳青:《在旷野里》,中国青年出版社2024年版,第39页。

就这么搞，报告转来转去转到指挥员手里，也许早给包围了。"①第十七章朱明山去湄镇查看梁斌指挥的治虫工作时，梁斌也是一副拖拖拉拉的态度，给自己找借口。小说不无讽刺地写道：

"啊哈，朱书记，"当朱明山还在停放他的自行车的时候，梁斌好像好客的主人一样，粗壮的身子蹒跚着过来和他握手，"这几天我总想过河到渭阳来和你谈一谈，家里一天几回电话，走不成。"②

梁斌几次故意的拖延，见领导慢，出发治虫也慢，反馈工作也慢。这些看似是小事，却反映出梁斌重大的思想问题。就像梁斌梦想着成为县委书记兼县长一样，他总想着自己掌控事情的发展而不是听从指挥。事实上，"梁斌从副县长变成县长不久，大家就在私下议论他变成另一个人了"③。

就在朱明山赶去处理梁斌制造的烂摊子的路上，也是在渭河边，为了赶上渡船，朱明山与县公安局长郝凤岐有了一番纠纷。郝局长不仅带着一行穿制服和军衣的人、八

---

① 柳青：《在旷野里》，中国青年出版社2024年版，第40—41页。
② 柳青：《在旷野里》，中国青年出版社2024年版，第143页。
③ 柳青：《在旷野里》，中国青年出版社2024年版，第123页。

辆车子，神气十足，还要求船夫立刻把船撑走，不愿意稍等一会儿让朱明山上船。此时郝局长尚不知道朱明山的身份，就像小说一开始在火车上李瑛不知道邻座就是新来的书记一样。虽然他们都很快猜了出来："大家下了船。朱明山从神气的变化上看出那人已经感觉到他是什么人了。"①一样的场景，小说呈现出截然不同的道德取向。李瑛只是为自己的冷淡有些不好意思，很快便开朗地为他拿行李，朱明山也不以为意，郝局长的做派却使朱明山大为难过和恼怒，担心他带坏其他干部。接着，朱明山从县委组织部长冯光祥处得知梁斌对郝局长的种种包庇和纵容。归根结底，郝局长是梁斌的"自己人"。当朱明山的前任常书记被调走时，梁斌大为高兴，与郝局长、政务秘书王子明一块儿喝酒，这三个人在品性上几乎是一丘之貉。

如果说火车是进入故事的巧妙切口，渡口的设置则使小说有了在空间上延展的契机。走哪一条路，既是"个人选择"，也是"社会选择"。大部队虽然在一起，但里面潜藏着一些令人不安的因素，这些因素多半与家庭、爱情有关。在朱明山和赵振国骑行抵达渡口的过程中，先遇见李瑛和张志谦，又与两人擦肩而过，与大部队会合。朱明山和赵振国作为领导者，必然与大部队会合在一起，但他

---

① 柳青：《在旷野里》，中国青年出版社2024年版，第136页。

俩一路上的感触，却是和众人在一起时难以传达的。这种小说中的分岔与遇合，为思想的成熟、情感的铺垫留下机遇。而梁斌的单独行动，则代表了革命内部的问题和矛盾。郝局长之事，正是梁斌单独行动的余响。

好的小说是有诗意的小说，也是有呼吸的小说。从叙事安排来看，前往渡口的情节正是小说中的叙事停顿。朱明山刚布置完任务，干部们前往各个村镇，"战斗"即将打响。故事处在紧张、千头万绪的状况下，这个时候，紧张战斗氛围的中断，成为小说的呼吸之处。小说题目"在旷野里"也是出自这一段情节："两辆自行车在旷野上月牙照耀下的公路上飞奔。"[1]小说的情和意、人生关怀和生命意识，都在此处得到舒展。

三、《在旷野里》的"未完成性"

柳青没有给手稿留下书名和署名，经过邢小利对多方材料的对比分析，这篇佚作应该是未完成稿，"但它已经具备了一部长篇小说相对完整的内容"[2]。刘永春认为，小说"故事情节的整体结构、叙事形态的整体特征、美学

---

[1] 柳青：《在旷野里》，中国青年出版社2024年版，第62页。
[2] 邢小利：《柳青长篇小说佚作〈在旷野里〉考述》，《人民文学》2024年第1期。

风格的整体走向已然较为清晰"①。但是，小说为何会未完成？阮洁从柳青的处境和他在座谈会上的发言来分析，认为或许和写作时的时局有关："柳青对当时的文坛形势应该也有所感觉了，山雨欲来。"②李建军则认为，书稿的"未完"二字很可能是故意为之：一方面，作品对夫妻关系和"权力异感"的描写在当时可能引发敏感的联想，不是发表作品的时机；另一方面，"这部小说之情节推进和人物塑造，似乎已然没有多少伸展的空间。它基本上在该结束的时候结束了。它停在了人物关系交织和小说情节发展的'拉奥孔时刻'"③。

确实，从很多方面来看，小说已是一部完整的文学作品。小说的"完成性"首先体现在除虫部分的叙事上，小说写得相当完整，有力度，有层次。虫害已经基本得到解决，问题只是如何收尾、如何总结经验教训、如何处理接下来的粮食入仓，但这些未必是小说喋喋不休非要交代的。其次，小说的主题已经非常明确，那就是加强整党，组织和团结队伍，做对农民有实际帮助的工作。最后，小

---

① 刘永春：《自觉的现实主义精神与成功的叙事审美探索——评柳青长篇小说〈在旷野里〉》，《中国当代文学研究》2024年第3期。
② 阮洁：《柳青〈在旷野里〉：一半清气，一半锐气》，《文学自由谈》2024年第2期。
③ 李建军：《提问模式的小说写作及其他——论柳青的长篇小说佚作〈在旷野里〉》，《人民文学》2024年第1期。

说的人物塑造已经非常清晰，有关心群众、关心干部的好领导，也有自我陶醉、追求权力的坏干部，有有文化、善于言辞但拙于实际经验的，也有经验丰富、肯吃苦但缺乏文化学习的。柳青以朱明山为代表，就是赞扬他在战场和工作中积极出力，又通过自我学习掌握文化知识，兼具实干经验和文化素养的精神。此外任何一种偏废都是不理想的。小说中的所有人物，就是在理想的干部与有缺陷的干部的诸种可能性中，呈现各自独特的面貌。

那么，既然小说已经基本成型，又在何种程度上未完成？首先，是家庭问题的"未完成"。高生兰爱孩子、喜欢和丈夫交流孩子的问题本身不应该成为问题，尤其在朱明山离家多年，她把孩子拉扯大的情况下。真正的问题应该出在她指使同事帮忙给家里做衣服，从党校要求调去育幼院上。朱明山对高生兰极其失望，想着：

> 一个人的思想在大的方面空虚了，失掉了理想，模糊了生活的目标，那么这个人的思想在小的方面，心眼是非常稠的，稠到打自己生活的小算盘的时候，根本没有什么制度和原则的观念了。[1]

---

[1] 柳青:《在旷野里》，中国青年出版社2024年版，第118页。

他的处理方式只有不拆信或不回信。但高生兰这种对家庭的过分关注，和朱明山对家庭的过分漠视是分不开的。高生兰并不是生来如此，她从进步到落后的转变，也说明了这一点。朱明山是一个有缺陷的英雄，他的缺点就在于他对家庭生活的认识，和对夫妻关系的处理上，成为一种蓄积在小说除虫正文之下的隐含的忧虑。

当读者感觉文本遇到障碍，这里实际询问的是，柳青在主人公身上设置家庭问题有何用意？为什么不设置一个没有家庭的年轻干部？他同样可以满腔热情地投入合作化当中，他的叙事功能没有发生任何变化。家庭问题造成了公与私的矛盾。虽然朱明山不想让别人认为他调动工作是为了解决私生活矛盾的便利，实际他未尝没有把自己从家庭中抽身出来的意思。白生玉的家庭问题和朱明山的家庭问题是一组对照。朱明山建议白生玉把妻子孩子接过来团圆，却没有交代他将来要如何处理他自己和妻儿的关系。这个问题的悬置，使得小说注定无法"结局"。

其次，是爱情问题的"未完成"。小说一开始，朱明山与李瑛在火车上的偶遇，他们在工作中不断加深的认可和相互的好感，与一般小说中爱情的萌生有着同样的路径。李瑛也思考过朱明山的家庭问题："她对朱明山的生活发生了一种隐秘的兴趣"，好奇"他为什么把爱人和小孩们留在西安，自己只身跑到一个小县里工作"。① 不可否认：

> 新来的县委书记的确撩动了她少女的心了。也许这只是一般所谓的"好感"——对一个有修养的老同志的崇敬和对一个男性的爱慕混搅在一起。但她不可能像解放前她在中学里学化学实验时把水分解成氢和氧两种元素那样，把她的这种好感分解开来，因为她总是有那么一个问题搁在心上。②

而朱明山对李瑛的关注则更早：

> 不断地突出在他脑里的影子是李瑛，只要是他和她的眼光相遇，他和她说话或他看着她工作的时候，他的意识就像住在他脑里的一个精灵一样告诉他：她漂亮，她聪明，她进步。一个农民背着喷雾器，李瑛跟他在火热的阳光下满身大汗打着气的画面，固执地停留在他脑里不移去了，虽然他竭力警告自己不要常想到她。③

---

① 柳青：《在旷野里》，中国青年出版社2024年版，第156页。
② 柳青：《在旷野里》，中国青年出版社2024年版，第157页。
③ 柳青：《在旷野里》，中国青年出版社2024年版，第98页。

只是"高生兰的影子来到他脑里了,怒目盯着他"。

但柳青却不能像一般小说那样任由他们心绪发展。出于一种朴素的道德观念,柳青不能让朱明山仅仅是出于对妻子思想觉悟的不满,就背叛家庭。家庭阻碍了爱情的完成。这注定不是一篇浪漫主义的小说,而是现实的、带有人生况味的情感选择。

不过,即便没有家庭的阻碍,在朱明山和李瑛的交往之间,也有一种令人不安的投射。比如李瑛和朱明山开玩笑,让他不要骑错路时,柳青形容她:"好像非常满意自己和平易近人的新书记走一路似的,靠辕杆让着路,俏皮地说。"[1]在渭阳区乡政府开会时,李瑛询问是否将蔡治良叫来:

> 朱明山说话的神情和口吻上显示着喜欢的责问,并没有使李瑛难堪。她作了一个妩媚的笑态,仿佛她从县委书记的话里得到什么新的启示,立刻转身向屋里用一种家庭里的语气叫道:"治良,朱书记叫你也来哩。"[2]

---

[1] 柳青:《在旷野里》,中国青年出版社2024年版,第59—60页。
[2] 柳青:《在旷野里》,中国青年出版社2024年版,第90页。

后来，朱明山发现李瑛没有地方坐，柳青写道："他向她点头示意。她轻脚轻手走来，用一条腿谦恭地在板凳边上坐下。"①这几段描写都非常微妙。可以看到，两人的互动在客观的叙述之下，有一种隐含的权力关系。

那么，柳青打算如何解决两人的感情问题？根据小说留下的线索。李瑛与张志谦有过感情关系，但是随着李瑛的成长，她发现张志谦有些埋藏在精神里的东西是她不喜欢的。她毫不可惜与他的疏远以至决裂。柳青是这样形容朱明山眼中的两人的：

即使在淡淡的月光下，从背影也可以看出那是一男一女。男的高出女的一头，并排走着。女的显着矜持的样子，长脖子直挺挺地走着；男的总是追随着去靠拢她，还像低下头去说什么话。②

从赵振国口中，朱明山得知李瑛对张志谦已经意思不大。

这是否意味着两人的关系有突破的可能？也许两人的好感会加深，但细心阅读，柳青还安排了一位与李瑛有

---

① 柳青：《在旷野里》，中国青年出版社2024年版，第93页。
② 柳青：《在旷野里》，中国青年出版社2024年版，第65页。

情感关联的人物。就在前一年冬天土改的时候，李瑛和崔浩田在一个工作组，李瑛常爱和他在一起，但没有发展成恋爱关系，朱明山还安慰了崔浩田。朱明山待在崔浩田房间里时，他观察到崔浩田整齐的房间、干净的床铺，以及透露出的健康向上的思想气息。这种对私人生活的近距离观察，别有意味。此外，柳青还特别写到崔浩田对追求者田凤英的拒斥，因为她尽管漂亮，但是爱迟到、臭美、作风轻浮。崔浩田在各个方面，都是张志谦的反面。如果大胆揣想，假使故事继续发展，崔浩田显然是唯一配得上李瑛的人，而且很可能是由朱明山最终促成的。

最后，是权力问题的"未完成"。小说虽然描述了以梁斌为首的人物存在各种问题，朱明山仍以团结为主要手段。一方面，他安抚赵振国、白生玉等对梁斌的抵触情绪；另一方面，他也不直接打消梁斌等的工作热情，对他们存在的问题，他也非常有策略地耐心对待。当张志谦急切地想要表现自己，"就是从张志谦那一大堆不正确的意见里，他都抽出一条正确的来"①。当梁斌在渭阳区的除虫工作走向歧途时，朱明山不急于处理梁斌，而是让渭阳区先按梁斌的办法来，等问题先生发出来，搞明白谁对

---

① 柳青：《在旷野里》，中国青年出版社2024年版，第116页。

谁错，再来纠正，体现了朱明山丰富的斗争经验和领导智慧。

但无论如何，朱明山的处理办法，仍是一种暂时的妥协。如何彻底处理干部中存在的思想问题，仍是一个巨大的挑战。在朱明山的映照下，冯光祥已经自觉反省起自己存在的问题，小说却别有意味地中断了。下一步，整党该如何行动，又如何收尾？柳青不能也无法给出答案。巧妙的是，小说结尾只"朱明山不吃饭，就和吴生亮一块儿走了"[①]一句话，既是道别，又是一次在路上。他将再次穿过旷野。

结　语

柳青是一位具有共产主义理想和觉悟的人民作家，怀着那个时代的深厚情怀和真挚愿望。他秉持着理想主义的精神，却以现实主义的方法来写作。他虽然是从几类人物、几类问题展开叙述，但所刻画的人物，是那么具体、那么生动，他们面临和解决困难的时候，是那么有热情、那么有行动力。

相较于其他作品，《在旷野里》的好处在于，它不是

[①] 柳青：《在旷野里》，中国青年出版社2024年版，第189页。

针对合作种田，而是针对"除虫"这一具体问题。这样的叙事就有了超越历史语境的丰富意味。队伍要团结，团结才能取得胜利，众志成城。这种体现着组织具有的凝聚力和集体效力的观念和精神，在今天遇到各种天灾和突发事件的时候，仍然发挥着巨大的作用。

这部小说关于权力问题的思考和叙事，也是如此。今天看来，《在旷野里》呈现的主要是个别人的自负和形式主义，很难说是什么实质性的错误，即便如此，柳青仍警觉地进行批评。战斗问题与权力问题，这两件事都具有跨越时代的普遍性，也关系到社会能否稳定地发展，关系到个人该如何寻求思想的进步与生活的和谐。柳青用朴素又悠扬的调子，留下他在旷野里走过的印记。今天，仍需要从历史的角度思考现实，需要在我们时代的旷野里，寻觅那辆自行车留下的浅淡车辙。

《在旷野里》：一部佚作的启示

阎晶明

柳青的长篇小说《在旷野里》是各方人士保存、校订并合力发表、出版的一部佚作。这部创作于1953年的作品，时隔七十余年之后以"新作"的方式问世，意义是多重的。它的意义不只是为一部新书的发表、出版而庆幸，同时也是为见证一部经典作家佚作的发现过程，更值得探讨的，是这部封尘了七十余年之久的长篇小说，在今天发表和出版的启示价值与重大意义。我以为，对当下中国长篇小说创作而言，这部作品可以引发的话题和启示特别值得讨论。

一是作家要有能力找到准确的切入点，进入真实的时代生活内部，并且能够细节化地、生动可感地表现出来，同时还能够表现时代生活的重大主题。《在旷野里》的故事并不复杂，一位新来的县委书记，面对一场虫害之灾，他需要团结干部，带领群众，将这一灾害除灭。这是社会主义建设初期并不稀见的题材，这样的小说要写出味道，写出个性，写出多样性，写出七十余年后的读者仍然愿意读并读出趣味的小说性，实为不易。《在旷野里》在本来并不具有戏剧性的故事空间里，创造出非凡的小说世界，塑造出一个个鲜活的人物，人物与人物之间构成各种错综复杂又合情合理的矛盾线索。同时作家要表现的主题主线又清晰可见。

二是作家要有从寻常的生活世相中发现其独特性的能力，并将社会责任感融会到对人物故事的处理当中。仅举一个细节：《在旷野里》的主要人物是县委书记朱明山。在工作方法上，他代表了正确的一方，县长梁斌则扮演了并不同步甚至并不同向的角色。但小说并没有把梁斌推到讽刺对象的程度，朱明山以其政治上的智慧保持着跟县长的沟通，作为小说人物，他们之间达成地位上的平等，这实属不易。朱明山当然是坚持原则的领导干部，但每当有干部对梁斌的做法表达不满时，朱明山总是告诉大家县长说法和做法积极的、合理的因素。这既是面对复杂工作与灾害挑战必要的审慎，也体现出以团结的态度处理关系的睿智与技巧。我甚至认为，柳青是把他在政治上的成熟运用到小说叙事当中。处世睿智化用为小说技巧。

三是作家要有化平淡无奇为鲜活神奇的能力。这既需要有艺术素养和表现力，也需要有对生活的深刻认知和洞察力。防治棉蚜虫害，是一个缺少戏剧性的题材，柳青却把它写得跌宕起伏、活色生香。这里有具体的工作，有政治上的较量，有正确与错误的斗争，有关中和陕北地域文化的亲切对比，有防治虫害的科学知识，还有人物在爱情、婚姻、家庭等情感生活上的纠结、矛盾、冲突，以及人物自我内心的化解努力。小说还同时抒发了对时代、国家、土地、人民的真挚感情。

《在旷野里》带给我们的启示是多重的。我甚至认为，连结尾的"未完"字样，也有一种恰到好处的美感和妙处。人物故事的确尚未完结，但我们仍然可以认定，它已然是一部相对完整的长篇小说。原因在于，小说中的人物出场，人物之间的关系，故事以及由此产生的矛盾线索，人物的性格特征，都已相对清晰。我们甚至可以这样想象，目前的戛然而止，也有其"不到顶点"的奇妙。比如朱明山个人感情的处理，其实就是一个难题。他与妻子高生兰结局会怎样，他如何处理和李瑛的关系，这些事实上的难题，在目前正好处于暧昧不清、悬而未决的状态。这种悬置状态以及客观上形成的未能终了的局面，也可以视作小说意味的某种最佳状态。柳青察言观色的能力超强，这种能力，既来自一个小说家的敏感，也体现出一个政治家的洞察力——老到而又精准。

总之，如何在并不阔大的空间里展开人物故事，如何让鲜活生动的生活故事转化成栩栩如生的小说世界，如何在平凡人生的表现中表达出深沉厚重的家国情怀，体现出小说故事更加深广的意义，《在旷野里》值得今天的文学人认真研读。

一个新时代开始的欣喜与警觉
——读柳青长篇小说佚作《在旷野里》

阮 洁 邢小利

柳青长篇小说佚作《在旷野里》的时代背景是1951年。此时,解放战争已结束两年,旧政权已被推翻,新政权建立不久,这是一个新旧交替特别是社会制度变革、文化思想革新的大时代,从老区和新区各个方面涌现出来并被提拔上来的干部走上了各级领导岗位,这些干部的出身和经历不同,文化水平和思想认识差异也很大,他们如何带领群众进行经济建设,如何处理面临的各种新问题,包括在和平时期如何生活,这都是摆在他们面前的新的也是严肃的问题。小说在首页单独引用了毛泽东《论人民民主专政》中的一段话:

……过去的工作只不过是像万里长征走完了第一步。残余的敌人尚待我们扫灭。严重的经济建设任务

摆在我们面前。我们熟习的东西有些快要闲起来了,我们不熟习的东西正在强迫我们去做。……①

这段话,也鲜明地表达了柳青创作这部小说所要表现的内容和主题。

小说一开始,借主人公朱明山乘火车赴任途中的所见所闻,以欢快的笔调表现了新中国刚刚成立那种朝气蓬勃的景象:

> 车厢里这块那块都是关于爱国主义的谈论。人们谈论着土地改革以后的新气象;谈论着镇压反革命给人们的痛快;谈论着爱国公约像春天的风一样传遍了每一个城市和乡村;谈论着抗美援朝武器捐献的踊跃;谈论着缴纳公粮的迅速和整齐……
>
> 一九五一年爱国主义的高潮在这节车厢里泛滥起来了。

《在旷野里》也以现实主义的创作态度,写出了新中国成立初期面临的一些严肃的问题。此作是1952年柳青回

---

① 毛泽东:《论人民民主专政》,载《毛泽东选集》第四卷,人民出版社1991年版,第1480页。

到陕西，作了一段整党工作的调查研究，又到长安县委担任县委副书记，参与了一段实际工作以后有感而发写的。据柳青大女儿刘可风回忆："1952年父亲从北京初回陕西，就对当时的整党工作做了社会调查，而书中所写的治虫工作，他闲谈时提到过，我估计这里有他的亲身经历。特别是书中说县委朱书记在一项工作的初期要往先进的地方跑，及时总结经验和规律，然后就多往后进的地方跑，以便帮助后进，指导和改进全局工作。他说这是他的工作经验。"[①]这说明，这部作品熔铸着柳青一些真实的生活体验和工作经验。此作中，柳青概括和揭示了新中国成立初期，经历了多年战争的共产党干部[②]走向全国，全面接管各级政权后面临的新形势和面对的新问题，特别是新出现的社会现象和诸种矛盾，如解放区[③]干部和新区[④]干部的矛盾；解放区干部走上新岗位到了新区以后生活上与工作上的一些困境与心理状态；工农干部与知识分子干部的矛盾；干部之间的思想分歧与作风矛盾等。作者通过一个县委书记，塑造了他心目中党的领导应有的处世态度、思想

---

① 邢小利：《柳青长篇小说佚作〈在旷野里〉考述》，《人民文学》2024年第1期。
② 包括解放区和原国统区。
③ 陕北延安老区。
④ 陕西关中原国民党统治区。

方法与工作作风。难能可贵的是，柳青非常敏锐也很尖锐地塑造了一个县长的形象，这个人物贪图享乐，对群众的态度有违共产党的初心使命，思想浮夸，工作不切实际，对手中权力认识有谬，小说中还用简练的笔墨勾画出权力部门个别干部权力嚣张的现象，借以告诫全党。

柳青以他文学家的敏感和思想家的敏锐，通过《在旷野里》，写出了他对一个新时代开始的欣喜与警觉。

一

《在旷野里》主要通过县委书记朱明山和县长梁斌两个人物形象的塑造，他们之间的无形冲突，特别是他们思想认识、工作作风以及领导方法的不同，表现从战火中过来或从地下工作出来的新老干部在新中国成立之后，在社会和生活环境发生变化之后，一些领导干部思想观念和生活作风发生的变化，他们的成长或蜕变。小说以对比手法写了工农干部出身的县委书记朱明山与知识分子出身的县长梁斌不同的工作态度和作风，肯定了朱明山深入农村基层，调查研究，听取专家和农民的意见，切合实际的工作态度和作风，婉转地讽刺和批评了梁斌浮在面上的官僚主义、形式主义和教条主义的工作态度和作风，同时也对梁斌等干部贪图享受、权力私用等生活方式进行了揭示和比较尖锐的批评。

小说的主要情节写，新任命的县委书记朱明山到陕西关中一个县里上任伊始，刚刚接触了县、区个别干部，大概了解了一些干部的生活和工作情况，突然接报渭河两岸的产棉区普遍发现了严重的棉蚜虫害，如不及时治理，棉田收成将大受影响甚至无收，农民将被迫铲除棉花临时改种晚收包谷，而这样的结果损失将很大。作为县委书记的朱明山和作为县长的梁斌，在研究了面临的问题之后，立即决定组织治虫工作队，召开工作动员会之后，两人分头带领一些县区干部到产棉区组织农村基层干部和农民群众治杀棉蚜虫。而在治虫工作的展开过程中，朱明山和梁斌表现出了两种不同的工作思路和作风。

当时的农村和农民，限于文化和教育，还普遍缺乏科学的治虫意识和办法，很多人或者失望甚至绝望，或者抱有"天虫天灭"的侥幸思想，有的村子还抬着万人伞祭虫王爷，有的农民则想着棉花不成了改种晚包谷。面对这种可以说是相当落后的现实状况，如何把群众普遍发动起来，带动群众赶快行动起来科学有效地治虫，朱明山的认识很明确，就是采用榜样示范，先派工作组下田亲自灭虫，取得成效同时也试验出治虫好方法后，群众看到效果，不用开会讲说和动员，他们自然都会效仿，因为杀虫治棉不仅与农民的切身利益攸关，更是农民自身的当务之急。应该说,朱明山这样的"实践派"是非常了解农村和农民的。这样,朱明山带领工作队,在渭河北岸采用现代科学的治虫方法、工具以及药剂,同时结合民间行之有效的治虫土办法,深入田间,杀虫治虫,很快取得了良好效果,同时也带动了群众。这种带头示范的思路和方法,使治虫工作在短短几天就取得了很大进展。

朱明山是小说中一号主要人物,他的身份是县委书记,是陕北老区部队出身的干部。小说在开头第一节中,以叙述的方式介绍了朱明山的简历:此前他在西北大区的一个部里当了一个时期的科长,更早一些,他在陕北当区长和区委书记,后来在军队里当连指导员和营教导员,因为患了严重的肠胃病,他被西进部队甩下来,"跌"进医院去:

> 1949年10月1日的礼炮轰得他在医院里蹲不住,他再三地要求工作。可是正碰上大行政区机构成立,他被安置到办公室里去了。还说他是一个有相当文化水平的工农干部。他坐在科长办公桌后面审阅、批核卷宗的时候,甚至于嫉妒那些随军撒在甘肃、青海、宁夏、新疆的同志和后来到了朝鲜的战友们。他曾经报名到朝鲜去,做他解放战争后期所做的后勤工作;可是他得不到允许。他也曾经要求学习过,可是

只有那些根本拿不起工作或把工作做坏了的人才容易得到学习的机会,而他得到的回答总是"在工作中学习"。很幸运,最近部里变动把他腾出来了。

小说写道:

"现在我要在工作中学习了。"朱明山高兴地想着,弯下腰去提出他座位底下那口手提皮箱,那里面是他两年来陆续积累起来的他心爱的书。

列车在向朱明山要去工作的那个县奔驰着。他在读着新近出版的《中国共产党的三十年》,间或用钢笔在书上打着记号。

从这个叙述中可以看出,朱明山虽是一个工农干部,但爱读书,读书并思考,工作、思考并读书,"是一个有相当文化水平的工农干部",并且,他能自觉地意识到,新中国成立,更需要在"工作中学习",同时在学习中提高思想认识和工作水平。

朱明山很有头脑,他工作深入实际,领导有方。1951年的农村已经进行了土地改革,但没有实行合作化,土地由农民自己耕种。朱明山第一次带领县区干部到棉田里治棉蚜虫,看到问题:

回到区上,他把所有留在区上的工作队干部和当地干部召集起来,提出要把县上原先布置的步骤变更一下:两天到三天里头不开群众大会,白天太阳红的时候集中力量,由区乡以上的干部亲自动手,在愿意首先治虫的村干部和群众的棉地里打喷雾器。开始多打药剂,第二天就多打烟叶水,第三天见效的话就全部打烟叶水。每天晚上在群众里活动,只许宣传大家到早上治过虫的棉地里去参观,等到大多数群众转变了态度再说。不许干涉群众的迷信活动。

朱明山认为:"科学最有力量的宣传是实验。""你们看出了没?现在是讲话最不值钱!谁听咱那一套?那就请事实先发言吧!"

在群众不理解科学、没有见过农药效用的情况下,朱明山主张用事实教育群众。大家一致同意。接着,"吃过早饭,朱明山就和脸庞稚嫩的年轻区委书记骑车子到渭河区三乡蔡家庄去了,那里是区的重点,有一个植棉能手"。朱明山尊重科学,也依靠专家,相信群众从善如流,工作不急不躁,其领导工作很有章法。

朱明山显然是柳青着力塑造并大力肯定的一个正面人物,是一位具有代表性甚至有典型意义的领导干部。朱明山虽是工农出身,只有"三冬'冬学'的学习底子",但肯学习，爱读书，加上工作中的积累，他在当乡文书、中学毕业的未婚妻高生兰帮助下，居然读完了苏联小说《被开垦的处女地》。"高生兰把他引进了新的世界，开始了一种不知足的探索，后来他连续读了那个时期风行全陕甘宁边区的《日日夜夜》和《恐惧与无畏》"。他既有做区乡基层工作的历练，又有带领战士们冲锋陷阵的战争磨炼，热爱学习，勤于思考，作风扎实，工作务实，能不断进取，既有全局观念又有时代意识。《在旷野里》虽然并未写完，朱明山形象全貌还有待于进一步展示，但现在的文字，已经以精彩的细节和扎实的描写，浓墨重彩地塑造出了朱明山这样一个个性鲜明而且光彩照人的县委书记人物形象。

在小说中，梁斌作为第二个重要人物，小说对他也作了深入细致地刻画。他是县长，当地干部。小说中写道，朱明山在地委会已经知道：

> 梁斌是一九八三年在延安抗日军政大学毕业，派到一个共产党员当指挥官的原是杨虎城将军部下的国民党军队里工作；后来那个军队里一部分起义进了解放区，另一部分被打散了，梁斌潜逃回家里。家乡初解放的混乱中，他组织起游击队，直到地方武装归军区调走的时候，他留到地方工作。

从这个人的经历来看，他当然是革命的，但并不是十分的单纯。梁斌工作上既勤奋又很努力，但也许是习惯了战争中那种战斗的工作作风，他现在的工作方式和方法显得有些简单化甚至粗暴。在治虫工作中，他在渭河南岸指导工作，与朱明山采取的榜样带头的工作方法相反，梁斌采取的办法主要是开动员会，而且是用几天时间召开大会和长会，并在会上不断强调毛泽东主席的话"严重的问题是教育农民"。结果农民没有得到教育，工作也没有展开，最后是朱明山到南岸检查工作，采取纠正和补救措施。

小说中这样描写梁斌的工作方式和态度：

朱明山和赵振国同干部们一起过了渭河的第二天上午，梁斌骑着马，通信员骑着自行车，到了渭河南岸的河口区。……两个区的群众都赶河口区上所在的湄镇的集场，梁斌就到这里来指挥这两个区的治虫工作。他到的时候，两个区的区乡干部和工作组干部已经按他的指示集中起来，等待他两个来钟头了。

"同志们，"梁斌拳术家一般粗壮的身体站在摆着纸烟和茶水的桌子后面，对坐在渭水河边树林子里的草地上的百大几十个干部讲话。他的神气和口气都像是大区的或中央的某一个首长下了乡："毛主席说过,'严重的问题是教育农民'。为啥要说是严重的问题哩？因为我们不能用不久以前对付地主和反革命的办法，解决农民落后的、保守的和迷信的思想问题。我们坚决采取说服的办法，反对强迫的办法。毛主席说这是人民内部的自我教育工作……"

梁斌就这样做了两个多钟头的报告。

"问题很明白！"梁斌好像两条粗腿负担不起他身子的全部重量，两手托着桌边，上身探出桌面来，用他的宏亮①的大嗓音说，"我们要领导农民开很多会，特别是讨论会。为啥哩？因为不开讨论会，农民怎个相自己教育自己呢？这和我们搞土改领导农民开诉苦会是一样的哩！同志们，问题的关键就在这里！"

在这里，小说通过简洁的叙述和传神的形象描写，把梁斌这种干部的教条主义、形式主义的思想方法、工作作风和做人态度写得入木三分，刻画得惟妙惟肖。

小说同时写了梁斌不作调查研究、不听取一线工作

---

① 即"洪亮"。

人员建议的官僚主义、主观主义的工作作风。他并不很懂农业，也不懂生产规律，指挥决断简单粗暴。一天晚上梁斌到县农场视察，这个农场在新中国成立前曾是"王家花园"，谈到关于砍伐二十亩由于管理不善而结得很少的"渭津"苹果的时候，小说写："梁斌把洋火盒往洋灰桌上一掼，怒眼盯着场长说：'春上看见结的少，就应该伐了种包谷……'"场长红着脸说治完棉蚜虫就伐，一个年老的管果树的顾工凑上前来，求情似的说："梁县长，成物不可毁坏。今年没结好，是去年的作务不到。你等明年看。明年再结不好，你办我的罪。"梁斌问顾工："你说人民现在主要吃啥过日子？你说：粮食还是苹果？"问得老顾工张口结舌没有话说。梁斌带着可以使人感觉到的讥讽笑着，进一步对那已经很难堪的老汉说："我们人民政府和国民党官僚完全不同，这块地皮到我们手里，它就既不是花园，也不是果园，我们要在这块地上办农场，让它为人民服务！"他没有注意到他的语气把老汉和人民政府分开使老汉脸上浮起一层冤枉的表情，只是重新指示场长："一定要伐，误了繁殖碧蚂一号麦种，你要负责！"场长还没有作声，梁斌就领头穿过苹果林子，走向麦田——那是头年冬天伐了苹果树的五十亩地的一部分。"

梁斌在现场既不做深入的调查研究，也不听取老果农的意见，而是用命令方式让砍掉多年的成林果树，工作方法既简单粗暴，也不讲究科学的农业与果林业布局，这就是比较典型的官僚主义和主观主义的工作作风。新中国成立后，对原国民党官僚"王家花园"的接收使用，特别是对"百十亩地"中"大部分是果树"的接管与如何使用，既反映政府领导的历史与文化的认识水平，也反映领导的政策水平与实际管理水平。小说中写，年轻的农场场长明知道专署农场处对这种大片砍伐果林早有批评，"有人把这种行为比喻成拆了从敌人接收来的楼房另盖瓦房；有人说这实际上是把接收来的财产当成天上掉下来的东西挥霍；有人甚至提到原则的高度说大批的砍伐既成林木是犯法的"，但他被县长早训斥怕了，几度拐弯抹角言不由衷还是没敢明白地把自己的不同意见表达出来。读到小说这样的艺术描写，可以明显感到作者的批评锋芒。

对于梁斌的工作作风，县委组织部部长冯光祥对朱明山说："对梁斌县长不满的人越来越多，他还坚持他的意见。干部消极抵抗他，他还发脾气。"冯光祥还与县委宣传部部长吴生亮议论梁斌讲话喜欢引用领袖语录："老边区以前有一句流行话，说毛主席的话都是真经，可是真经也要看怎么个和尚念哩。歪嘴和尚能把真经念坏。"小说通过不同干部对梁斌的看法和议论，多角度塑造梁斌这个人物，同时也表现出作品对这个人物的看法和评价。

小说也写了工农出身与知识分子出身的干部在新中国建设初期，他们在工作中各自的局限和一些问题。柳青善于通过一些生活细节和人物之间并不明显的矛盾和冲突来表现这些问题。小说写，赵振国虽然是县委副书记，但他是农民出身，为人老实正派，工作踏实肯干，能吃苦，也有实践经验，但没有文化，没有理论修养更没有理论高度，嘴笨言拙，所以在一些场合比如在会上讲话发言，他就只能徒叹奈何。小说中有一段是专门写他的：

当了一个领导者，赵振国负的责任越大，他就越明显地感觉到自己的缺点，好像残废人一做活就感觉到手不应心一样。他这个缺点在他到了新区以后，被领导者从多数是农民出身变成了暂时多数是知识分子出身，更是常常使他为难。不管他怎么能坚持原则，怎么能坚持完成任务，如果需要他从这方面和那方面讲出一套道理来，那对他是最难不过的事。他革命十几年，连个训练班都没挨上住。在党委会上发言，他每一回站起不是三句是五句，而且总是一边倒茶或者取烟，一边讲；好像他从来不曾正式发过言。要是轮到他做一个专门问题的报告，秘书或干事根据他的意思写出来，他还得去问人家不认识的字。所有这些都不算什么，大家了解他，反而感到一种不拘形式的亲切。可是遇到在一个重要问题上发生争论的时候，他心里是那么着急。别人一套一套花言巧语明明是不切实际的，只是他除了从十几年积累起来的经验里寻找以外，几乎再没有什么有力的根据涌到他头脑里来，使他能像一个有修养的领导者那样，用不着脸红脖子涨就可以把别人说服。

与赵振国这种农民出身的干部不同，而与梁斌异曲同工的是张志谦这样的干部。张志谦作为另一个治虫工作组的组长，他在高台区的干部会上，也居然"作了将近三个钟头的动员报告"。小说写：

  工作组长张志谦一手拿着揭开的笔记本，一手不时地拢着他鬓角里固执地不肯就范的头发，根据朱明山和梁斌的讲话，加上他自己看样子很得意的发挥，虽然赵振国事先也叮咛过张志谦讲话扼要些，可是那个住过几天西北农学院的大学生好像决心要露一手，并没有重视这个领导者的叮咛。
  张志谦并不怎么强调拿事实来对群众进行科学教育，而大谈其棉花对于国家工业和人民生活的关系以及农民的保守性和落后性，等等。

治虫工作伊始，县委书记朱明山就讲过，"发动群众要我们摸索群众最容易接受的方法""群众要看实际。我们就整整一段地一段地治给他们看""群众还没普遍动起来以前，最好暂时不提挑战竞赛的话。等火候到了再提，免得有些人为了争模范，就强迫命令"。朱明山还提出连口号也"干脆不提"，因为"我们的口号很响亮嘛——普遍治、彻底治"。这就是踏实稳健的工作作风。而张志谦在治虫工作最紧要的开始阶段，不从实际出发，也不讲实际工作，所作近三个小时的动员报告多是发挥性发言，这就是典型的夸夸其谈，不切实际也不着边际。

可以看出，《在旷野里》善于通过对比的手法塑造人物，如此，既写出了人物不同的性格，也间接传达出作品对人物的理性认知与感情态度。《在旷野里》，一切都是开始，一切也都刚刚开始。柳青在这部小说里，主要写了县上的主要领导和区乡一些领导，无论是老区的工农干部还是新区的知识分子干部，面对新的时代新的环境特别是新的工作局面，都有这样那样的缺陷和不足。小说以严格的现实主义态度描写了这些人和他们的工作以及他们的生活，给我们揭示出新中国成立初期，一个新的时代开始的时候，"在旷野里"的各种景象，真实，生动，充满问题，充满矛盾，当然，也充满生机，充满希望。

二

全面接管政权以后，如何对待手中的权力，这是每一个领导干部特别是共产党员干部面临的新的现实问题，同时也是对每一个人政治品格和人格水平的考验。

小说中，县长梁斌就是一个未能正确处理领导身份与权力关系的人物。他除了工作作风浮夸，还把权力看得比工作更重，在日常工作和生活中，耍官威，打官腔，重享受。小说第十五章开头这样叙述：

> 很多人被摆在领导地位上以后，人们可以从他们身上体会到责任心和从这种责任心产生的对事业的谨慎，对干部的关怀和对自己的严格。但是有些人被摆在领导地位上以后，人们从他们身上却只感觉到把权力误解成特权的表现——工作上的专横和生活上的优越感，以至于说话的声调和走路的步态都好像有意识地同一般人区别开来了。
>
> 梁斌从副县长变成县长不久，大家就在私下议论他变成另一个人了。

小说写梁斌对下属的态度和下属的表现：

"王秘书，"梁斌带着一种权威的神气命令说，"你去看朱书记在哪个屋睡，叫把蚊香给点着。薰完以后把门给关严，不要叫乱人开。"

王秘书好像仆人一样驯顺地去了。

在治虫工作紧张阶段，县委组织部长冯光祥给朱明山打电话反映"对梁县长不满的人越来越多，他还坚持他的意见。干部消极抵抗他，他还发脾气"。小说写朱明山叹了一口气说："这个同志，唉……"又，"觉得在一般干部面前乱说不好，话到舌尖上又嚥了，只默然想着梁斌的神气：他给他打过几次电话，多数是跟他一块的助理政务秘书去接的，说他睡觉。要把他叫醒，又说他吩咐过不要叫他。有两次，他和朱明山在电话上说了话，他哼儿哈呀打官腔，总是避免谈实际问题。"朱明山问："梁县长到乡上和村里看过没有？"冯光祥生气地说梁斌："多少次群众运动，他到的最下边是区上！"而且，"他下来几天，一直和他的助理政务秘书住在区上。小馆里叫饭吃，经常喝酒。区上的干部除非有紧急事，谁也不敢回区上去，怕他把脸一沉问：'不好好在下边工作，回来干啥？'他把一个领导的作用降低到好像老百姓插在庄稼地里吓唬飞鸟的草人一样了。"由于他到省里汇报了一回工作，原来由县委常书记兼任的县长一职，改由他这个原来的副职担任。小说写：

> 梁斌一接任正职，马上就变了另一副神气。他在党委会上开始不断地和常书记发生争执，固执地坚持意见；他在县政府里好像成了"真理的化身"，凡是他的话一概不容争辩。他新刷了房子，换了一套新沙发，加强了他的权威的气氛。他站在正厅的屋檐底下对着宽敞的大院子，大声地喊叫着秘书或科长们"来一下"。而科员和文书们给他送个什么公事或文件，要在他房外侦察好他不在的时候，进去摆在他办公桌的玻璃板上拔腿就走，好像那是埋藏着什么爆炸物的危险地区。日子长了，他发现了这个秘密，咯咯地笑着，从这些下级的可笑的胆怯里感到愉快。

小说也触及了刚刚诞生的新政权成立不久，一些人手中掌握了权力，自我膨胀，飞扬跋扈。作品第十六章写县委书记朱明山在乡下治虫工作中，在渭河边偶遇县公安局长郝凤岐一行人，郝凤岐蛮横霸道，目中无人，几个细节写得极为形象生动：

> 朱明山推着自行车艰难地在渭河宽阔的沙岸上走向河边。他向正要离岸的一只摆渡船嘶声呐喊："老

乡，等一等！老乡，等一等嘛！"

撑船的老乡停住手直起腰来，和船客们说着什么。船上只有两三个穿灰制服的和四五个穿黄军衣的人。朱明山以为船要等他了，低头更使劲推着车子在陷脚的沙窝里跑步。可是他跑到河边硬岸的时候，发现船夫重新撅起屁股撑船了。船离岸不过十多步远。

"老乡停住！不许开走！"朱明山愤怒地大声叱咤，喝住了船。

一个穿灰制服的人神气十足地直拗着脖子，斜眼瞟着朱明山，说："啥老爷嘛！这么大牛屄？把船给我撑走！"他转身命令，唾沫星子溅了船夫一脸。

船上发生了争论。一个穿短裤的中年船夫走到神气十足的人面前，态度平和但却语气坚决地说："现在是毛主席的世事，咱的要讲理。一来咱的船要开时人家就喊叫，还使劲赶了一气；二来把他留下，还得为他一个人摆一回船……"

有五个穿黄军衣的人戴着"公安"臂章，屁股后面都吊着盒子枪。他们有的嘟嘟囔囔说着什么，有的制止着。这时有两个船夫蹚水到岸上来了，一个扛了朱明山的车子，另一个要背他。他不要背，把裤子卷到大腿根上，提着鞋，蹚水上了船。

那个神气十足的人轻蔑地从头到脚打量着朱

明山。

…………

大家下了船。朱明山从神气的变化上看出那人已经感觉到他是什么人了。公安局的八辆车子被大家推上了高岸，那人和一个背盒子枪的留了下来。背枪的非得替朱明山把车子推上去不可，结果只剩他们两人在后边走上坡去。

"你是朱书记吗？"那人脸红地问。

"对。"朱明山说，"你是郝局长吧？你在老边区住过几年？连学习三年，不算长；可总算老区来的。老同志不光是指导别人的工作；在平常的态度上，恐怕也应该是别人学习的榜样吧？你看，到处是一片新同志、新干部，他们除过从老同志身上再从哪里看见共产党员应该是怎个样子？"

公安局长红着脸，歪裂着嘴角，没什么话说。

分手后，小说写：

朱明山扭头瞭了一眼公安局长领先的八辆自行车的阵势，心里感到好像丢了个什么东西一样难过。

"这号领导同志不要说工作出岔子，光光把他领导的干部学坏，也是个大损失！"

事后，朱明山与组织部长冯光祥议论起这位公安局长，气愤地说："一个县的公安局长哪来那么大的派头，不管什么任务下乡，怎么能威风凛凛，大张旗鼓带着一串人？现在又没战争？"冯光祥讲了这位公安局长的一些情况后，朱明山惋惜地叹口气说："这样就把他害了，发展下去很危险。"

与此作为对照的是，小说塑造的县委书记朱明山则为人低调，生活朴素，能严格要求自己，作风端正。团县工委副书记李瑛在火车上偶遇朱明山，两人当时互不认识，李瑛事后对单位同志讲朱明山为人："可朴素啦。准备从车站往城里扛行李……"朱明山在生活中对自己严格要求，对妻子的一些损公肥私行为非常不满。小说写高生兰：

她的苦难（这是十分令人同情的）一结束，新的世界使她头脑里滋生了安逸、享受和统治的欲望。高生兰在朱明山工作的部队里管图书，经常不按时上下班，有时在办公时间坐在办公桌后面打毛衣、缝补小孩的衣服，甚至按照某种新鲜图案绣花。她甚至不用手，而用下巴指使她的两个干部——一个女青年团员和一个戴着老花眼镜的留用人员。日子久了，人家对她提出了意见；她竟然给人家扣起"不服从党的领导"的帽子。后来，她要被调到收发室去，朱明山耐心地说服她接受这个新的工作；可是她一直为这个"低下的位置"闹情绪，不考虑怎样把这个工作做好。

……

最使朱明山气愤的是：上半年他到部里领导的一个学校里去搞整风中的清查工作，她从机关里重领了他一个月的伙食。他奇怪一个人思想溜坡的时候，怎么完全闭着眼不顾危险呢？朱明山在"七一"前部里整风的支部大会上，严厉地揭发了这个事实；虽然他回到家里要用比支部大会上发言更长的时间解释和鼓励她。

因此，朱明山把妻子送到西北党校学习，希望她在党校能重新认识自己并有所提高。

战争结束，进入社会主义革命和建设时期，随着个人工作的重新安排与调整，新老干部都面临新的形势和局面，个人的生活问题包括感情与婚姻问题，也不期然浮出水面。这部小说也写到了一些人物的感情关系和纠葛，如老区干部夫妻两地生活如何处理与安排，在新的工作环境中如何对待猝不及防同时也很正常的情感遭遇，从而使《在旷野里》这部小说具有了较为深广的生活面，有了浓郁的生活气息，也有了精神与情感的深度。

这部小说是一部未完成稿，目前的小说通过朱明山回忆，重点写到他与妻子高生兰的关系和高生兰的一些表现。朱明山在陕北一个区里当区委书记时，高生兰从中学里毕业，来到区上当乡文书，两人互相学习，互相帮助，朱明山在高生兰的帮助下，读了一些苏联小说，"共同的目标和共同的兴趣终于使他们谈起爱情"并结婚。小说写："那是令人兴奋鼓舞的1945年的事了。""1947年的战争把他们分开了。朱明山参加了八百里秦川全部解放以前的每个大战役。"而留在陕北的高生兰，带着两个孩子，在战争中疏散回家，和她母亲一块逃难，"度过陕北饥饿的1948年"。艰难的生活把"她变成一个村妇"，"特别使朱明山惋惜的是：她和书报绝了缘，而同针线和碗盏结了缘。朱明山在西安接待了他们大小四口不几天，就发现高生兰变得那么寒酸、小气、迟钝和没有理想"。小说中的这一段回忆性叙述，虽然简略，但内容非常丰富，让人产生很多遐想，朱明山对高生兰气质和精神上的变化不满意自然有他的道理，但高生兰的这种变化让读者能够理解同时也能产生同情。小说还写到，在日常接触和工作中，二十岁上下的团县工委副书记李瑛对夸夸其谈的恋爱对象张志谦渐渐没了感觉，而对三十岁上下的朱明山有了好感，朱明山在赴任途中对在列车上读书的李瑛一见面印象就很好，但他后来有意无意地在规避自己的情绪。小说还写到，也是陕北老区来的渭阳区委书记崔浩田，在与朱明山闲聊中透露,他随军南下以前退了家里给定的亲,如今在工作中暗自喜欢上了李瑛。因此,从党校学习之后出来的高生兰是什么样子又如何表现,年轻而且富有朝气的李瑛后面如何发展,朱明山、崔浩田等人后面的故事如何展开如何结局,都给人留下了想象空间。这部未完成稿有其未完成的不足,但现有的内容已经构成了一个开放式的有意味的结构,给人留下了广阔的想象空间包括再创造空间。

三

《在旷野里》,新中国刚刚成立,开天辟地,因为一切都刚刚开始,所以,面临的新问题就多。从一定意义上说,这部小说既真实地记录了一个历史阶段,同时也触及并提出了许多新问题,而这些问题,将是一个长时期既需要面对也需要思考和解决的问题。《在旷野里》是一部现实主义作品,现实主义文学的现实性、真实性、典型性、问题性和倾向性都在这部作品里得到体现。难能可贵的是,这部作品提出的一些问题,或者说现实主义的问题性,在这部作品里得到了极其充分地体现。

从柳青的几部长篇小说《种谷记》《铜墙铁壁》和《创业史》来看,柳青对生活和人物的描写总体是颂扬性的，他善于描写正面的特别是具有时代英雄特征的人物形象。在这些作品中，他也写了一些所谓反面的比如富农姚士杰那样的人物，但按当时的文学观念，是因为这样的人物本身有其阶级性特征，姚士杰属于地主富农一类敌对人物，因此，姚士杰这样的人物形象在当时的文学作品中并不显得特别。《在旷野里》，柳青既以浓墨重彩写出了朱明山这样的正面而且感人的县委书记形象，也以浓墨重彩写了革命出身的县长梁斌这样的有点灰色的形象，虽然这个人物在作品中并不一定是反面角色，但对这个人物的态度，作品显示出的倾向性显然是批评的。这在柳青的创作中，还是很独特的。从当代文学史考察，梁斌这样的文学形象在当代文学中还要晚几年才能出现。

因此，《在旷野里》这部柳青写于1953年的作品[①]，尘封七十余年后重新刊出，显然丰富了柳青的文学世界。柳青是一位跨越现代和当代的重要作家，是中国当代文学现实主义作家的杰出代表，是社会主义革命文艺的代表作家之一，他同时也是一位具有历史意义的人物。柳青的创作始终追随时代前进的脚步，他的长篇小说《种谷记》《铜墙铁壁》是这样，他的中篇小说、短篇小说以及散文随笔也是这样，是社会巨变的记录和思考，他的长篇小说《创

---

① 写作时间约为1953年3月初至10月7日。

业史》更是中国农村社会主义革命和建设的一面镜子。现在，从创作时间来排列，《在旷野里》位列《铜墙铁壁》之后，排在《创业史》之前。《在旷野里》的思想与艺术，更突出了柳青这位深入生活的作家的人格和思想，表明柳青在新中国成立之初，在那个时代，柳青有着伟大作家所具有的特有品质，他有极其敏锐地发现和思考，也有提笔写作。同时，《在旷野里》这部作品在今天发表面世，对柳青的研究及当代文学的研究，也都是极有意义的。《在旷野里》将丰富当代文学的艺术画廊，特别是丰富甚至改写"十七年文学"早期创作的某些艺术格局。柳青在生活和创作中长期形成的一些思想、态度和方法，他的一些创作经验和美学思考，具有鲜明的时代特征和深远的历史意义，值得不断学习和深入研究。

（本文引用的《在旷野里》内容均来自柳青手稿）

"旷野"里外：社会主义建设初期女性干部命运的歧途
——读柳青长篇佚作《在旷野里》

高雪娜

《在旷野里》佚稿的全文刊出，对重新勾勒柳青长篇小说的创作历程具有关键意义。从陕北的农村革命斗争生活，到渭河两岸的新时期社会主义建设，《在旷野里》不仅接续着柳青对社会对土地、对农民对干部的热切关注与沉重思索，更传达着一个严肃的现实主义作家"新时代开始的欣喜与警觉"[1]的经验表达。在"我们熟习的东西有些快要闲起来了，我们不熟习的东西正在强迫我们去做"[2]

---

[1] 阮洁、邢小利：《一个新时代开始的欣喜与警觉——读柳青长篇小说佚作〈在旷野里〉》，《中国当代文学研究》2024年第1期。
[2] 毛泽东：《论人民民主专政》，载《毛泽东选集》第四卷，人民出版社1991年版，第1480页。

的社会主义建设初期，如何进一步摆脱知识分子幽重的时代因袭与旧现实主义的书写惯性，真正做到"怀抱那样的爱，和科学精神"①深入生活、与人民群众打成一片，同时又能"出"于生活之外，"使作品获得足够的力量"②，是"一直认为自己是'很革命'的"③柳青在"米脂三年"后更为深刻的自我反思与更加努力的写作方向。《在旷野里》便是这种反思和努力的创作实绩。

写于《创业史》之前的这部长篇佚作，"虽然是未完成稿，但作品叙事相对完整，表现出对典型环境、典型人物的高超把握，是一部以现实主义审美品格展现出新中国进入社会主义建设初期火热生活的小说杰作"④。小说中的故事发生在1951年7月初的盛夏，原本在陕北机关任职的工农兵干部朱明山决定"下来工作"，到渭河平原靠近秦岭终南山的一个县里任县委书记，甫一到任便遭遇了本

---

① 周扬：《文学与生活漫谈》，载《周扬文集》第一卷，人民文学出版社1984年版，第333页。
② 柳青：《毛泽东思想教导着我——〈湖南农民运动考察报告〉给我的启示》，转引自孟广来、牛运清编《中国当代文学研究资料·柳青专集》，福建人民出版社1982年版，第18页。
③ 柳青：《毛泽东思想教导着我——〈湖南农民运动考察报告〉给我的启示》，转引自孟广来、牛运清编《中国当代文学研究资料·柳青专集》，福建人民出版社1982年版，第11页。
④ 施战军语，见舒晋瑜：《以柳青的文学精神与新时代作家对话——访中国作协党组成员、书记处书记、〈人民文学〉杂志主编施战军》，《中华读书报》2024年1月17日。

县棉区严重的"油汗"灾害。具有丰富领导经验的朱明山以沉稳的节奏和足够宽大的心胸，带领着梁斌、赵振国、白生玉、李瑛、冯光祥、张志谦等为代表的职位不等、性格性别不同、文化程度与工作作风各有差异的领导班子，在县里各区展开轰轰烈烈的整虫治害工作，展现了具有鲜明时代和地域特色的"旷野"风光。朱明山和梁斌是作者用力最多的两个人物，他们一个是具有抗战经验和"相当文化水平"的工农兵干部，一个是有过地下工作经历的知识分子干部，小说通过两人在处理农村工作时不同的思想态度和工作方式以及其他干部的表现，肯定了深入农村基层、善于听取意见、脚踏实地、团结干群的领导向度，讽刺批评了官僚主义、形式主义和教条主义、权力膨胀的浮夸作风，并直面新时代到来之后基层新老干部在自我认识上的错位、不安与无奈，是柳青通过"提问模式的小说写作"[①]向新时代新生活提出的尖锐而严肃的问题。

此外，柳青在小说中对女性干部和女性知识分子形象的塑造，也体现着他对女性命运的关注和思考。小说中一共出现了三个主要的女性知识分子干部形象——朱明山的妻子高生兰、青年团县工委副书记李瑛以及县妇联干事

---

① 李建军：《提问模式的小说写作及其他——论柳青的长篇小说佚作〈在旷野里〉》，《人民文学》2024年第1期。

田凤英。同是知识分子出身的高生兰和李瑛,却在新时代"进城"与"下乡"的不同选择中走向截然相反的思想发展道路;与李瑛一样作为县女性干部的一员,田凤英在对待爱情的态度上,相比起李瑛的瞻前顾后而显得更为泼辣大胆。虽然小说未完,三位女性的最终结局不得而知,但同样处在新中国火热的社会主义建设初期,不同的性格和选择却将她们引向分歧的岔路,同时也触发着自"五四"以来到"新时期"的历史长河中女性干部和女性知识分子命运中新的时代因素以及某些难以摆脱的精神负累。

一、旷野里的"山丹":李瑛与田凤英

"山丹丹"学名"山丹",是一种抗寒性极强的优良百合属种花类,可在极寒极旱的自然环境下生存,生性强健,抗病能力也较强,既可供欣赏,也可食用、入药和提供香料,且花色鲜艳,是陕甘苏区火红热烈的生命的象征。县村女性干部李瑛和田凤英,都恰似旷野里的山丹花,在并不尽如人意的艰难生活条件下,为新时代的社会主义建设火热地燃烧着自己的青春。在李瑛与田凤英的名字里,都带有一个"英"字,但"瑛"字有"玉"为旁,而"英"则孑然一身。一旁之差,似乎是对两人在性格以及对待爱情态度上差异的某种暗示。

李瑛是一个拥有明朗热烈性格的典型的社会主义新人形象[①]，一出场就带有俏皮的女性特质、鲜明的知识分子气质与干部风范相结合的三重气息。身着"灰制服的肩膀上垂着两条辫"[②]，微微高起的胸脯上戴着县委会的圆形徽章，"红底黄字，上面嵌着精巧的镰刀和锤子"[③]，手里捧着加里宁的《论共产主义教育》。在面对陌生男子（朱明山）的搭话时，女性自有的精神气质使她用冷漠的语气有意疏远。在猜出朱明山的身份后，又"随即带着一种开朗的欢迎的笑容"，"泼辣地抓住了朱明山的手提箱"[④]。通过一系列的神态与动作刻画，在李瑛前后态度的强烈对比中，作者以一种诙谐的笔调勾勒出了朱、李二人的初次相遇。随后在县委会两人的相互调侃，以及后来蔡治良在乡政府调配药剂、崔浩田开会动员，她"露出愉快的笑容望着他"，"他向她点头示意"[⑤]的默契，预示着两人关系的突破。到此，小说实现了朱、李由陌生人——有距离感的上下级——跳出刻板印象的上下级关系的跳跃，两人从相识更进一步走向相知，女青年李

[①] 刘永春：《自觉的现实主义精神与成功的叙事审美探索——评柳青长篇小说〈在旷野里〉》，《中国当代文学研究》2024年第3期。
[②] 柳青：《在旷野里》，中国青年出版社2024年版，第12页。
[③] 柳青：《在旷野里》，中国青年出版社2024年版，第13页。
[④] 柳青：《在旷野里》，中国青年出版社2024年版，第19页。
[⑤] 柳青：《在旷野里》，中国青年出版社2024年版，第93页。

瑛性格中活泼、跳脱、阳光乐观的个人质素也已跃然纸上。与此同时，作者还将重心放在李瑛作为一个先进干部踏实本分、思想清醒、对工作热情执着的优秀女性典型的塑造上。

小说的第十章对李瑛的前史做了详细介绍。十八岁刚从女子师范毕业的李瑛，面对着当时并不明朗的局势，努力抵抗着父亲所安排的教师和人妻道路，在县城解放后的一个星期就加入干部训练班学习，一个月后就投入斗争当中，"在这两年里，不管怎么饿、乏或者睡不够觉，她总是直起她的长脖子，带劲地甩着两条辫工作"，"无论在县上、区上，或者在农民的小屋里，她只要眼一睁就意识到新的生活向她展开了多么远大的前途"[①]。两年的磨砺并未改变李瑛加入革命斗争的初心，她依旧保持着对工作的激情与谦逊乐观的精神。因此，面对在思想态度上出现松动的张志谦，也毫不惋惜地选择与之决裂，保持着清醒态度和独立思考的能力。先进的妇女观念也使得李瑛格外注重女性和儿童在治虫工作中的重要作用，强调"他们甚至于比男人治的还多"[②]。同时李瑛也是真正做到和群众打成一片的优秀代表，她和农民以朋友的身份相处：

---

① 柳青：《在旷野里》，中国青年出版社2024年版，第80页。
② 柳青：《在旷野里》，中国青年出版社2024年版，第161页。

在街上遇见牵着牛出村到地边放青的老汉和老婆们，喜欢地笑问啥时来的。年轻的妇女们亲热地揪住她，提出七花八样的问题。她背后跟了一大群娃，问她啥时才能有空儿给他们教歌子。①

在对待爱情的态度上，李瑛虽然能在坚定的思想指引下对自傲自满的张志谦决绝地敬而远之，显示出在自身人格与精神上的独立性与先进性，但在意识到"新来的县委书记的确撩动了她少女的心"时，女性的羞怯与柔情又使她瞻前顾后，一面陷入怀疑——"没有真正的互相了解，就谈不到'那一点'"②，一面又按捺不住——"脸上显出一种惋惜的神情，可是她怎么好要过耳机来和县委书记说话呢？"③相比之下，仅有一次正面出场的县妇联会干事田凤英，没有"玉"的加持，更为直接和大胆。同样是当着他人的面，田凤英反而"更加露骨地娇嗔地撇着嘴""毫不顾忌白生玉注视，向小崔投了一个柔媚的眼色，五短身子轻轻一闪跑了"④。田凤英的爱是大胆而热烈的，但在小崔眼中，她却是一个"虽然出身还清白，可是学习差，不够

---

① 柳青：《在旷野里》，中国青年出版社2024年版，第84页。
② 柳青：《在旷野里》，中国青年出版社2024年版，第157页。
③ 柳青：《在旷野里》，中国青年出版社2024年版，第163页。
④ 柳青：《在旷野里》，中国青年出版社2024年版，第168—169页。

踏实，政治上开展不快"[①]的轻浮女性。尽管在小说的用词表述（如"那女的"）当中也可见得作者本人对太过泼辣放浪的田凤英并不那么欢喜，且由于故事尚未完全展开导致田凤英在性格上也略显扁平，但处于和李瑛相对照的场域当中，田凤英的直爽和泼辣作为另一性格类型实则丰富了农业合作化运动中的女性干部形象谱系——既具有鲜明个性，同时又需要继续学习、继续进步、继续克服思想上的软弱性。

值得注意的是，小说在书写新时代农村基层男女干部关系时，不可避免地陷入了一种以"进步"与"落后"，"思想开展"与"意识狭隘"等为恋爱评价标准的窠臼当中。小说中同时出现了进步且思想开展的女干部李瑛与男干部崔浩田，对落后且意识狭隘的男干部张志谦和女干部田凤英的不满与拒绝（也包括朱明山与高生兰），虽然个中具体因由不尽相同且都有一定的社会现实依据，但此一种以性别颠倒的方式对恋爱类型的简单化书写还是在一定程度上减损了作品的复杂程度和经典性，导致小说内部关系处理的单一和外部与其他小说相雷同的缺憾。

[①] 柳青：《在旷野里》，中国青年出版社2024年版，第169页。

二、旷野外的"玉兰":高生兰

不像李瑛与田凤英,由于故事发生地点的空间设定、主人公朱明山与他人关系的展开以及故事的未完成性等,高生兰在小说中是一个并未出场的虚写人物,尽管如此,此一形象已经具备了相当的完整性与丰富性,是社会主义建设初期"进城"的女性知识分子干部形象的典型之一。如果说有着火辣个性的李瑛与田凤英是在旷野里为着新时代建设奉献自身、扎根土地的"山丹"的话,高生兰更像是在旷野之外的"玉兰",远离土地而生长在高大的树上,然而却更易凋谢,花期也并不长,盛放的时候有多灿烂,凋零时也就多令人惋惜。或许正是见过了高生兰此前的那种热爱读书和学习、投身工作的美好状态,她后来贪图安逸享乐和思想落后的巨大落差才使得朱明山在面对妻子的过往种种和书信时显露出无可抑制的惋惜、痛苦与嘲讽,而更被积极明朗的李瑛所吸引。

高生兰中学毕业后就在陕北的一个区上担任乡文书,"由于她那种生气勃勃的生活态度和工作精神"[1],半年后就被提到区上当宣传委员。面对朱明山这样一位具有高度原

---

[1] 柳青:《在旷野里》,中国青年出版社2024年版,第15页。

则性和坚韧性的工农干部，彼时年轻的高生兰又何尝不同此时年轻的李瑛一样为朱明山所倾倒。"她向他学习，又帮助他学习"①，在高生兰的帮助下，仅有三冬"冬学"底子的朱明山啃下了大部头苏联小说《被开垦的处女地》和其他书籍，两人最终怀着共同的理想与期待走入婚姻的殿堂。"在他们结婚的时候，高生兰曾经用那么轻蔑的神情嘲弄那些生了孩子的各种负责同志的爱人，保证她自己不会当家属"②，但她与朱明山不但生下两个孩子，还在战火纷飞的年代遭遇生离死别，朱明山奔赴前线，而高生兰自己一个人带着孩子在苦难之中变成了"一个村妇"，"组织生活只剩了个党的关系"，"和书报绝了缘，而同针线和碗盏结了缘"③。在朱明山的眼中，高生兰"变得那么寒酸、小气、迟钝和没有理想"，也不再有兴趣与他谈论书籍，家庭琐事占据了她全部的生活，新中国的成立也使得高生兰在"进城"后滋长着安逸享受的情绪。高生兰在朱明山工作的部里管图书时工作态度懒散，不务正业，常常拿出官架子"用下巴支使她的两个干部"④，被举报而调到收发室去，却为着"低下的位置"闹面子情绪，从来不在大灶

---

① 柳青：《在旷野里》，中国青年出版社2024年版，第15页。
② 柳青：《在旷野里》，中国青年出版社2024年版，第16页。
③ 柳青：《在旷野里》，中国青年出版社2024年版，第16页。
④ 柳青：《在旷野里》，中国青年出版社2024年版，第17页。

上吃饭,而是以照顾朱明山肠胃病的名义过着自己小家庭的生活,甚至还从机关里重复领取朱明山一个月的伙食。如此严重的思想溜坡使朱明山感到惊骇,他将自己送"下来",将孩子送去保育院,把高生兰送去西北党校改造思想,希望她能慢慢重新认识自己。但"下来工作"不久后就收到了高生兰的信,这使朱明山明白,他对妻子在思想改造上的期望已然彻底落空,无奈干笑一声并拒绝短时间内复信。

事实是,新中国成立以后,除"下乡"外,还有大批革命干部选择"进城"。由条件艰难的乡村到物质精神双重富足的城市,不仅生活环境发生了巨大变化,这些干部的身份地位也同样在改变。然而,在适应新的环境与新的地位的同时,革命干部们普遍面临着保持自身思想的纯洁性、继承革命优良传统的严峻挑战。高生兰无疑是女性知识分子干部在遭遇家庭负担和国家危机的双重困难下思想软弱的典型,新中国成立后安逸的环境使其轻而易举地滋生出放松警惕、贪图享乐的小资情绪,以至于引发态度消极、工作懈怠与官僚做派等思想上的滑坡。萧也牧的《我们夫妇之间》同样塑造了一对工农干部与知识分子干部结合的夫妻。与高生兰类似,丈夫李克也是一个在"进城"后思想上起了变化的知识分子干部,面对更优质的生活条件,思想情感里边"依然还保留着一部分很浓厚的小资产阶级脱离现实生活的成份",和工农的思想感情仍有一定的距离,"旧的生活习惯和爱好"仍然有着很大的、甚至是不自觉的吸引力。①

《我们夫妇之间》发表于1950年第1期的《人民文学》上,1951年6月全国范围内便正式展开了"萧也牧批判",作于1953年的《在旷野里》其实是在另一个向度上对新中国成立后这类思想落后的知识分子干部形象给予了批判。相比起男性知识分子干部李克,高生兰的女性身份又有其自身的特殊性与复杂性,思想上的软弱固然是必须指摘的弊病,但柳青并没有将高生兰形象的塑造简单化、思想变化的过程生硬化,而是沉重地思索着革命战争年代以及新中国成立后的婚恋与家庭生活给女性干部和知识分子命运带来的种种影响。"旷野"中理想主义的精神契合是否总是会在时代与思想的变化之中走向衰落?高生兰又为否是子君在当代的翻版?而李瑛又能否跳出婚恋生活桎梏思想进步的循环?

三、"旷野"中的婚恋:从子君到高生兰,从李瑛到高生兰

以"旷野"为名,它的含义是丰富的。"旷野"不仅指向故事发生地宏阔的自然地域风光,同时也象征着一种

---

① 萧也牧:《我们夫妇之间》,《人民文学》1950年1月。

尚未完全明晰的、存留着复杂的问题与矛盾、需要面对各种未知的、混沌的社会现实状态，而人们也就伴随着诸多挑战和迷茫，在这样广阔而又充满不确定性的"旷野"当中去探索、挣扎和奋斗。新民主主义革命时期、社会主义革命和建设时期以及后来的改革开放和社会主义现代化建设新时期，都是在经过"旷野"状态的迷蒙与探索后才逐渐拨开云雾走向下一个历史阶段，而女性知识分子在不同"旷野"中的婚恋与命运，虽然不断地增添着新的时代因素，但某些精神负累却依然难以摆脱。

高生兰是整部小说唯一一位未出场却已然拥有相对丰富的人生遭际和较为立体的性格质素的女性知识分子形象。读者对高生兰的了解都是间接的，主要来自丈夫朱明山的回忆和评价（还包括高生兰的中学同学崔浩田）。在小说中，当朱明山闲下来或受到某些因素的触发时，就会挂牵着妻子的思想状态，不断回忆、拟构着与妻子对话的场景。这种以不可靠叙述导引人物出场的方式，以及女性知识分子迈入婚姻之后思想滑落的境况，都与鲁迅《伤逝》中从头到尾只出现在涓生手记里的子君具有极大相似性：

> 加以每日"川流不息"的吃饭；子君的功业，仿佛就完全建立在这吃饭中。吃了筹钱，筹来吃饭，

还要喂阿随，饲油鸡；她似乎将先前所知道的全都忘掉了，也想不到我的构思就常常为了这催促吃饭而打断。即使在坐中给看一点怒色，她总是不改变，仍然毫无感触似的大嚼起来。①

子君与高生兰在进入婚姻之前，都是有理想有抱负的知识青年，她们都在"旷野"中怀揣着投身时代建设的美好向往，都有那份"我是我自己的，他们谁也没有干涉我的权利"②的勇气和胆识，为争取女性身份的独立而义无反顾。高生兰相比子君，身上虽带着新鲜的时代特征，比如干部地位、家属身份等，但在面对婚姻带来的儿女家庭、柴米油盐时，却同样选择放逐自我建构的努力，任由思想松动以至造成与伴侣精神契合上的失落。子君在涓生"我已经不爱你了"的"老实说"③当中心灰意冷地回到旧家庭并付出死亡的代价，对高生兰来说，面对丈夫几近精神出轨的背叛虽不至于死亡，但她又能走向怎样的境地呢？是积极地改造自身思想从而守住"大团圆"的结局，还是知

---

① 鲁迅:《伤逝》，载《鲁迅全集》第二卷，人民文学出版社 2005 年版，第 122 页。
② 鲁迅:《伤逝》，载《鲁迅全集》第二卷，人民文学出版社 2005 年版，第 115 页。
③ 鲁迅:《伤逝》，载《鲁迅全集》第二卷，人民文学出版社 2005 年版，第 126、127 页。

难而退？结局不得而知。

　　再回过头来看看李瑛，此时的李瑛与年轻时的高生兰颇有几分相似，不同的是前者在新中国成立后选择"下乡"，而后者随丈夫"进城"，前者仍在"旷野"中燃烧自我，后者已在"旷野"外不再思进。在李瑛这个人物的塑造上，柳青并未将其过分"雄化"，使其依然涵存着女性独有的灵动细腻与脉脉柔情，而当李瑛真正地了解朱明山的为人与家庭背景之后，面对自身情愫与道德理智，又会做出怎样的选择？李瑛又会不会在找到理想的精神伴侣并与之走入婚恋关系之后，成为下一个高生兰？小说未完，结局未知，但柳青却留于我们对于社会主义建设初期女性干部和女性知识分子命运歧途无限沉重的怅然。

心灵世界的探寻与现实问题的观照
——读柳青的《在旷野里》

钱奕琳

柳青长篇佚作《在旷野里》的整理和发表,为我们观照柳青的文学世界以及"十七年文学"早期创作打开了一扇新的窗户。1953年3月,柳青辞去长安县县委副书记的职务,借住皇甫村常宁宫潜心写作。作为一位敏锐的作家,他的文学关注点转向社会主义革命和建设时期,试图写一部"反映农民出身的老干部在新形势下面临的新问题、新心理和新表现"[①]的作品。从时间上看,小说写于长篇小说《种谷记》《铜墙铁壁》之后,《创业史》之前,柳青以"深入生活"的作家姿态,来展现社会主义建设初期人民的社会生活。

---

① 刘可风:《柳青传》,人民文学出版社2016年版,第155页。

《在旷野里》是柳青在新中国成立后对农村题材的又一尝试，小说围绕陕西关中渭水两岸某县治棉花蚜虫的故事展开，虽然以佚作问世，但两条主要线索已经较为明晰：一是新来的县委书记朱明山带领干部们群策群力、深入基层，解决虫害难题；二是在治虫的过程中，朱明山处理新时代、新环境下的新老干部工作及生活中一系列矛盾纠纷。如何继续践行《讲话》精神，深入历史和时代肌理，实现内容和艺术上的新跨越，柳青通过《在旷野里》对时代大问题的洞察以及人物情感世界的打开，展现了他在变迁的大社会下的思考与探寻。

一、主旨明确的深远洞察

　　《在旷野里》开篇引用毛泽东的《论人民民主专政》，揭示了全文的中心主旨：

> 　　过去的工作只不过是像万里长征走完了第一步。残余的敌人尚待我们扫灭。严重的经济建设任务摆在我们面前。我们熟习的东西有些快要闲起来了，我们不熟习的东西正在强迫我们去做。[①]

---

① 毛泽东：《论人民民主专政》，载《毛泽东选集》第四卷，人民出版社1991年版，第1480页。

作为"从革命到文学"的作家，柳青将其在长安县任职期间所见所闻、所思所感诉诸笔端，敏锐地认识到在新旧交替的大时代"老区干部没文化，一套老经验已经使唤完了"，"新干部起来了，有文化"[①]，但存在官僚主义、教条主义的工作作风等问题。小说中新上任的县委书记朱明山亲身演绎了社会主义建设的新思想和新方法，对解决老干部生活和思想上的问题，调和新老干部双方的矛盾，整治贪图享乐、权力膨胀的作风予以示范。小说虽然没有写完，但干部问题和治虫工作的最终成效已然明朗。

20世纪50年代初期，赵树理创作了关于农村题材的长篇小说《三里湾》，柳青则先后创作了《在旷野里》和《创业史》。赵树理围绕农业合作社的现实问题，书写了农村秋收、扩社、整党、开渠四部曲；柳青的作品在坚持现实主义原则，践行人民路线的同时更彰显"社会主义建设初期会出现哪些问题""怎么建设社会主义"的宏伟指向性，具有极高的远见和开阔的视野。"他也会慢慢懂得这个时代要怎么过活法的"[②]，《在旷野里》的这些问题意识，也能预见柳青对建构一部史诗性作品的谋划、蓄势与期待。

---

① 柳青：《在旷野里》，中国青年出版社2024年版，第27页。
② 柳青：《在旷野里》，中国青年出版社2024年版，第117页。

二、主要人物的立体塑造与心理描摹

1951年,柳青开始修改《铜墙铁壁》第二遍书稿的时候,看到了周而复发起的《种谷记》座谈会记录文件。论及人物形象,七人中有四人认为中间人物王克俭写得最好,占比也多,而"农村新人"王加扶写得"模糊""特别坏",主题上也存在"政治教育主题不够明显""缺乏引导和鼓舞人的力量"等问题。这些批评对当时的柳青来说无疑是巨大的打击,甚至产生了改行的冲动。[①]

《在旷野里》对核心人物朱明山进行了重点刻画,融入了柳青个人的生命体验。朱明山是一位陕北出身的老干部,当过区长、区委书记,上过前线,在工作中不断学习进步,在新中国成立后"愿意离开高级领导机关,争取到县上去工作"[②]。柳青本人也出生于陕北农村,早年便在大哥的影响下接受革命文化洗礼,并参与各种抗日救亡活动。1939年8月,柳青跟随前线部队体验了数月战地生活。延安"整风运动"之后,柳青拿着"长期深入生活的介绍信"在米脂县三乡从事农村工作,领导群众"减租减息",组织生

---

① 刘可风:《柳青传》,人民文学出版社2016年版,第105页。
② 柳青:《在旷野里》,中国青年出版社2024年版,第5页。

产。新中国成立后，柳青在北京参与创办《中国青年报》并任文艺副刊副主编，在出访苏联时受到托尔斯泰生活方式的启发，回国后便急切地要求离开北京回到西安，担任长安县县委副书记。创作小说时，柳青已经辞去副书记一职，落户皇甫村。可以说，柳青在朱明山的身上建构了对社会主义新型干部的想象，也寄予了建设好新的国家的期待。不论是在典型人物的突出还是主题思想的明确上，都比此前作品有相当大的超越。

柳青是一个重视学习的作家，对中外文学的阅读接受打开了他的创作视域，特别是俄苏文学作家托尔斯泰和肖洛霍夫深刻影响了他。柳青受到托尔斯泰表现人"心灵运动"的手法的影响，重视用心理描写刻画人物。早在《种谷记》和《铜墙铁壁》中他就对农民复杂的内心活动进行了真实的表露，后来的《创业史》更重视用心理描写来塑造人物、推动情节，梁三老汉对待合作社复杂又艰难的心路历程的展示尤为突出。

在《在旷野里》，除了治理虫害、解决干部问题的主要矛盾外，柳青也为朱明山安排了内在的、隐秘的情感世界，在重要人物的个人情感问题书写上，贡献了细腻、独到的心理描写和分析。

当朱明山在火车上看见李瑛手里拿着进步书籍，想到爱人高生兰如今的落后和抗拒：

当一个男人很满意自己的爱人的时候，没有一个另外的女人可以吸引他的注意；但是当一个男人感到自己的爱人没有一种美或失掉了一种美，而从另外的女人身上发现了的时候，他会不由得多看她两眼，虽然他并没有更多的打算。[1]

柳青敏感地把握了朱明山作为一名普通男性对进步女青年的爱慕心理。朱明山在县上工作时，李瑛便在他脑海里挥之不去："她漂亮，她聪明，她进步。一个农民背着喷雾器，李瑛跟他在火热的阳光下满身大汗打着气的画面，固执地停留在他脑里不移去了。"[2]但是朱明山有家庭、有责任，一想到自己的妻子高生兰，这位理性的干部又竭力克制自己的感情——"你安心学习吧，我总要对得起你"[3]，"心里责备着自己不该又想到她"[4]。

李瑛是《在旷野里》重要的女性角色，也是一位追求进步的年轻女性，对未来充满美好的愿景。她坚决不走过去妇女结婚生子、"做一辈子生活的奴隶"的老路，主动参加干部训练班，"变成了生活的主人"。同李准《李双双

---

[1] 柳青：《在旷野里》，中国青年出版社2024年版，第13页。
[2] 柳青：《在旷野里》，中国青年出版社2024年版，第98页。
[3] 柳青：《在旷野里》，中国青年出版社2024年版，第98页。
[4] 柳青：《在旷野里》，中国青年出版社2024年版，第101页。

小传》中的李双双一样,李瑛已无法满足一个家庭赋予她的角色,要在更广阔的社会中找寻自己的身份和地位,这也体现了新中国成立后青年女干部的呼声。

而面对爱情,李瑛不再像选择人生道路那样果断,柳青根据李瑛的年龄和性格特点将她怀揣的"少女心事"表现得淋漓尽致,"对一个有修养的老同志的崇敬和对一个男性的爱慕混搅在一起。但她不可能像解放前她在中学里学化学实验时把水分解成氢和氧两种元素那样,把她的这种好感分解开来"①。当李瑛听到朱明山在电话里同其他人商量工作时,她既有没有听到朱明山说"再见"的惋惜,又有在同志面前不好要过耳机和他讲话的难为情。柳青细腻的心理描写,展露出一个年轻女孩渴望、遗憾、羞涩的敏感内心。

年轻的男干部张志谦曾帮助李瑛摆脱过去孤独的生活,但当上干部后张变得骄傲自负、自命不凡,仿佛换了一个人,李瑛很快选择与他决裂,"我不能和每一个对我有好感帮助过我的人都好,我只能和我最满意的一个人结婚"②。从李瑛的爱情选择上,似乎已经能看到她与徐改霞的精神联系,以及柳青本人对同气相求的理想婚姻的追求。

---

① 柳青:《在旷野里》,中国青年出版社 2024 年版,第 157 页。
② 柳青:《在旷野里》,中国青年出版社 2024 年版,第 82 页。

柳青在《在旷野里》的心理描写，在强化人物形象的立体度的同时也为我们提供了打开文本的新方式，在严谨的政治活动中穿插着对爱和生活的想象，引人思考。

三、新的打开方式——悬而未决的问题

如前文所言，柳青对人物内心世界的刻画让我们对人物多了一层了解，也延展出朱明山、李瑛、高生兰三个人的关系发展。如果说，"虫害"和"干部工作"是朱明山所要解决的主要和显在矛盾，那么，人物的内心图画如同一道暗流，既让小说中的人物缠绕困惑，也引起读者关注。

朱明山的妻子高生兰是一个暂时未正面出现的人物，她只存在于朱明山的回忆和心理活动中。朱明山在陕北任区委书记时文化程度低，只有一个三冬"冬学"的老底。而高生兰有中学文化，是一位朝气蓬勃的女青年。高生兰在区上担任宣传委员时，帮助朱明山学习文化知识，在她的帮助下，朱明山甚至读完了大部头的苏联小说《被开垦的处女地》。可以说，高生兰将朱明山引入了一个新的世界，使朱明山迅速成长为一个有经验、有文化的老干部。在战争期间，高生兰一人带着母亲和孩子逃难，在满目凄凉的日子里挖野菜、卖破烂儿，勉强糊口。而新中国成立

后，朱明山越来越不满于高生兰忙碌于家庭琐碎之中，"和书报绝了缘，而同针线和碗盏结了缘"①，更不满于她的头脑里生长出"安逸、享受和统治的欲望"②。

为了提高高生兰的思想，也为了挽救自己的婚姻，朱明山将高生兰送到党校学习，将孩子送到保育院由他人照看，自己则到县上工作，一家几口分居各地，"写信"成为两人之间唯一的联系，而书中"信"的多次出现，揭示出朱明山对待个人家庭生活的态度。

朱明山刚收到信时，并没有及时拆开，对高生兰去保育院看孩子的请求感到非常失望、不满，而：

> 连他自己也奇怪：为什么在工作中和同志们的关系上，一种理智的忍耐心使他可以保持住大家满意的心平气静；而在生活中和爱人的关系上，即使好多次都竭力想控制自己，到时候却总是压不住火性。③

"信"和"两个孩子的哭闹"在朱明山脑海里不时出现，他都采取了回避的态度。直到三天后拆开信看见高生兰要求去保育院工作，朱明山为她"打自己生活的小算

---

① 柳青：《在旷野里》，中国青年出版社 2024 年版，第 16 页。
② 柳青：《在旷野里》，中国青年出版社 2024 年版，第 17 页。
③ 柳青：《在旷野里》，中国青年出版社 2024 年版，第 62 页。

盘"感到惋惜和气恼,个人生活的不顺意让他无法全身心投入学习。但等到蔡治良杀虫试剂实验成功的消息传来,他又很快投入工作中,"听到这样好的消息,个人的烦恼还能在他思想上保持住一点点位置吗?"①

文中高生兰作为一个虚写人物,始终处于"失语"状态,虽然通过朱明山的回忆暴露了她的一些缺点,但更让人对她产生同情与理解。从工作上看,朱明山确实是一位经验丰富、具有领导才干的干部,但柳青对他的书写不止于此,通过对他隐秘情感世界的揭露,不仅展现了人物性格的复杂,也暴露出新中国成立后个人的婚姻情感问题。

首先,如何平衡家庭和工作的矛盾,朱明山的方式显然不够成熟,他过于绝对地将学习、工作与个人家庭事务对立。不止朱明山一人,老区干部赵振国和白生玉也有顾工作和顾家庭之间的矛盾,甚至有放弃新区的工作回家种地的想法。小说中赵振国还拖着沉重的养家负担,白生玉的老婆孩子还未接到新区,朱明山和高生兰还未建立沟通,这些都是尚未解决、待人思考的问题。

其次,如何处理知识分子的婚姻以及和原配妻子关系的问题。从故事的走向来看,朱明山和李瑛、高生兰之间的关系发展还很朦胧,自然也引起人的好奇。而新中国成

---

① 柳青:《在旷野里》,中国青年出版社2024年版,第120页。

立后这样的问题并不罕见，柳青在小说中通过老干部赵振国的叙述也反映出当时的婚姻问题："要马马虎虎找个对象，我看老区和新区都容易。要找个好知识分子，哪里都难缠着哩。有些老区干部离婚的时候，兴头可大；可是真正找到好对象结了婚的，有几个？"[1]20世纪50年代文学创作中的婚变主题并不少见，一种是男性知识分子占主导地位，以萧也牧《我们夫妇之间》为滥觞，包括秦兆阳《归来》、邓友梅《在悬崖上》等，其间充满着恋爱自由与道德标准的矛盾，大多以男性角色最终回归家庭为收束；另一种以农村女性占主导地位，"离婚后又再婚"的模式较多，例如《创业史》中的刘淑良，《山乡巨变》中的张桂贞等，呈现出女性追求婚姻自由和男女平等的努力。

1951年8月，《文艺报》组织了批判电影《我们夫妇之间》的座谈会，会议由丁玲主持，严文井、袁水拍、陈涌、柳青等文艺工作者参与了会谈，一致指出电影同小说一样存在许多问题。柳青在"题材与主题""不良倾向的根源与危害性及其克服的道路"两个主题下做了发言，指出这样琐碎的私生活没有表达出知识分子同工农结合的主题思想，萧也牧在进城后创作心态有了错误的转向，迎合了一部分读者不正确的趣味心理，对生活理解不深，总结

---

[1] 柳青：《在旷野里》，中国青年出版社2024年版，第66页。

出"投入火热斗争"的必要性。柳青的发言尚不能看出他对文学作品写婚变的态度,不过,柳青于1949年离开延安到北京前和妻子马纯如办理了离婚手续,"大概是由于缺乏情感基础,柳青一直深感二人在文化水平和性格上的差距,加之后来柳青去了东北,三年的异地生活,两人最终选择了离婚"。到长安县时,经人介绍和高中学历的马葳结为夫妇。马葳不仅吃苦耐劳,生活简朴,无微不至地照顾柳青的生活,并且愿意学习新知识,在文学上给予柳青意见和建议,不论从生活还是思想上来看,都是一位理想妻子。

《在旷野里》塑造的老区干部白生玉是一个顾家干部的典型,为了给老婆孩子多寄津贴,宁愿自己抽便宜的旱烟,或许白生玉日后会成为朱明山情感抉择的一面镜子。

柳青在小说中还尚未对朱明山和高生兰的矛盾进行展开,他与李瑛的关系发展目前也难以预判,不过可以预料的是,处理好朱明山的个人问题是有难度的,由人物内在情感生发出来的带有普遍性质的未解决的问题,也给读者留下了思考和想象的空间。

柳青《在旷野里》不仅勾勒了渭河平原令人迷恋的旷野和旷野下人们打开全新生活的挑战和实践,并且通过人物内心情感世界的幽微呈现塑造具有真实性、典型的人物,引发人们对生活的思考。个人之思、乡村之思、国家之思，体现了一位现实主义文学家对人民生活的忠实记录，以及探索"时代活法"的行动，也让人感受到，柳青在社会书写中融入了自己全部的精力、意志、心血和情感。

编后记

在2024年的中国文学日历上,柳青的长篇小说佚作《在旷野里》的面世,无疑是一件值得特别标注出来的重要事件。陈与义《临江仙·夜登小阁,忆洛中旧游》词云:"二十余年如一梦,此身虽在堪惊。"一部长篇小说手稿,历七十年时间之轮的碾磨而完璧犹在,且能最终在颇负盛名的文学平台发表和出版,这无论如何都是一件"堪惊"和"堪喜"的奇事。

文学最无情的敌人是时间,但它最可靠的保护神也是时间。有的作品因为阿世媚俗,而一时风光无限,但时间的流水,最终会将时代涂抹于其上的炫目色彩,冲刷得干干净净,使人们看见它那不堪的本相。那些正大庄严的作品,则会因为它所表现的高尚情感和深刻思想,因为它所蕴含的朴素而隽永的诗意,而在穿越幽深而迢遥的时间隧道之后,重又在春天的阳光下,展露出它美丽的容颜。《在旷野里》就是一部受到时间之神眷顾的小说。今天读来,你不仅不会觉得它过时，反而觉得清新和真实，甚至会觉得，它就是作者给我们这个时代留下来的特殊形态的精神遗嘱。

谁若了解中国当代小说的发展史，谁就会知道，《在旷野里》这部规制并不大的长篇小说，到底包含着什么样的独特价值，应该占据着什么样的文学地位；谁若有"平理若衡，照辞如镜"的公正和眼光，谁就会从这部作品里看见直面问题的勇气，就会看见果戈理和契诃夫的小说里的真实，就会看见泥土一样朴实的诗和美。平心而论，《在旷野里》固然首先是一部热切地关注当时的现实生活的作品，但也是一部显示着真正的现实主义文学精神的作品。它之所以被作者深藏书箧，之所以七十年之后才得见天日，就是因为它的现实主义"汉量"[①]实在太大。

没有第一流的作家，就不会有第一流的批评家；没有伟大的文学作品，就不会有伟大的文学批评。文学批评的高度和境界，固然决定于批评家的素质和能力，决定于他的文学感受力和判断力，但也决定于所阐释作品的完美程度。只有真正优秀的文学作品，才能激活批评家的灵感和创造力，才能支撑起同样优秀的文学批评。约翰逊博士发现了莎士比亚，莎士比亚也帮助约翰逊博士成了博雅的学者；别林斯基发现了果戈理，果戈理也彰显了别林斯基在

---

① 语出《在旷野里》；长安一带方言，指一个男人的身板和力气。

文学批评上的非凡才华。有的时代的文学批评之所以令人失望和不满，不成器的批评家固然难辞其咎，但缺乏优秀的作家和作品，也是一个彰彰明甚的原因。

柳青的《在旷野里》就属于那种可以成就批评家的优秀作品。它给学者和批评家提供了巨大的阐释空间，也点燃了人们解读它的热情。无论从态度和内容看，还是从技巧和美感看，这部小说都有值得注意的亮点。从本书所采择的二十一篇论文中，你会看见创作学角度的细读，看见批评家对柳青的圆熟的写作技巧和描写经验的分析；你会看见文学史的角度的考察，看见这样一种共识——《在旷野里》的发表和出版，提醒人们重新认识柳青的文学成就，重新界定他的文学地位；你会看见对人物塑造和叙事模式的揭示，会发现柳青原来也是勇于向生活提问的作家，而他所提的问题，依旧赫然矗在我们面前。

关于《在旷野里》的阐释，远没有到达"题无剩义"的程度。在开阔的比较视野里，我们会看见更多的风景；深入而精微的文本细读，也会使我们更加清晰地看见它朴素而内敛的美。我们期待从读者那里听到更多的回声。

李建军

2024 年 6 月 15 日，北新桥